古典文獻研究輯刊

二六編

曾永義 主編

第22冊

桃李不言
——李生龍古典文學與文化論集(下)

李生龍 著　段祖青、李華 編

國家圖書館出版品預行編目資料

桃李不言——李生龍古典文學與文化論集（下）／李生龍 著
段祖青、李華 編 -- 初版 -- 新北市：花木蘭文化事業有限公
司，2022〔民111〕
目 4+194 面；19×26 公分
（古典文學研究輯刊 二六編；第 22 冊）
ISBN 978-626-344-012-8（精裝）
1.CST：李生龍 2.CST：學術思想 3.CST：中國文學
4.CST：中國哲學 5.CST：文集
820.8   111009925

古典文學研究輯刊
二六編　第二二冊　　　　　　ISBN：978-626-344-012-8

桃李不言
——李生龍古典文學與文化論集（下）

作　　者　李生龍
編　　者　段祖青、李華
主　　編　曾永義
總 編 輯　杜潔祥
副總編輯　楊嘉樂
編輯主任　許郁翎
編　　輯　張雅淋、潘玟靜、劉子瑄　美術編輯　陳逸婷
出　　版　花木蘭文化事業有限公司
發 行 人　高小娟
聯絡地址　235 新北市中和區中安街七二號十三樓
　　　　　電話：02-2923-1455 ／傳真：02-2923-1452
網　　址　http://www.huamulan.tw 信箱 service@huamulans.com
印　　刷　普羅文化出版廣告事業
初　　版　2022 年 9 月
定　　價　二六編 23 冊（精裝）新台幣 62,000 元

桃李不言
——李生龍古典文學與文化論集（下）

李生龍　著　段祖青、李華　編

目

次

上　冊

序　廖可斌

前　圖

先秦「無為」思想簡論 …………………………………… 1

漢代「無為」思想簡論 …………………………………… 13

孔子、老子的「無為」思想之異同及其影響 ……… 23

生命：老、莊哲學的一種內涵 ……………………… 31

老子的社會文化批判及其理想 ……………………… 41

老子：一個介於入世與出世之間的哲人 ………… 51

莊子的社會文化批判及其理想 ……………………… 61

後世對莊子形象之解讀與重構 ……………………… 69

論莊子的入俗與反俗 …………………………………… 83

簡論後世道家、道教對《莊子》倫理思想的揚棄

　與修正 ……………………………………………… 93

道家在思想文化史上的地位和影響 ……………… 99

論道家的「天人一體」觀 …………………………… 109

魏晉南北朝文學與道教 ……………………………… 121

道家思想與漢代文學 ………………………………… 133

道家思想與建安、魏末文學 ……………………… 143

道家思想與兩晉文學 ……………………………… 153

論兩漢的「賢人失志之賦」 ……………………… 161

從「風」與「勸」的問題看漢大賦的發展趨勢 …… 173

中　冊

論漢代的抒情言志賦 ……………………………… 185

近幾年的漢賦研究 ………………………………… 195

全國首屆賦學討論會觀點綜述 …………………… 201

近十年來關於宋玉賦真偽問題研究綜述 ………… 209

近十年的賦體源流研究綜述 ……………………… 213

近十年來的魏晉南北朝辭賦研究 ………………… 219

評葉幼明著的《辭賦通論》 ……………………… 225

馬積高先生治學特點述略 ………………………… 229

《歷代辭賦總匯》之編纂、特色、價值與有待
　　完善之處 ……………………………………… 235

《老子》的修辭特點 ……………………………… 245

「大曰逝，逝曰遠，遠曰反」中的「曰」字 …… 251

《莊子‧逍遙遊》中大鵬形象及其主旨 ………… 257

歷代《莊子‧養生主》之文本文化與藝術闡釋
　　評議 …………………………………………… 265

李白與吳筠究竟有無交往 ………………………… 273

論對偶在古代文體中的審美效果 ………………… 283

論古代文學中的摹擬現象 ………………………… 293

駢文之辨體及其與句格、風格之關係 …………… 307

「天人感應」與古代文學 ………………………… 325

「三不朽」人生價值觀對古代作家文學觀之影響 … 335

中國古代天學對文論、文學創作之影響 ………… 343

下　冊

歷史上屈原詮釋之視角解讀 ……………………… 355

論韓愈莊騷並舉之意義 …………………………… 371

論莊、騷的融通與影響 ⋯⋯⋯⋯⋯⋯⋯⋯⋯ 387

宋以前南嶽名道士考略 ⋯⋯⋯⋯⋯⋯⋯⋯⋯ 397

湖湘文化與宋代詩人樂雷發 ⋯⋯⋯⋯⋯⋯⋯ 409

王船山對「理語」入詩之思考和對性理詩之仿效
　與矯正 ⋯⋯⋯⋯⋯⋯⋯⋯⋯⋯⋯⋯⋯⋯⋯ 417

王船山組詩《題蘆雁絕句》、《雁字詩》之創作
　主旨與複雜內蘊 ⋯⋯⋯⋯⋯⋯⋯⋯⋯⋯⋯ 431

王船山遊仙之作析論 ⋯⋯⋯⋯⋯⋯⋯⋯⋯⋯ 445

王船山詩文所昭顯的道家、道教心跡 ⋯⋯⋯ 455

王船山《正落花詩》分類細讀與研析 ⋯⋯⋯ 467

附錄一　紀念文章 ⋯⋯⋯⋯⋯⋯⋯⋯⋯⋯⋯ 477

　懷念李生龍兄　曹石珠 ⋯⋯⋯⋯⋯⋯⋯⋯ 479

　紀念李生龍教授　石衡潭 ⋯⋯⋯⋯⋯⋯⋯ 483

　生龍兄瑣記　曹清富 ⋯⋯⋯⋯⋯⋯⋯⋯⋯ 487

　道隱無名──李生龍老師給我開啟的學術門徑
　　楊賽 ⋯⋯⋯⋯⋯⋯⋯⋯⋯⋯⋯⋯⋯⋯⋯ 491

　李生龍教授二三事　張素聞 ⋯⋯⋯⋯⋯⋯ 495

　每一次聚散　鄒軍誠 ⋯⋯⋯⋯⋯⋯⋯⋯⋯ 499

　回憶恩師李生龍先生　張四連 ⋯⋯⋯⋯⋯ 503

　先生之風　山高水長──追憶恩師李生龍教授
　　段祖青 ⋯⋯⋯⋯⋯⋯⋯⋯⋯⋯⋯⋯⋯⋯ 513

　憶先生　張記忠 ⋯⋯⋯⋯⋯⋯⋯⋯⋯⋯⋯ 519

　師大往事──憶李生龍師　劉碧波 ⋯⋯⋯ 523

　憶李生龍師　周偉平 ⋯⋯⋯⋯⋯⋯⋯⋯⋯ 529

　憶李生龍師　谷雨芹 ⋯⋯⋯⋯⋯⋯⋯⋯⋯ 535

附錄二　唁電、輓聯 ⋯⋯⋯⋯⋯⋯⋯⋯⋯⋯ 541

編後記 ⋯⋯⋯⋯⋯⋯⋯⋯⋯⋯⋯⋯⋯⋯⋯⋯ 545

歷史上屈原詮釋之視角解讀

一、屈原本身的複雜性

屈原經過抗日戰爭時期以及解放後學者們的詮釋，到今天已成為愛國典型，對他的詮釋已基本上趨於肯定而單一。然而，在歷史上，人們對屈原的詮釋卻經歷了一個由儒化而文人化再儒化的複雜過程，對其藝術的詮釋則逐漸由儒化而莊化。導致這兩種傾向的原因首先是因為屈原精神存在著可與儒兼容的東西，其藝術則與莊子有著更多的聯繫。本文只探討前一點，後一點將另文討論。

客觀地看，屈原從思想到藝術都有著非常複雜的一面。從思想角度說，其思想頗為駁雜。這一點，同先秦諸子比照著看，就非常清楚。諸子述道，各有所守，自成體系。屈原雖也有所守，甚至可以說他略有體系，卻似儒而非儒，近道而非道，類法而非法，不同於先秦任何流派。

關於屈原的儒家傾向，研究者已談得很多。比如說屈原把修身與治國聯繫在一起，就同儒家一致。我這裡要補充的是，屈原仰慕堯舜三代，推崇周文化，如《離騷》說「周論道而莫差」，就跟儒家最為接近。但他認為周文化的核心是「舉賢而授能兮，循繩墨而不頗」，卻跟儒家對周文化的理解不完全一致：舉賢授能當然符合儒家精神。《論語・泰伯》：「舜有臣五人而天下治。武王曰：『予有亂臣十人。』孔子曰：『才難，不其然乎？唐虞之際，於斯為盛。……周之德，其可謂至德也已矣。』」就是說周人最講舉賢授能。「循繩墨而不頗」一般都理解為遵循法度，遵循法度是法家的思想，不是儒家思想。當然儒家中比屈原略晚的荀子也講遵循法度，說屈原近於荀子也可以。但從

儒家立場看，韓愈《讀荀子》說荀子「大醇而小疵」，並非純儒。說屈原近乎荀子，就意味著屈原似儒而不純。

　　早有學者注意，屈原《天問》「遂古之初，誰傳道之？上下未形，何由考之？冥昭瞢闇，誰能極之？馮翼惟像，何以識之？明明暗暗，惟時何為？陰陽三合，何本何化」一段，跟《莊子・天運》「天其運乎？地其處乎？日月爭於其所乎？孰主張是？孰綱維是？孰居無事而推行是」一段非常相像，體現著道家式的天道自然觀念。然而說屈原的思想中有道家成分可以，卻不能說他是道家，因為他推崇三代之政，同道家特別是老、莊反對三代以來的禮樂文化相距甚遠。

　　除了上引《離騷》外，《九章・惜往日》說「惜往日之曾信兮，受命詔以昭時（一作詩），奉先功以照下兮，明法度之嫌疑。國富強而法立兮，屬貞臣而日娭」，說「背法度而心治兮，辟與此其無異」，都表明他確實主張法治，與法家有一致之處。但他既取法家的富國強兵，又取儒家的「重仁襲義」（《懷沙》），故而跟純粹的法家又有所不同。

　　正因為屈原似儒而非儒，近道而非道，類法而非法，體現出一種「雜」的特點，所以我曾經認為他的思想具有道家黃老派的某些特徵〔註1〕。但說他的思想體現出黃老特徵並不等於說他就是黃老派，因為從他的作品中很難勾勒出一個完整的黃老思想體系。

　　屈原的思想雖有「雜」的特點，卻體現著戰國時代許多流派都具有的自由民主精神。儒家也好，道家也好，甚至法家，都同君主保持一種若即若離的關係，不強調絕對忠誠，要忠誠也只能忠於那些明主賢君。對暴君闇主，大家都是批判否定的。屈原不僅批判暴君闇主，還在《離騷》中講「皇天無私阿兮，覽民德焉錯輔。夫唯聖哲以茂行兮，苟得用此下土。瞻前而顧後兮，相觀民之計極。夫孰非義而可用兮，孰非善而可服」，認為天命是不固定的，任何人只要肯修德，都可以獲致天命。這同《周書》之「皇天無親，惟德是輔」、《老子》七十九章的「天道無親，常與善人」、《呂氏春秋・貴公》的「天下非一人之天下也，天下之天下也」，意思相同。順便提一下，《九章・惜誦》有「竭忠誠以事君兮，反離群而贅肬，忘儇媚以背眾兮，待明君其知之」、「疾親君而無他兮，有招禍之道也。思君其莫我忠兮，忽忘身之賤貧」等語，實不

───────────────

〔註1〕詳拙著《道家及其對文學的影響》第五編第三章第二節《屈原思想的黃老特徵》，嶽麓書社2005年修訂本。

符合屈原的一貫精神，學術界有人認為此篇非屈原之作，是有道理的〔註2〕。

屈原喜歡立異，當時人就難以理解，感到奇怪。《九章·懷沙》說：「邑犬群吠兮，吠所怪也。」可見屈原已意識到大家都認為他非常另類。以我們今天的眼光看，屈原也確實有些「怪」。例如服飾，他就喜歡與眾不同。我每讀到《離騷》「高余冠之岌岌兮，長余佩之陸離」、《涉江》「帶長鋏之陸離兮，冠切雲之崔嵬」，就由屈原的高帽子想起先秦其他書中記載的某些人的古怪帽子。比如《荀子·非十二子》中講儒門中子張這派人就「弟佗其冠」。「弟佗」一詞，楊倞說「未詳」，盧文弨認為「弟」即「佹」，劉師培同意此說，並說「弟佗」即「佹靡」，即「委蛇」之異文〔註3〕。委蛇即逶迤，高低不平之狀。帽子高低不平，樣子頗有點怪異，荀子雖然也主張儒者應有自己的服飾（《荀子·儒效》），然而不喜歡子張這種裝扮，故而把它作為「賤儒」的標誌之一。《莊子·天下篇》說宋鈃、尹文等人也「作為華山冠以自表」。這句話講得比較明白，它指出宋、尹造戴華山冠的目的是為了自我標榜。從字面看，華山冠是一種形狀像華山的帽子。郭象和成玄英都說是上下均平之貌。造一個這樣的帽子戴在頭上，表示自己追求均平〔註4〕。對比這些例子，再回過來看屈原，就可以看出他把帽子做得那麼高，也有自我標榜的意思，讓人一看就覺得他與眾不同。湯炳正先生據《說苑·善說》「昔者荊為長劍危冠，令尹子西出焉」，認為屈原喜歡戴高帽佩長劍並非出於立異，而是楚人特有之民族習俗〔註5〕。這或許有一定道理。然而屈原以「崔嵬」、「切雲」來形容他的帽子，以「陸離」來形容他的長劍，似乎比一般楚人的帽子誇張。屈原還不只帽子高，劍長，所穿的服裝也挺怪異。「扈江離與辟芷兮，紉秋蘭以為佩」、「攬木根以結茝兮，貫薜荔之落蕊，矯菌桂以紉蕙兮，索胡繩之纚纚」（《離騷》）、「被明月兮珮寶璐」（《涉江》），即使做隱士，也要「製芰荷以為衣兮，集芙蓉

〔註2〕 林庚曾指出「忘身之賤貧」與屈原作為三閭大夫的身份不合。見其《說橘頌》注，《詩人屈原及其作品》，中華書局 1962 年版，第 129 頁。陳學文《論屈原的思想人格與〈惜誦〉的真偽》（《中國文學研究》1998 年第 3 期）中說：「《惜誦》的中心內容就是反覆表白自己對君王的『忠』及忠而遇罰的冤屈，詩中絕大部分的篇幅都與此有關。」「如果在可靠的屈辭中都共同表現出來的屈原的個性和思想的基本特點，在《惜誦》中卻根本沒有或有所不同，豈不令人奇怪嗎？」
〔註3〕 梁啟雄《荀子簡注》，中華書局 1983 年版，第 69 頁。
〔註4〕 郭慶藩撰、王孝魚點校《莊子集釋》，中華書局 1961 年版，第 1083 頁。
〔註5〕 湯炳正《楚辭類稿》，巴蜀書社 1988 年版，第 320 頁。

以為裳」(《離騷》)，這樣滿身的花花草草，不知究竟是真是假。後人依照王逸的講法，都說是比喻，但是，聯繫子張、宋鈃、尹文等人的穿著看，是真的也未可知。倘若是真，屈原就確實有些另類。《離騷》說「謇吾法夫前修兮，非世俗之所服，雖不周於今之人兮，願依彭咸之遺則」，好像說商朝的賢大夫彭咸就是這樣穿戴的，屈原是在向他學習。可惜彭咸的穿戴已無法考證了。總之是屈原總是刻意把自己塑造成另類，不僅用來自我標榜，還有意以此來同世俗作對。以奇裝異服來標榜自己不同凡俗，這是他同當時一般人很不一樣的地方，同儒者更為不同。

屈原處於允許朝秦暮楚、楚材晉用的戰國時代，卻至死不肯離開楚國，最後採取懷沙沉江的方式，也很令後人不解。這一點下文還會談到，這裡就不詳說了。

屈原的表達方法更多令人難解的地方。應該說，他是一個有思想的人，但他表達思想不用當時諸子百家都用的散體，卻用辭賦這種形式。在辭賦中融入哲理、政論、史論是他表達的重要特色。他喜歡用一些看來頗為怪誕的物事、意象來表達他的行為與情感。比如《離騷》裏插入上九疑向舜陳詞，駕玉虯遊天宮，上天下地三度求女，駕飛龍經流沙、遵赤水、路不周以左轉，指西海以為期等等情節，實在很不好理解。講到這些，人們往往認為它跟《莊子》相似。其實《莊子》的奇異處聯繫上下文尚可理解，屈原的這些寫法究竟要表達一個什麼意思，多在可解與不可解之間。所以它比《莊子》還要奇特。正因為他可以同莊子類比，所以後世論騷者往往把他的作品同莊子並舉。

二、漢代：屈原詮釋之道、儒視角

漢以來對屈原的詮釋大致上可以分為三個階段：漢代為一階段，這時有從道家角度詮釋屈原的，也有從儒家角度詮釋屈原的；六朝到唐為一階段，這時儒文矛盾深刻，人們普遍把屈原當失意文人看待；宋以後儒學興盛，屈原被逐漸儒化，朱熹認為屈原與儒家精神相通，把他與一般「詞人」區別開來。後儒在朱氏的基礎上對屈原不合儒家之處曲為之辯，使之進一步成為「聖人之徒」。

西漢黃老與儒術兼行，故人們評價屈原，或立足於道家，或儒、道兼而有之。最早將屈原引為同道的是賈誼。賈誼作《弔屈原賦》把屈原視為與自己遭際相同的失意之士。但賈誼既是最早同情屈原的人，也是最早對屈原提

出質疑的人。賈誼雖是儒士，卻頗受道家影響，他對屈原因眷念故國而沉江自盡大惑不解，用道家的處世方式來代替屈原思考：「鳳凰翔於千仞之上兮，覽德輝而下之；見細德之險徵兮，搖增翮逝而去之；彼尋常之污瀆兮，豈能容吞舟之魚！橫江湖之鱣鱏兮，固將制於螻蟻。」〔註6〕這裡用《莊子‧庚桑楚》的典故，說假如他處在屈原的時代，會高蹈遠引，既不會為小人所制，更不會投江。道家憤世嫉俗，卻反對以死抗爭，而主張以隱遁來保持人格獨立與自由。賈誼另一名作《鵩鳥賦》就是以道家來消解對失意和死亡的恐懼。賈誼跟屈原的不同，表明屈原跟道家有別。

較早系統評價屈原的是淮南王劉安：「屈平正道直行，竭忠盡智以事其君，讒人間之，可謂窮矣。信而見疑，忠而被謗，能無怨乎？屈平之作《離騷》，蓋自怨生也。國風好色而不淫，小雅怨誹而不亂。若《離騷》者，可謂兼之矣。上稱帝嚳，下道齊桓，中述湯武，以刺世事。明道德之廣崇，治亂之條貫，靡不畢見。」〔註7〕劉安的評論最值得注意的有兩點：一是強調屈原忠君，二是強調屈原的怨誹符合中庸。劉安為什麼要強調屈原忠君呢？聯繫劉安的具體情況，可以推知：一、劉安屬於道家黃老派〔註8〕。漢代黃老派在忠君的問題上甚至比儒家還偏激。《史記‧儒林傳》載，漢景帝時，屬黃老派的黃生同儒學博士轅固生辯論，轅固生還承認湯武革命合理，黃生卻認為湯武革命是弒君，因為：「冠雖敝，必加於首；履雖新，必關於足。何者？上下之分也。今桀紂雖失道，然君上也；湯武雖聖，臣下也。夫主有失行，臣下不能正言匡過以尊天子，反因過而誅之，代立踐南面，非弒而何也？」司馬遷的父親司馬談也是黃老派，他批評儒家，卻認為儒家的序君臣父子之禮、夫婦長幼之別不可改易（《論六家之要指》）。劉安的《淮南子》也對君臣大義多有闡發，如《本經訓》講「君施其德，臣盡其忠，父行其慈，子竭其孝，各致其愛而無憾恨其間」，就是如此。大一統政權建立以後，戰國時代的自由民主精神逐漸消退，相對君臣觀自然也就一變而為要求臣下對君主絕對盡忠。二、劉安之父劉長因反對漢文帝遭流放死，吳楚七國之亂時劉安還曾想響應吳王劉濞。武帝初，他以叔父的身份入朝，頗受重視，為了防止武帝懷疑他有二心，所

〔註6〕據《史記‧屈原賈生列傳》，中華書局 1959 年版，第 2494～2495 頁。

〔註7〕《史記‧屈原賈生列傳》引，中華書局 1959 年版，第 2485 頁。

〔註8〕關於《淮南子》屬黃老，我在拙著《道家及其對文學的影響》（嶽麓書社 2005 年修訂本）第四編第四章第四節有所論述，請參看。

以他要借屈原表忠，既獻《淮南內書》（即今之《淮南子》），又受詔作《離騷傳》，還獻過《頌德》及《長安都國頌》。雖然後來劉安終因漢武帝不信任而陷入被告謀反的境地，但作《離騷傳》時通過表忠來取得漢武帝信任是有必要的。劉安為什麼強調屈原的怨誹符合中庸之道呢？這是因為劉安的父親被殺，他確實對朝廷有過怨言，吳楚七國之亂時甚至想起兵響應，這樣的深怨，總該有個解釋吧。借儒家「詩可以怨」的理論來解釋屈原，再通過屈原來為自己辯解，應該是順理成章的。「中庸」和「詩可以怨」都是儒家理念，從這個角度，也可以說劉安是最早企圖儒化屈原的人。

劉安屬道家黃老派，所以傾向於黃老派的司馬遷很贊同他的意見，把他的評論寫進《屈原賈生列傳》。當然，司馬遷跟劉安又有所不同。他雖然也強調屈原的忠，卻對楚懷王的昏庸予以譴責。說屈原：「雖放流，睠顧楚國，繫心懷王，不忘欲反，冀幸君之一悟，俗之一改也。其存君興國而欲反覆之，一篇之中三致意焉。然終無可奈何，故不可以反，卒以此見懷王之終不悟也。人君無愚智賢不肖，莫不欲求忠以自為，舉賢以自佐，然亡國破家相隨屬，而聖君治國累世而不見者，其所謂忠者不忠，而所謂賢者不賢也。懷王以不知忠臣之分，故內惑於鄭袖，外欺於張儀，疏屈平而信上官大夫、令尹子蘭。兵挫地削，亡其六郡，身客死於秦，為天下笑。此不知人之禍也。《易》曰：『井泄不食，為我心惻，可以汲。王明，並受其福。』王之不明，豈足福哉！」司馬遷肯定屈原忠誠而批判懷王昏庸，不只是因為他尚承襲著先秦時代的自由精神，也與自己的遭遇有關。但是，司馬遷對屈原的眷念故國、沉江自盡也頗有疑惑：「又怪屈原以彼其材，遊諸侯，何國不容，而自令若是。」漢代的大一統使士人生計越來越艱難，因而都非常嚮往擇主自由的戰國時代，屈原處在那麼自由的時代，卻執意不離開楚國，繫心懷王，是他們非常難以理解的。

揚雄總體上是儒士，看待和評論屈原時則道家和儒家視角均有。儒家也好，道家也好，對人生遭際都採取樂天委命態度，揚雄評價屈原時即持這種態度。《漢書‧揚雄傳》說他：「又怪屈原文過相如，至不容，作《離騷》，自投江而死，悲其文，讀之未嘗不流涕也。以為君子得時則大行，不得時則龍蛇，遇不遇命也，何必湛身哉！乃作書，往往摭《離騷》文而反之，自岷山投諸江流以弔屈原，名曰《反離騷》」。《反離騷》最後說：「夫聖哲之不遭兮，固時命之所有；雖增欷以於邑兮，吾恐靈修之不累改。昔仲尼之去魯兮，斐斐遲遲而周邁，終回復於舊都兮，何必湘淵與濤瀨！潛漁父之餔歠兮，絜沐浴

之振衣。棄由、聃之所珍兮，跖彭咸之所遺！」「仲尼去魯」四句是說孔子離開父母之邦，遲遲乎其行，但最終還是回到了魯國，屈原不採用這種方式，實在不應該。這是用儒家的眼光來批評屈原至死不肯離開故國。「漚漁父」四句，認為屈原不學許由、老聃高尚其事，卻依彭咸自沉遺則，實在沒有必要。這當然是站在道家立場來否定屈原沉江。當然，揚雄對屈原的評價還是很高的。他認為屈原「如玉如瑩，爰變丹青」，是一位智者〔註9〕。

漢宣帝認為「辭賦大者與古詩同義，小者辯麗可喜」〔註10〕，部分地肯定了楚辭跟儒家所推崇的《詩經》同一歸趣。東漢儒學盛行，學者更多地站在儒家立場，或批評屈原，或為屈原辯護。批評屈原最激烈的是班固，為屈原辯護最著力的是王逸。不管是批評還是辯護，都是站在儒家立場。班固顯然是反對儒化屈原，王逸則力圖儒化屈原。這種反儒化與儒化，構成了東漢屈原研究的奇特景觀。

從《離騷贊序》看，班固也承認屈原有忠信的一面，但他站在儒家樂天委命和明哲保身的角度，堅持孔子「邦有道則智，邦無道則愚」，「邦有道則仕，邦無道則可卷而懷之」的生存策略，批評屈原「露才揚己」、「責數懷王」、「愁神苦思，強非其人，忿懟不容，沉江而死」，並認為屈原所描寫的崑崙、宓妃之類，也多為虛無之語，非法度之言，淮南王稱讚屈原「可與日月爭光」，是言過其實。班氏對屈原、淮南王的批評，與其說是針對屈原、淮南王，還不如說在表明漢儒的處世態度。儒家的明哲保身理論本來就是為了應對專制制度而設。在君昏臣虐、邦國無道的現實狀況下，任何個人都無能為力，任何逞才、忿懟、以死抗爭都於身無益，於國無補。佯裝愚鈍或卷而懷之，是保存實力靜以待時的最佳方式。班固所處的東漢中葉正是封建專制制度已經非常完善的時代（班固在《兩都賦》中盛讚東漢禮樂制度之完備即是如此），他這樣看待屈原是可以理解的。《漢書·馮奉世傳》讚語說：「《詩》稱『抑抑威儀，惟德之隅。』宜鄉侯參鞠躬履方，擇地而行，可謂淑人君子，然卒死於非罪，不能自免，哀哉！讒邪交亂，貞良被害，自古而然。故伯奇放流，孟子宮刑，申生雉經，屈原赴湘，《小弁》之詩作，《離騷》之辭興。經曰：『心之憂矣，涕既隕之。』馮參姊弟，亦云悲矣！」在他看來，在專制制度下，忠貞之士正

〔註9〕揚雄《法言·吾子》，汪榮寶撰、陳仲夫點校《法議疏》，中華書局 1987 年版，第 57 頁。
〔註10〕班固《漢書·王褒傳》，中華書局 1962 年版，第 2829 頁。

道直行反被加害是自古而然的事，被害者除了憂傷之外別無良方。應該說，班氏對忠貞所陷入的尷尬和死結認識是非常深刻的。這可能是儒者在制度層面上總是強調明哲保身而不講殺身成仁、捨生取義的原因。作為史學家，班氏看重的是無徵不信，因此，他否定屈原的神話式表達方式也是可以理解的。但班氏沒有否定屈原的才華，他看到了屈原對漢代辭賦創作的深遠影響，肯定屈原「雖非明智之器，可謂妙才者也」〔註11〕。《漢書·藝文志》將屈原置於「詩賦略」，實際上已開將屈原視為文人的先聲。

王逸作為屈原的敬仰者和楚辭的熱愛者，在東漢儒學語境下，自然力圖將屈原儒化，以便使屈原獲得應有的地位。跟班固的強調儒者應明哲保身不同，他強調的是儒家殺身成仁、捨生取義的一面，並據此針對班固的批評為屈原辯護，認為「人臣之義，以忠正為高，以伏節為賢。故有危言以存國，殺身以成仁」。他旗幟鮮明地批判明哲保身思想，說「若夫懷道以迷國，佯愚而不言，顛則不能扶，危則不能安，婉娩以順上，逡巡以避患，雖保黃耇，終壽百年，蓋志士之所恥，愚夫之所賤也」。屈原「膺忠貞之質，體清潔之性，直若砥矢，言若丹青，進不隱其謀，退不顧其命」，藝術上依託《五經》以立義，本來就符合儒家精神，班固的批評既「虧其高明而損其清潔」，又「殆失厥中」〔註12〕。孔子不僅肯定過殺身成仁，還肯定過史魚「邦有道如矢，邦無道如矢」的直諫精神〔註13〕。王逸強調儒家的這一面，當然比班固所強調的明哲保身更能體現儒家勇於承擔道義，敢於同黑暗勢力作鬥爭的積極一面。對屈原所採用的藝術手法，王逸儘量運用儒家的《詩》學方法來研究，認為屈原為文是「依《詩》取興」、「依託《五經》以立義」，並儘量挖掘屈賦中的若干詞句比附於儒家經典。王逸為儒化屈原，可謂煞費苦心。

三、六朝至唐：屈原詮釋之文人視角

因為屈原為人的極端跟儒家，特別是專制制度形成以後儒士的處世態度

〔註11〕見班固《離騷贊序》、《離騷序》，洪興祖《楚辭補注》本，中華書局1983年版，第48、51頁。

〔註12〕詳王逸《楚辭章句·離騷序》，洪興祖《楚辭補注》本，中華書局1983年版，第48頁。

〔註13〕《論語·衛靈公》：「子曰：直哉史魚！邦有道如矢，邦無道如矢。君子哉蘧伯玉！邦有道則仕，邦無道則可卷而懷之。」劉寶楠撰、高流水點校《論語正義》，中華書局1990年版，第617頁。

反差太大，加上明哲保身作為專制制度下士人的自全之道也有其合理性甚至普適性，所以王逸的意見很長時間內並未在儒家內部得到認同。多數人都只把屈原當文人看待。最早把屈原說成文人的是王充。《論衡·超奇篇》說：「唐勒、宋玉，亦楚文人也。竹帛不紀者，屈原在其上也。」王充的文人有廣、狹兩種含義。按照廣義文人的理解，孔子、董仲舒也算文人〔註14〕。狹義的文人指「採掇傳書以上書奏記者」，即能從事文學創作和應用文寫作的一般文士，包括屈原、宋玉、唐勒等辭賦作家，只是王充認為屈原高於唐勒、宋玉等楚辭作家而已。

把屈原當文人看待在魏晉南北朝很是盛行。六朝尚文，照道理說屈原的地位應有所上升才是，但事實上卻並不如此。魏晉儒學雖處於低迷階段，但文士如顏延之輩對屈原的表彰並不得力〔註15〕，而儒士卻因長期受壓流於偏激，對文人極為不滿，他們批評文人時拿屈原作靶子，卻非常引人注目。自曹丕提出「觀古今文人，類不護細行，鮮能以名節自立」〔註16〕以後，儒士多以此為標準來批評文人。對屈原的批評也用這一標準。典型的是北魏儒士劉獻之，他這樣批評屈原：「觀屈原《離騷》之作，自是狂人，死其宜矣，何足惜也！吾常謂濯纓洗耳，有異人之跡；哺糟歠醨，有同物之志。而孔子曰：『我則異於是，無可無不可。』誠哉斯言，實獲我心。」〔註17〕後來儒者顏之推在《顏氏家訓·文章》中稱「自古文人，多陷輕薄」把屈原「露才揚己，顯暴君過」放在第一位。有諷刺意味的是，班固也被以「盜竊父史」列入輕薄之類。

劉勰是一位受儒學影響極深的文論家，《文心雕龍·辨騷》具體考察了前代漢宣帝、揚雄、班固、王逸等人的意見，認為前人「褒貶任聲，抑揚過實，

〔註14〕《論衡·佚文篇》即說：「孔子，周之文人也。」《超奇篇》：「文王之文在孔子，孔子之文在仲舒。……何言之卓殊，文之美麗也！」黃暉《論衡校釋》，中華書局1990年版，第868、614頁。

〔註15〕顏延之《祭屈原文》云：「蘭薰而摧，玉貞則折。物忌堅芳，人諱明潔。曰若先生，逢辰之缺。溫風迨時，飛霜急節。贏、芊遘紛，昭、懷不端。謀折儀、尚，貞蔑椒、蘭。身絕郢闕，跡遍湘幹。比物荃蓀，連類龍鸞。聲溢金石，志華日月。如彼樹芬，實穎實發。望汨心欷，瞻羅思越。藉用可塵，昭忠難闕。」見沈約《宋書·顏延之傳》，中華書局1974年版，第1892頁。

〔註16〕《又與吳質書》，嚴可均《全上古三代秦漢三國六朝文》，中華書局1985年版，第1089頁。

〔註17〕魏收《魏書·儒林傳》，中華書局1974年版，第1849頁。

可謂鑒而弗精，玩而未覈」，並具體將屈原的為人、創作同儒家一一對照，撇開對屈原是否符合儒家的評價而專論楚辭，認為楚辭同儒家經典有相通之處，但畢竟不全合儒家。於是他通過評價楚辭來婉轉地評價屈原：「固知《楚辭》者，體慢於三代，而風雅於戰國，乃《雅》、《頌》之博徒，而詞賦之英傑也。觀其骨鯁所樹，肌膚所附，雖取鎔經意，亦自鑄偉辭。」實際上，在劉勰心目中，屈原還是一位文人，只不過是一位在某些方面符合儒家精神的文人而已。蕭繹《金樓子·立言上》則說：「古人之學者二，今人之學者有四。夫子門徒，轉相師受，通聖人之經者謂之儒，屈原、宋玉、枚乘、長卿之徒，止於辭賦則謂之文。今之儒博窮子史，但能識其事，不能通其理者，謂之學。」明顯把屈原列入文人，以區別於儒者。

唐代雖然三教並行，儒家在政治生活中有一席之地，但儒士實際地位並不高，所以沒有儒士把屈原引為同類，而仍把屈原視為失意文人。魏徵主編的《隋書·經籍志》說：「《楚辭》者，屈原之所作也。自周室衰亂，詩人寢息，諂佞之道興，諷刺之辭廢。楚有賢臣屈原，被讒放逐，乃著《離騷》八篇，言己離別愁思，申杼其心，自明無罪，因以諷諫，冀君覺悟，卒不省察，遂赴汨羅死焉。弟子宋玉，痛惜其師，傷而和之。其後，賈誼、東方朔、劉向、揚雄，嘉其文采，擬之而作。蓋以原楚人也，謂之『楚辭』。然其氣質高麗，雅致清遠，後之文人，咸不能逮。」可見唐初人仍把屈原看作文人，只是比一般文人「氣質高麗，雅致清遠」而已。

盛唐前的人們認為屈原有古詩人之風，宋玉則為一般文人，故常把屈原置於宋玉之上，盛唐以後則不管這種區別，他們徑直將屈原與宋玉並列，一律看作失意文人。杜甫詩云：「不薄今人愛古人，清詞麗句必為鄰。竊攀屈宋宜方駕，恐與齊梁作後塵。」（《戲為六絕句》）戴叔倫詩云：「沅湘流不盡，屈宋怨何深。日暮秋煙起，蕭蕭楓樹林。」（《過三閭廟》）吳融詩云：「悲秋應亦抵傷春，屈宋當年並楚臣。何事從來好時節，只將惆悵付詞人。」（《楚事》）盛唐後的人關注屈宋無非因為他們都是清詞麗句的創造者，又都是失意的哀怨者。唐代文人失意，特別是浪跡或被貶到湖湘時，往往引屈宋同病相憐，李白、杜甫、劉蛻、元結等都是如此。

最能把握屈原精神的是柳宗元。他的《弔屈原文》稱：「先生之不從世兮，惟道是就。」又極力為屈原辯解，以解前代儒者批評屈原之惑：

> 何先生之凜凜兮，屬針石而從之。但仲尼之去魯兮，曰吾行之

遲遲。柳下惠之直道兮，又焉往而可施。今夫世之議夫子兮，曰胡隱忍而懷斯？惟達人之卓軌兮，固僻陋之所疑。委故都以從利兮，吾知先生之不忍；立而視其覆墜兮，又非先生之所志。窮與達固不渝兮，夫惟服道以守義。翹先生之悃愊兮，蹈大故而不貳。沈璜瘞珮兮，孰幽而不光？荃蕙蔽匿兮，胡久而不芳？〔註18〕

柳氏把屈原看成「服道守義」之士，已開宋代再次儒化屈原之先聲。

晚唐哀帝時，屈原因「正直事君，文章飾己」，被封為昭靈侯〔註19〕，想借屈原之忠君以激勵士大夫為唐王朝效力。但此時唐王朝大勢已去，祭起屈原也徒費心力。

四、宋以後：屈原詮釋之日漸儒化

宋代的儒學語境是促使屈原儒化的重要原因。洪興祖《楚辭補注》已開其端。洪氏重申了淮南王、司馬遷的評價，並對後世儒者的質疑作了回應。對屈原為什麼至死不離開楚國的問題，他作了一個符合宗法制度的解釋：「屈原，楚同姓也。為人臣者，三諫不從則去之。同姓無可去之義，有死而已。」他並不否認儒家明哲保身的正確，但他又強調儒家還有「夙夜匪解（懈），以事一人」的一面，說：「士見危致命，況同姓，兼恩與義，而可以不死乎！且比干之死，微子之去，皆是也。屈原其不可去乎？」〔註20〕對班固提出的「忿懟沉江」的問題，他在《離騷》「願依彭咸之遺則」注文中引用顏師古之說：「彭咸，殷之介士，不得其志，投江而死。」這樣就避免了屈原因諫君不聽而忿懟沉江的舊說。洪氏還認為：「屈原死於頃襄之世，當懷王之時作《離騷》，……蓋其志先定，非一時忿懟而自沉也。」〔註21〕通過這些回應，洪氏否定了賈誼、揚雄、班固、顏之推等前輩的看法，並直斥班固、顏之推「所云無異妾婦兒童之見」。平心而論，洪氏說屈原想投江乃「其志先定」是有見地的。從《離騷》、《涉江》、《懷沙》等作品看，屈原想以死了斷確實醞釀了一個很長的過程。姑不論《離騷》是作於懷王還是頃襄王時，據「老冉冉其將至兮」之語，可知他尚未真老（不管五十曰老還是七十曰老，總之這時他尚未老），然而這時他就說「吾將從彭咸之所居」，想著要學彭咸投水自盡了；《涉

〔註18〕《柳宗元集》，中華書局 1979 年版，第 517 頁。
〔註19〕董誥等《全唐文》卷九十二《封屈原勅》，中華書局 1983 年版，第 972 頁。
〔註20〕洪興祖《楚辭補注》卷一，中華書局 1983 年版，第 50 頁。
〔註21〕洪興祖《楚辭補注》，中華書局 1983 年版，第 13 頁。

江》說「年既老而不衰」，這時他真的老（說「既老」，就是超過「老」的年齡界限了）了，卻沒有提到死的問題，只說「懷信侘傺，忽乎吾將行兮」，似乎還打算到別的地方去以為長久之計。《懷沙》說「知死不可讓，願勿愛兮。明告君子，吾將以為類兮」，這才最後下定決心去死。從這些跡象看，洪氏講屈原「其志先定」是有道理的。後世為此爭執不休，批評洪氏者不少，我以為都不如洪氏有見地。清人蔣驥也有類似洪氏之見而闡釋更詳〔註22〕。洪氏的辯解顯然強化了屈原的忠誠於君主、執著於宗族，為朱熹儒化屈原提供了思路。

應該說，就評價屈原說，朱熹比洪氏圓通，他承認「原之為人，其志行雖或過於中庸而不可以為法」，「原之為書，其辭旨雖或流於跌宕怪神、怨懟激發而不可以為訓」，「其不知學於北方以求周公、仲尼之道，而獨馳騁於變風變雅之末流，以故醇儒莊士或羞稱之」，然而，他認為這些都不足以構成把屈原排斥在儒門之外的理由，因為屈原之心，「出於忠君愛國之誠心」；屈原之文，「皆生於繾綣惻怛不能自己之至意」，醇儒莊士雖羞於稱頌屈原，屈原卻仍能「使世之放臣屛子、怨妻去婦抆淚謳唫於下，而所天者幸而聽之，則於彼此之間，天性民彝之善，豈不足以交有所發，而增夫三綱五典之重」，這種忠君愛國之誠、繾綣惻怛之意已足以使人們「不敢直以詞人之賦視之」〔註23〕！像洪興祖一樣，朱氏也針對前人批評屈原的言論為屈原辯護，認為如果說屈原有什麼「過錯」的話，那「過錯」就是屈原過於忠誠：「夫屈原之忠，忠而過者也。屈原之過，過於忠者也。故論原者，論其大節，則其他可以一切置之而不問。論其細行，而必其合乎聖賢之矩度，則吾固已言其不能合於中庸矣，何尚說哉！」〔註24〕朱氏反覆要求人們不要拘泥於枝節，強調只要屈原之大節符合聖賢矩度就夠了。朱氏對「文人」是極為不屑的，從其《楚辭後

〔註22〕 蔣驥說：「余考原自懷王初放已作《離騷》，以彭咸自命，然終懷之世不死。頃襄即位，東遷九年不死。《漁父》、《懷沙》岌岌乎死矣，而《悲回風》卒章所云，抑不忍遽死。何者？以死悟君，君可以未死而悟，則原固不至於必死。至《惜往日》始畢辭赴淵。其辭曰：『身幽隱而備之。』又曰：『恐禍殃之有再。』蓋其時讒焰益張，秦患益迫，使原不自沉，固當即死。死等耳，死於讒與死於秦，皆不足悟君，君雖悟，亦且無及。故處必死之地而求為有用之死，其勢不得不出於自沉而！」見《山帶閣注楚辭·序》，上海古籍出版社 1984 年版，第 3 頁。

〔註23〕 朱熹撰、蔣立甫點校《楚辭集注》，上海古籍出版社、安徽教育出版社 2001 年版，第 2 頁。

〔註24〕 朱熹撰、蔣立甫點校《楚辭集注》之《反離騷》按語，上海古籍出版社、安徽教育出版社 2001 年版，第 241 頁。

語》稱息夫躬「文人無行」可知〔註25〕。朱氏把屈原從一般的「文人（詞人）」中超拔出來，用意十分明顯，就是要使屈原由一般文人轉變為儒門同志。明人何喬新云：「然嘗聞之，孔子之刪《詩》，朱子之定《騷》，其意一也。《詩》之為言，可以感發善心，懲創逸志，其有裨於風化也大矣！《騷》之為辭，皆出於忠愛之誠心，而所謂『善不由外來，名不可以虛作』者，又皆聖賢之格言。」〔註26〕何氏推朱熹之意，把楚辭同《詩經》相提並論，符合朱子本心。可以說把屈原儒化的工作，到朱熹這裡實際上已基本完成。

朱熹雖是權威，但畢竟並未明確表態屈原就是儒家，因而，此後的爭議尚並未止息，明人汪瑗為了進一步把屈原納入「聖人之徒」〔註27〕，費了許多心力。汪氏花了許多工夫來考證彭咸就是彭祖，認為《離騷》「願依彭咸之遺則」並不是學習彭咸諫君不聽投水而死，而是學彭祖隱遁養壽，《離騷》末句「吾將從彭咸之所居」乃是「言己決於西涉也」〔註28〕。汪氏甚至根本否定有屈原投水而死這回事。為什麼要這樣百般迴護呢，汪氏自己說得很清楚：「蓋屈子編內往往言甘死亡不悔者，蓋當時讒言交構之害，其事勢，實欲置之於死地，故屈子言寧死而不變其所守也，非因君之放逐而遽欲死也。苟因君之放逐而遽欲死亡，又何其不自重而迂闊之甚也？……若果因君之放逐而欲死，死而又投水，則揚、班之譏猶為恕之，雖謂千載之罪人可也，豈特不可為法而已哉！」〔註29〕汪氏為什麼竟說屈原投水是「千載之罪人」呢？我以為是他過分看重了儒家「邦有道卷而懷之」的那一面。前人揚雄、班固因看重這一面而對屈原加以非議，汪氏想從根本上推倒他們的說法，他不僅說屈原根本就沒有投江這回事，而且說屈原本來就是在踐履「邦有道則卷而懷之」的人生道路。汪氏的說法雖十分牽強，卻頗得後世站在儒家立場談楚辭者所

〔註25〕 朱熹撰、蔣立甫點校《楚辭集注》所收《楚辭後語》卷三，上海古籍出版社、安徽教育出版社 2001 年版，第 243 頁。

〔註26〕 朱熹撰、蔣立甫點校《楚辭集注·附錄》載何喬新序，上海古籍出版社、安徽教育出版社 2001 年版，第 301 頁。

〔註27〕 汪瑗撰、董洪利點校《楚辭集解·離騷》注：「嗚呼，若屈子者，其聖人之徒與？豈特為楚國之賢而已哉？豈特為戰國之賢而已哉？」北京古籍出版社 1994 年版，第 107 頁。

〔註28〕 汪瑗撰、董洪利點校《楚辭集解·離騷》，北京古籍出版社 1994 年版，第 107 頁。

〔註29〕 汪瑗撰、董洪利點校《楚辭集解》所載《楚辭蒙引》之「屈原投水辨」，北京古籍出版社 1994 年版，第 333～334 頁。

喜。如戴震以彭咸為《論語》之老彭，王闓運甚至說屈原「將從彭咸之所居」
是「欲還秭歸，依舊都，終隱以老也」。俞樾雖不否認屈原沉江〔註30〕，也花
了許多工夫考據彭咸即彭祖。考據當然有其必要，但他們的目的並不在於求
真，而是為了避開前人對屈原效法彭咸投水的非議，以維護朱熹以來對屈原
的儒化。今人林庚先生也頗受這種看法的影響，花了許多筆墨來考證彭咸即
是彭祖（彭鏗）〔註31〕。揚雄、王逸近古之說，反被置之一旁，不予採信。

其實說屈原投水同樣不妨礙把屈原儒化，因為如前所云，儒家本來就有
殺身成仁、捨生取義的一面。王夫之《楚辭通釋》卷一釋《離騷》「亂曰」數
句說：「知故都繽紛變易之不必懷，抑念政惡則國無與存，而義則君臣，恩則
同姓，情則成言有黃昏之期，又安能置故都於不懷邪？往復思惟，決以沉江
自矢。雖當懷王之世，未嘗絕望，且退居漢北以有待。而君子知幾，已夙其必
於捨生取義以從彭咸，又奚竢頃襄遷竄之時乎！」〔註32〕對屈原未採用儒家
的明哲保身之道，王氏這樣解釋：「斯以為千古獨絕之忠，而往復圖維於去留
之際，非不審於全身之善術。則朱子謂其過於忠，又豈過乎！」〔註33〕王氏
並沒有全面駁斥前人對屈原的批評，而只是作出合乎情理的解釋，維護了屈
原「忠絕」的形象。對洪興祖有關屈原沉江「蓋其志先定」的說法，王氏也有
所吸納。王氏乃湖湘學者，湖湘自宋代周敦頤、胡安國、胡宏、張栻以來理學
便自成體系。屈原與湖湘理學的結合自然更加深了其儒家色彩。直至今日，
論者談湖湘文化還必上溯屈原。

綜觀屈原由文人而儒化的過程，我們可以清晰地看到歷史上人們對屈原
理解的變化。屈原雖非儒家，但經過儒化，其內在精神便越來越與儒家接近，
甚至融為一體。其核心就是朱熹講的「忠君愛國」。說屈原忠君雖有一定根據，
然而也在很大程度上掩蓋了屈原固有的那種戰國時代特有的民主精神。忠君
是一種封建倫理道德，過於強化屈原忠君在某種程度上歪曲了屈原。愛國卻
是每一個民族都有的具有公理性質的品質，強調屈原的愛國，把屈原樹為中
華民族的愛國楷模，無疑具有巨大的積極意義。上世紀抗戰時期以來，研究
者基本上都是從愛國這一角度來從事屈原研究，就說明了這一解讀的深遠效

〔註30〕以上諸家之說，均見游國恩主編之《離騷纂義》，中華書局1980年版。

〔註31〕《彭咸是誰》，見《詩人屈原及其作品》，中華書局1962年版，第63～70
頁。

〔註32〕王夫之《楚辭通釋》，中華書局上海編輯所1959年版，第24頁。

〔註33〕王夫之《楚辭通釋》，中華書局上海編輯所1959年版，第2頁。

應〔註 34〕。現代學者對前代儒者的批評屈原多半持否定態度，其實也應從儒家人生模式的角度重新加以審視。儒者批評屈原多強調儒家明哲保身的一面，這一方面是出於他們對封建專制制度本身殘酷性的深刻認識，不願意為昏君虐主作無謂犧牲；另一方面也出於儒者對封建專制的隱忍，因為儒者的利益是與這種制度捆綁在一起的，所謂君臣一體，忿懟沉江只能破壞彼此的合作。從這些批評屈原的儒者那裡，我們也可以看到屈原的人生態度跟後世某些儒者的巨大差別。

原載《中國文學研究》2009 年第 3 期

〔註 34〕關於抗戰時期郭沫若、湯炳正、衛瑜章、游國恩、聞一多等前輩在抗戰時期研究屈原的動機，周建忠《屈原「愛國主義」研究的歷史審視》一文有簡要敘述，可參看。見方銘、張宏洪主編的《中國楚辭學》第一輯，學苑出版社2002 年版。

論韓愈莊騷並舉之意義

韓愈《進學解》提出的「上規姚、姒，渾渾無涯，周《誥》殷《盤》，佶屈聱牙；《春秋》謹嚴，《左氏》浮誇，《易》奇而法，《詩》正而葩；下逮《莊》、《騷》，太史所錄，子雲、相如，同工異曲」，既是韓氏自己的古文攻習範圍，也是古文運動成員的古文攻習範圍。其中「莊騷」並舉，其意義如何，學者多習焉不察，似無人深入考察。本文就此發表一點看法，向同行請教。

一、在儒學語境下，「莊騷」並舉，且置「莊騷」於儒家經典之後，提升了「莊騷」的地位

楚辭與莊子雖可能產生於相近的文化土壤，藝術上又有許多共通之處，但在先秦時代，它們基本上各行其道，互不相干。漢代以後，莊與騷事實上逐漸有了關聯。韓愈之前，許多作家如賈誼、揚雄、張衡、趙壹、阮籍、嵇康、郭璞、張九齡、李白等在具體創作中都已融匯莊騷，這一點，筆者在《論莊、騷的融通與影響》〔註1〕一文中已有所論及。

然而，漢代的文化主流是儒學及史學，儒者、史家都講究「無徵不信」、「不語怪力亂神」，秉持儒者或史家崇有尚實的理性精神，對莊騷的浪漫、虛幻成分並不認可。莊、騷的文辭雖然也頗受儒者或史家稱賞，其地位卻不僅不能同儒、史並列，甚至難以附儒、史驥尾；如果有人想提高莊騷的地位，就不得不將之牽強地比附於儒家經典。

司馬遷《史記·老莊申韓列傳》評論莊子說：「故其著書十餘萬言，大抵率寓言也……《畏累虛》《亢桑子》之屬，皆空語無事實。」《孟子荀卿列傳》

〔註1〕李生龍《論莊、騷的融通與影響》，《中國文學研究》2004 年第 2 期。

甚至稱莊子為「滑稽亂俗」的「小儒」。司馬遷看重的是莊子善於屬書離辭，指事類情，而對其寓言「空語無事實」頗有微詞。對楚辭，司馬遷《賈生屈原列傳》所取的是推崇楚辭的劉向的評價，對楚辭中同樣存在的「空語無事實」的內容未予涉及。可到了東漢，班固作《離騷序》，就開始從儒學角度批評楚辭「多稱崑崙、冥婚宓妃虛無之語，皆非法度之政，經義所載」，認為楚辭中的崑崙、宓妃之類的虛荒誕幻內容不符合儒家理性。班氏是儒者，又是史家，他的態度代表了儒家與史家的基本立場。

屈原和楚辭的推崇者王逸，力圖把楚辭與儒家經典聯繫起來，並證明楚辭符合儒家經典，以便把楚辭提升到與儒家經典並列的地位。他稱《離騷》為「經」，說楚辭也是運用比興來表達作者的思想感情，以便借儒經權威來解決楚辭中存在的「虛無之語」與「非法度之政」之類的問題：「夫《離騷》之文，依託五經以立義焉：『帝高陽之苗裔』，則《詩》『厥初生民，時維姜嫄』也……『駟玉虬而乘鷖』，則《易》『時乘六龍以御天』也；『就重華而陳詞』，則《尚書》『咎繇之謀謨』也；『登崑崙而涉流沙』，則《禹貢》之敷土也。」〔註2〕

王逸的解釋雖牽強，卻提升了楚辭的地位，故後來為頗有儒家情結，並且非常注重提升楚辭地位的劉勰所部分採納。劉勰對前人的楚辭評論有所折衷，他承認楚辭同儒家經典既相合又不相合。《文心雕龍·辨騷》說虬龍以喻君子，雲霓以譬讒邪等四事乃「比興之義」，是維護王逸的意見；說豐隆求宓妃、鴆鳥媒娀女等四事乃「詭異之辭」，不符合儒家經典，意見跟班固一致。這種折衷，可謂用心良苦。顯然，劉勰也沒有解決楚辭中的浪漫、虛幻成分是否合理的問題，更沒有解決《莊子》「空語無事實」的問題。

魏晉南北朝至初唐絕大多數人都把屈原當文人看待，只是一般論者都認為屈原的品格、地位高於宋玉、景差、唐勒等一般文人。但到盛唐，屈原的地位反而下降到同宋玉並稱（「屈宋」），完全被視為「詞人」了〔註3〕。魏晉玄學家以《易》、《老》、《莊》為「三玄」，且多研究《論語》，隱含著將《莊子》與儒家經典並列的意思，但因莊子有明確的否定名教、否定儒學的矛盾傾向，故儒家情結較深的士人多攻擊老、莊。唐代崇道，尊莊子為「南華真人」，科舉設有「道舉」，《莊子》為士人所普遍修習，這可能為韓愈將《莊子》附於儒家經典之後創造了條件；但莊子變成了道教神仙，又同攘斥異端的儒家有對

〔註2〕洪興祖《楚辭補注》，中華書局1983年版，第49頁。
〔註3〕李生龍《歷史上屈原詮釋之視角解讀》，《中國文學研究》2009年第3期。

立的一面，因而一般儒者也不便公然把莊子拉到儒家門下。

總的說來，在韓愈之前，除王逸、劉勰等極少數人力圖用楚辭攀附儒家經典外，玄學家將《莊子》同儒經《周易》並列外，莊與騷同列於儒經之後的現象從未有過。莊、騷大致各行其道，雖然創作界有融通莊、騷之實，理論界卻沒有人把莊、騷並舉。

韓愈把莊、騷相提並論的理由是什麼，韓氏自己並沒有直接說出。宋代魏仲舉所編《五百家注昌黎文集》卷二《感春》四首其二「屈原《離騷》二十五，不肯餔啜糟與醨。惜哉此子巧言語，不到聖處寧非癡。幸逢堯舜明四目，條理品匯皆得宜」數句下注云：「韓（醇）曰：先儒云：公以（屈）原詞介於莊周、司馬遷之間，其《感春詩》云云，蓋與屈原之懲於風諫，而傷其違聖之達節也。」（文淵閣《四庫全書》本）這裡說韓愈認為屈原的作品介於《莊子》與《史記》之間，肯定屈原的懲於諷諫，卻為屈原有違聖人之通達節概而傷感，其實也是根據《進學解》所作的推測。

這裡我們姑且不深究韓愈內心到底怎麼想，只是從情理上作一些推測：韓愈雖以復興儒學自命，想建立起儒家的「道統」，卻因為他只是文人，更多的是思考如何建立儒家的「文統」。就儒家「文統」而言，他在《答李翊書》中說「非三代兩漢之書不敢讀」，學習範圍定在「三代兩漢」之間，而莊、騷正在此一範圍之內。他雖闢佛老，但在唐代普遍崇道的文化背景下，批佛是主，老只是連類而及。且莊子雖被稱為南華真人，《莊子》雖被稱為《南華真經》，並非為道教所專有，唐代士大夫不讀《莊子》者很少，所以《莊子》似不是他所闢的對象。更為重要的是，前代文人創作，特別是韓愈本人的創作，實際上都未能繞開莊、騷。

與韓愈志同道合的柳宗元在《答韋中立論師道書》中也開列了一個古文學習書目：「本之《書》以求其質，本之《詩》以求其恒，本之《禮》以求其宜，本之《春秋》以求其斷，本之《易》以求其動，此吾所以取道之原也。參之穀梁氏以厲其氣，參之《孟》、《荀》以暢其支，參之《莊》、《老》以肆其端，參之《國語》以博其趣，參之《離騷》以致其幽，參之太史公以著其潔，此吾所以旁推交通而以為之文也。」柳氏對這個書目交待得比韓愈清楚一點，他之所以把儒家經典列在前面，是因為那是「取道之原」；取《莊》、《老》，是為了「肆其端」，即從一個側面拓展文學創作的源頭；取《離騷》，是為了「致其幽」，即為了使創作更加深沉幽眇。柳氏的這個書目雖與韓愈相近，並在說

明理由方面勝於韓愈，卻因為把莊、騷隔離開來，反而不及韓愈把「莊騷」連在一起那樣能引起人們的關注。

李翱作為古文運動的一員，也曾在《答朱載言書》中說：「六經之詞也，創意造言，皆不相師。故其讀《春秋》也，如未嘗有《詩》也。其讀《詩》也，如未嘗有《易》也。其讀《易》也，如未嘗有《書》也。其讀屈原、莊周也，如未嘗有六經也。」〔註4〕李氏把莊、騷並列，且稱讀了莊、騷就好像「未嘗有六經」，從莊、騷「創意造言」的獨創性角度認定它們堪與儒家經典比肩，其觀點本於韓愈又跨越了儒經獨尊的底線。他的提法可能有些過頭，沒有引起後世儒士的廣泛回應。

韓愈把莊、騷並舉，且讓它們緊附於儒家經典之後，看上去是一件平常事，卻極大地提高了莊、騷的地位。因為在儒學作為主流話語的時代，韓愈是大儒，被後世推為文宗，他的評價當然極有分量。故韓愈之後，一般儒者多認同他的提法。宋人胡仔說：「學者欲博讀異書。余謂退之《進學解》云『上規姚、姒，渾渾無涯。周誥殷盤，佶屈聱牙。《春秋》謹嚴，《左丘》浮誇。《易》奇而法，《詩》正而葩。下逮《莊》、《騷》，太史所錄。子雲、相如，同工異曲。』若只讀此足矣，何必多嗜異書？」〔註5〕明人劉繪說：「韓子曰：『易奇而法，詩正而葩，春秋謹嚴，左氏浮誇。』正道氣與辭也。天地之理，中焉已矣。其氣深厚和平，其辭大雅宏暢，則聖人之文也，六經是已。孔子刪述，自謂『文王既沒，文不在茲乎』，善學孔氏者，唯孟軻一人，其後諸子理不足而任於氣，故其辭醇疵相雜。荀卿以下莊、騷、太史、董仲舒、賈誼、劉向、揚雄諸人，窮理盡性，雖不能如聖人，而纂辭摹像，則標準六經，故旨趣各隨所見，而篇章音欵莫有逾焉。」〔註6〕清人蔡世遠記其伯父習孚先生云：「士不讀莊騷班馬，一木偶人耳。六經之外，唯此最要，而後漸及於諸子百家，汝其識之。」〔註7〕清人喬億說：「詩學根本《六經》，指義四始，放浪於《莊》、《騷》，錯綜於《左》、《史》，豈易言哉！」〔註8〕又說：「詩不緣於《楚

〔註4〕 董誥《全唐文》卷六百三十五，中華書局 1983 年影印，第 6411 頁。
〔註5〕 廖德明點校《苕溪漁隱叢話後集》卷十，人民文學出版社 1962 年版，第 75 頁。
〔註6〕 劉繪《與王翰林槐野論文書》，黃宗羲《明文海》卷二百五十二，《四庫全書》本。
〔註7〕 蔡世遠《二希堂文集》卷十《哭伯父習孚先生文》，《四庫全書》本。
〔註8〕 喬億《劍溪說詩》卷上，郭紹虞編選、富壽蓀校點《清詩話續編》（第二冊），上海古籍出版社 2016 年版，第 1023 頁。

騷》，無以窮《風》、《雅》比興之變，猶夫文不參之《莊子》，雖昌明博大，終乏神奇也。」〔註9〕

當然，後世也有儒者不同意韓愈的意見。比如宋儒王炎批評韓愈以文章為道，故言「下逮莊騷」〔註10〕，明人受理學浸潤較深的顧璘批評當時文人學習儒術未燭大義，就負其高明，「馳意於荒忽詭誕之技，取莊騷、揚雄氏之言而影響刻畫，艱文奇字，讀者不能句，朋徒相譽，號之曰『才』」〔註11〕。但從總體上說，韓、柳所開的書目為後世學古詩文者所繼承，莊騷並列的格局也從總體上得到確定。

二、莊騷並舉，啟發了後世對莊騷共性的思考，促使人們　　對莊騷的思想內蘊、藝術精神作深入探究

莊與騷有何共同特點？韓愈之前，儘管已有不少人在創作中融通莊、騷，卻未能從理論上加以分析、概括。就是韓愈、柳宗元、李翱等，對莊、騷共性的認識、表述也是模糊的、語焉不詳的。但是到宋代，人們的認識便逐漸清晰起來。例如曾鞏《祭歐陽少師文》稱讚歐陽修：「唯公學為儒宗，材不世出，文章逸發，醇深炳蔚，體備韓馬，思兼莊屈，垂光簡編，焯若星日。」〔註12〕把「思兼莊屈」看做歐陽修文章的一大特色。宋人詩歌中則每每有對莊騷共性的概括：

> 韓維：法書傳隸古，才筆擬莊騷。〔註13〕
>
> 蘇轍：微言精老易，奇韻喜莊騷。〔註14〕
>
> 陸游：安得人間掣鯨手，共提筆陣法莊騷。〔註15〕（自注：韓文公以《騷》配《莊》，古人論文所未嘗及也。）

〔註9〕喬億《劍溪說詩又編》，郭紹虞編選、富壽蓀校點《清詩話續編》（第二冊），上海古籍出版社2016年版，第1065頁。

〔註10〕王炎《雙溪類稿》卷十九《見張南軒》，《四庫全書》本。

〔註11〕顧璘《息園存稿文》卷七《讀書圖說》，《四庫全書》本。

〔註12〕陳杏珍、晁繼周點校《曾鞏集》，中華書局1984年版，第526頁。

〔註13〕韓維《王侍讀挽詞》二首其一，傅璇琮、倪其心、孫欽善等《全宋詩》（第八冊），北京大學出版社1998年版，第5262頁。

〔註14〕蘇轍《和張安道讀杜集》（用其韻），陳宏天、高秀芳點校《蘇轍集》，中華書局1990年版，第54頁。

〔註15〕陸游《雨霽作雪不成大風散雲月色皎然》，錢仲聯《劍南詩稿校注》卷四十九，上海古籍出版1985年版，第2942頁。

陸游：遺文誦史漢，奇思探莊騷。〔註16〕

陳造：虛孰高名擅顧陸，僅識妙思陵莊騷。〔註17〕

程公許：崛奇莊騷語，雅淡商周頌。〔註18〕

仇遠：搜奇薄莊騷，稽古極羲昊。〔註19〕

韓維稱莊騷為有「才筆」，蘇轍謂莊騷有「奇韻」，陸游謂莊騷乃「掣鯨手」，探之可得「奇思」，陳造謂莊騷有「妙思」，程公許謂莊騷之語「崛奇」，仇遠也說莊騷有「奇」的特點。這些概括，都指出了莊騷在構思、造境、語言等諸多方面的共同審美特徵。

宋人已開始注意將莊、騷加以比較。據林希逸《南華真經口義·外篇·駢拇》注，塘東劉叔平曾作過《莊騷同工異曲論》，林氏對之加以發揮說：「塘東劉叔平向作《莊騷同工異曲論》曰：莊周，憤悱之雄也。樂軒先生甚取此語。看來莊子亦是憤世疾邪而後著此書，其見既高，其筆又奇，所以有過當處。」〔註20〕劉叔平之《莊騷同工異曲論》今不可見，林希逸在他的基礎上發揮，認為莊子也跟屈原一樣，是一位憤世嫉俗的人，識見高，下筆奇。林希逸還對莊騷的特點有所概括。其《次雲方先生詩集序》云：「得遺風於風雅，寄逸思於莊騷。」〔註21〕指出莊騷的共同特點是有「逸思」，即想像力強、情致高遠。林氏還有一首《讀黃（庭堅）詩》，稱讚黃庭堅作詩深得莊騷遺意：「我生所敬涪江翁，知翁不獨俄詩工。逍遙頗學漆園吏，下筆縱橫法略同。自言錦機織錦手，與寄每有《離騷》風。內篇外篇手分別，冥搜所到真奇絕。頡頏韓柳追莊騷，筆意尤工是晚節。」〔註22〕通過這首詩，我們可以瞭解林氏對莊騷精神的理解是多方面的。

宋人方澄孫有《莊騷太史所錄》。該文是對韓愈「下逮莊騷，太史所錄」觀點的解讀，故先從儒家宗經的立場、文章發展正變的角度來談《莊》、《騷》、

〔註16〕陸游《散懷》，錢仲聯《劍南詩稿校注》卷五十七，上海古籍出版1985年版，第4296頁。

〔註17〕陳造《次韻解禹玉》，《全宋詩》（第四十五冊），《四庫全書》本，第28076頁。

〔註18〕程公許《贈修水黃君子行》，《全宋詩》（第五十七冊），《四庫全書》本，第35503頁。

〔註19〕仇遠《和蔣全愚韻》，《全宋詩》（第七十冊），《四庫全書》本，第44159頁。

〔註20〕林希逸撰、陳紅映校《南華真經口義》，雲南人民出版社2002年版，第140頁。

〔註21〕林希逸《竹溪鬳齋十一稿續集》卷十二，《四庫全書》本。

〔註22〕宋陳思《竹溪十一稿詩選》，陳世隆補《兩宋名賢小集》卷三百二，文淵閣《四庫全書》本。

《史記》的地位和影響，說：「蓋自《六經》而下，唯《莊》、《騷》、《太史》為最工，有志於文者，類喜言之。雖然，《莊》者，理義之變也；《騷》者，《風》、《雅》之變也；太史所錄，乃《尚書》、《春秋》之變也，不變則不工矣。」從正變說入手肯定六經不可動搖的地位和《莊》、《騷》、《史記》的價值，符合韓愈「下逮莊騷，太史所錄」之本意。接著作者針對當時某些人否定莊子、屈原、司馬遷的言論加以批駁：「然而世之議三家者，曰漆園之文偉，其失也誕；靈均之文深，其失也怨；司馬父子之文浩博閎肆，其失也豪。噫，亦孰知其不誕則不偉，不怨則不深，而不豪則不足以發其浩博閎肆也哉！夫大羹玄酒，味之正也；《雲門》、《咸》、《韶》，音之正也。三家者，負其詭異傑特之才，不安乎正而必出乎變，力掃世俗之塵腐，而為千古言語文字之宗祖，其用志亦良苦，而自成一家，亦良可喜矣。」肯定了《莊》、《騷》、《史記》「力掃世俗之陳腐」的美學價值。

方澄孫不僅站在儒家立場推崇六經而肯定《莊》、《騷》、《史記》的美學價值，還從文章藝術的角度對儒家六經的缺陷和《莊》、《騷》、《史記》的藝術魅力加以比較，以見出由正而變之出於不得已。文章以似抑實揚的手法指出，聖賢之正論會流於淡薄無味，《風》、《雅》之正聲會流於簡樸無華，《尚書》、《春秋》之正例會流於謹嚴太過、繩尺甚苛；而《莊子》之文廣譬博喻，使人心曠神怡；屈原之文淒切感惋，使人志消意沮；司馬遷之文雄渾雅健，更使人氣疏才湧。因而《莊》、《騷》、《史記》之文雖屬變體，未能完全符合儒家之道，卻為工於文者所喜。文章結尾勉勵學者努力修習、接近儒家之道，勸誡他們不要流於秦漢以後之文風，且似對韓愈略有微詞：「噫，學至韓愈，文至《莊》、《騷》、《太史》，而終不足以近道，則有志聖賢之事者，安得不重有感於斯！」〔註23〕然細按文意可知，這種批評是不痛不癢的，實際上作者仍是在解讀、維護韓愈的觀點。文章對《莊》、《騷》、《史記》特點、價值揭示得非常具體細緻，有比較，有概括，客觀上有助於學者理解韓愈「下逮莊騷，太史所錄」的用意，體現了宋人對莊騷思想藝術價值的深刻理解。

元人劉壎認為玩味、取法莊騷是詩文滌去塵俗、不斷出新的源頭活水：「語意不塵，詩文之一妙也。韓文公曰：『唯陳言之務去，戛戛乎其難哉！』或曰：是不難。熟覆莊騷，即不塵矣。夫《南華經》與《楚辭》二書，經千有餘年，然一展讀，則煥然如新。學文者能取莊騷玩味之，又取《世說新語》佐

〔註23〕魏天應《論學繩尺》卷七，方澄孫《莊騷太史所錄》，《四庫全書》本。

之,則塵腐之疾去矣。」〔註24〕

明代作家對莊騷共同特點的理解比前代更為具體、深入。何良俊從莊騷各自的特點及其在文學發展史上的地位與影響角度說:

> 春秋以後,文章之妙,至莊周、屈原,可謂無以加矣。蓋莊之汪洋自恣,屈之纏綿淒婉,莊是《道德》之別傳,屈乃《風》、《雅》之流亞,然各極其至。若屈原之《騷》,同時如宋玉、景差,漢之賈誼、司馬相如,猶能彷彿其一二。莊之《南華經》,後人遂不能道其一字矣。至如莊子所謂嗜欲深者天機淺,屈子所謂一氣孔神於中夜存,又能窺測理性,蓋庶幾聞道者。蓋古人自有卓然之見,開口便是立言,不若後人但做文字。〔註25〕

歸有光從地域的角度說:「荊楚自昔多文人,左氏之傳,荀卿之論,屈子之騷,莊周之篇,皆楚人也。試讀之,未有不《史記》若也。」〔註26〕說左氏、荀子、屈原、莊周皆楚人,其文皆如《史記》,頗有自己的體會,可惜未說出理據。

陳繼儒對莊騷的行文特點及詮釋方式也有很獨到的剖析與見解:

> 古今文章無首尾者獨《莊》、《騷》兩家,蓋屈原、莊周,皆哀樂過人者也。哀者毗於陰,故《離騷》孤沉而深往;樂者毗於陽,故《南華》奔放而飄飛。哀樂之極,笑啼無端,笑啼之極,語言無端。乃注者定以首尾求之,李北海所謂似我者拙,學我者死也。大抵注書之法,妙在隱隱躍躍,若明若昧之間,如詹尹之卜,取意不取象。行人之官,受命不受辭。龍不掛鉤,龜不食墨。懸解幽微,何常之與有?而況莊子哉!〔註27〕

譚元春著《遇莊》33 篇,在序言中介紹自己讀《莊子》的方法說:「閱《莊》有法:藏去故我,化身莊子。坐而抱想,默而把筆,泛然而遊,昧昧然涉,我盡莊現。循視內外,其有不合者,聽於其際與其數。如咒咒物,物利咒

〔註24〕劉壎《隱居通議》卷十八《詩文取新》,《四庫全書》本。

〔註25〕何良俊《四友齋叢說》卷二十三,《元明史料筆記叢刊》,中華書局 1959 年版,第 202 頁。

〔註26〕歸有光《五嶽山人前集序》,周本淳校點《震川先生集》(上冊),上海古籍出版社 1981 年版,第 27 頁。

〔註27〕陳繼儒《狂夫之言》卷四,王雲五《叢書集成初編》,上海商務印書館 1936 年版,第 43 頁。

止，又如物獲咒益，不晰咒故，因而遇之，茫昧何極？」這顯然是一種體驗讀書法。有意思的是，他認為讀《莊》要「莊騷同思」，通過體驗楚辭來進一步體悟《莊子》：「文理潦倒，《莊》、《騷》同思。我愛《天問》，灌灌如訴，薄暮雷電，即記其事，前絲後絲，總不相連。茲談羊蟻，胡乃及魚？見魚書魚，想亦如是，因而遇之，以破吾拘。至巧者化工，人敢椎拙，仰而思天，寧不怪絕！瞻彼小草，葉葉染采；小蟲跂跂，其殼青黃。天地大文，亦既工此，海入其塘，嶽入其牖。無小無大，愛玩終日，因而遇之，字句我師。」〔註28〕通過感悟來體認莊騷的共同美感，把文學之思與哲理之思打成一片，這種欣賞莊騷的方法，確實達到了很高的境界。

陳子龍的《莊周論》說莊周也是怨憤而著書：「莊周者，其言恣怪迂侈，所非呵者，皆當世神聖賢人。以我觀之，無甚誕僻，其所怨亦猶夫人之情而已。」「莊子亂世之民也，而能文章，故其言傳耳。夫亂世之民，情懣怨毒，無所聊賴，其怨既深，則於當世，反若無所見者。」〔註29〕這一觀點頗與宋人劉叔平、林希逸相近而表達得更加深切著明。陳氏的另一名文《譚子〈莊騷二學〉序》指出莊騷有截然相反的一面，莊子出世而屈原不忘情：「戰國時，楚有莊子、屈子，皆賢人也，而跡其所為，絕相反。莊子游天地之表，卻諸侯之聘，自託於不鳴之禽、不材之木，此無意當世者也。而屈子則自以宗臣受知遇，傷王之不明而國之削弱，悲傷鬱陶，沈淵以沒，斯甚不能忘情者也。」然而，莊騷又有相同、相通的一面，那就是：「夫莊子勤勤焉，欲返天下於驪連、赫胥之間，豈得為忘情之士？而屈子思謁虞帝而從彭咸，蓋於當世之人不數數然也。予嘗謂二子皆才高而善怨者，或至於死，或遁於無乎有之鄉，隨其所遇而成耳。故二子所著之書，用心恢奇，逞辭荒怪，其宕逸變幻，亦有相類。」〔註30〕這是說，莊子嚮往上古驪連氏、赫胥氏之世，屈原追慕虞舜、彭咸等人，他們都既有用世之心，又有超越現實之意；用心相同，故表達之虛荒幻誕、高逸變幻也自然相同。

陳氏生當乾坤板蕩、輿圖換稿之際，故於莊騷有自己獨到的感悟與理解。

〔註28〕譚元春《遇莊序》，陳杏珍校《譚元春集》卷三十三，上海古籍出版社 1998年版，第 902～903 頁。

〔註29〕上海文獻叢書編委會《陳子龍文集》卷三，華東師範大學出版社 1988 年版，第 152～153 頁。

〔註30〕上海文獻叢書編委會《陳子龍文集》卷三，華東師範大學出版社 1988 年版，第 76～77 頁。

此後明清易代，許多士人懷著孤臣孽子憂危之心，不肯屈仕新朝，也都從莊
騷中找尋自己安身立命的精神天地。莊子之輕視富貴，不臣諸侯，屈原之不
忘宗國，秉持清高，在他們看來真是殊途同歸，完全可以合而為一。桐城人
方以智抗清被捕，以大義凜然感動清將被釋，此後易服為僧。曾作《藥地炮
莊》，又仿屈原《九歌》而作《九將賦》，康熙十年（1671）竟死於惶恐灘頭〔註
31〕。吾湘王夫之作詩哭之，其一曰：「長夜悠悠二十年，流螢死焰燭高天。春
浮夢裏迷歸鶴，敗葉雲中哭杜鵑。一線不留夕照影，孤鴻應繞點蒼煙。何人
抱器歸張楚，餘有南華內七篇。」其二曰：「三年懷袖尺書深，文水東流隔楚
潯。半嶺斜陽雙雪鬢，五湖煙水一霜林。遠遊留作他生賦，土室聊安後死心。
恰恐相逢難下口，靈旗不杳寄空音。」〔註 32〕都是以莊騷況擬方氏。

　　方以智的桐城老鄉錢澄之抗清失敗後則閉門著書。錢氏作有《莊屈合詁》，
認為莊騷皆經學之支流，故《莊》繼《易》而《騷》繼《詩》。他這樣回答有
關「莊屈不同道，莊子之言，往往放肆於規矩繩墨之外，而皆為屈子所法守
者」的質疑：「莊子述仲尼之語曰：『子之愛親，命也，不可解於心；臣之事
君，義也，無所逃於天地之間。』……夫莊子豈徒言其言者哉！一旦而有臣
子之事，其以義命自處也審矣；屈子徘徊戀國，至死不能自疏，觀其《遠遊》
所稱，類多道家者說。……而太史公稱其蟬脫於濁穢之中，以浮遊於塵垢之
外，亦誠有見於屈子之死非猶夫區區激憤而捐軀者也。是故非天下至性之人
不可以悟道，非見道之人亦不可以死節也。吾謂《易》因乎時，《詩》本乎性
情。凡莊子屈子之所為一處其潛，一處其亢，皆時為之也。莊子之性情於君
父之間，非不深至，特無所感發耳。詩也者，感之為也。若屈子則感之至極者
矣。合詁之使學者知莊屈無二道，則益知吾《易》學、《詩》學無二義也。」
〔註 33〕《四庫全書總目提要》推測錢氏合屈、莊為一的意圖說：「蓋澄之丁明
末造，發憤著書，以《離騷》寓其幽憂，而以《莊子》寓其解脫，不欲明言，
託於翼經焉耳。」〔註 34〕但唐甄並不這樣認為，他認為莊、屈有可以互補的

〔註 31〕詳參余英時《方以智晚節考》，臺北允晨文化實業股份有限公司 1986 年
　　　　版。
〔註 32〕《聞極丸翁凶問不禁狂哭痛定輒吟二章》，《王船山詩文集·六十自定稿·七
　　　　言近體》，中華書局 1962 年版，第 215 頁。
〔註 33〕錢澄之《〈莊屈合詁〉自序》，《續修四庫全書》，上海古籍出版社 2002 年版，
　　　　第 604 頁。
〔註 34〕紀昀《四庫全書總目提要》卷一百三十四，河北人民出版社 2000 年版，第
　　　　3428 頁。

一面，屈原可以濟莊子之放浪：「第若莊子之遺世絕物，以卿相為污我，於心安乎？是故當以屈子之志濟之，則達而不至於蕩。」而莊子則可以抵消屈原之愚忠：「為屈子計，當懷王入秦時，以死爭之不得，則從王行，如藺相如以頸血濺秦王事，若不濟，得死所矣。不然，棄其室家，從漁父於滄浪，孰得而非之！乃嗚咽悲泣，自捐其軀，吾嫌其近於婦人也。是故當以莊子之意濟之，則忠而不至於愚。」〔註35〕唐氏認為莊子的「遺世絕物」可以抵消屈原的愚忠，顯然從莊子中找到了某種符合近代民主意識的東西。到晚清，莊騷中所蘊涵的桀敖不馴還在許多志士仁人身上有所體現。龔自珍「名理孕異夢，秀句鐫春心。莊騷兩靈鬼，盤踞肝腸深。古來不可兼，方寸我何任。所以志為道，澹宕生微吟。一簫與一笛，化作太古琴」〔註36〕就集中表達了這種情況。

三、莊騷並舉也在一定程度上促使人們進一步思考莊騷浪漫、譎怪特色形成的原因，並使之得到比較符合儒家理性的解釋

莊騷都有浪漫、譎怪、虛幻的特色，這一點，今人大都借用西方的浪漫主義、文藝心理學、神話學、符號學諸種理論加以解釋，似乎已無探討餘地。然而在韓愈之前，人們用以解釋的理論就是寓言和比興。莊子所用者是寓言，楚辭所用者是比興，兩者有何關係，沒有人加以深究。寓言也好，比興也好，為什麼要用那些虛荒誕幻之物，在秉持無徵不信、不語怪力亂神的人們心中也是一大疑問。儒士兼史學家的班固對楚辭的「不經」提出質疑，王逸勉強牽附儒家經典加以回應，而儒家情結深厚的劉勰仍同意班氏之說，可見這個問題頗難圓滿解決。問題難解決是一回事，文學創作中照寫又是另一回事。理論上的不圓通並不妨礙創作實踐的照常進行。特別是六朝以來各種志怪、神話小說大行其道，根本就把儒家的不語怪力亂神、無徵不信的信條拋到了一邊。當然，理論界還是很希望解決這一問題的。早期人們常用「稟氣說」解釋虛幻怪誕，認為一切都出於「自然」〔註37〕。佛教盛行以後，人們又從中找到了一種叫「幻化」的理論，想藉此一攬子解決各種虛荒誕幻、牛鬼蛇神

〔註35〕唐甄《〈莊屈合詁〉序》，《續修四庫全書》，上海古籍出版社 2002 年版，第 603頁。

〔註36〕龔自珍《自春徂秋偶有所觸拉雜書之漫不詮次得十五首》，《龔自珍全集》（第九輯），上海人民出版社 1975 年版，第 485〜486 頁。

〔註37〕詳參李生龍《儒家文化與中國古代文學》之「天人感應」與神話、志怪，嶽麓書社 2009 年版。

之事何以產生的問題。例如明人李長庚在《〈太平廣記〉鈔序》中說：

> 始知吾之常見常聞者，皆桎梏也；所創見創聞者，亦芻狗也。平時所執以是者，眼中之屑也；所排以非者，空中之華也。疑之則形影尺覓也，印之則千江一月也，如是而吾之性靈始出。即學者載籍考信六經矣，《易》言牛掣天劓，載鬼張弧，近於怪也；《詩》言芍藥舒脫，近於戲也；《春秋》之石言鷁退，蛇門豕啼，近於誣也；《禮》言吾與爾三焉，近乎誕也。何莫非聖賢旁引曲說，以極人之情變，以斷人之疑根？故《易》言窮理盡性者，以理非窮則不能盡也；《孟》言盡心知性也，以心非盡則不能知也；《老》言有欲以觀其徼者，徼即其窮且盡焉之處也。人之見聞窮盡於徼，則根塵兩脫，真性現前。信手拈花，隨場說法，飲食門戶，可以證道；牆壁矢溺，可為悟門；微言謔語，可以釋紛；術解方伎，可以利用；嬉笑怒罵，可成文章。奇形幻影，鹹海藏之浮漚；異跡靈蹤，總化身之示現。善才童子五十三參，備歷種種變相，差別智盡，方歸根本。三教聖人，其設喻廣譬，引度世人，作此方便津筏耳。〔註38〕

李長庚不僅用佛教之幻化說解釋文學創作中各種幻相產生的原因，還指出儒家經典中同樣也存在著近於怪、戲、誣、誕的現象，向儒家經典和不語怪力亂神的理念提出了挑戰。這樣一來，問題已經不限於莊騷了。

針對連儒家經典都有怪、戲、誣、誕的問題，儒士不得不起而思考、應對。當然，儒士是不願用佛教理論來回應這樣的問題的，必須另闢蹊徑才行。到清代，儒家學者章學誠在《文史通義·易教下》中具體地回應了這個問題。他認為，儒家經典中的象、興、例、官，莫不源於《易》之「象」，與《易》「象」屬同一類別。「象」的構設，無非是為了體現「道」而已：「《易》與天地準，故能彌綸天地之道。萬事萬物，當其自靜而動，形跡未彰而象見矣。故道不可見，人求道而恍若有見者，皆其象也。」也就是說，一切「象」皆是「道」之外化。「象」無所不在，表現形形色色、林林總總，歸結起來無非是兩種，一種是「天地自然之象」，一種是「人心營構之象」。天地自然之象是實象，如《說卦傳》講的天為圜；人心營構之象是虛象，如《易經》講的睽車之載鬼、翰音之登天。人心是虛靈之物，故「意之所至，無不可也」。但「人累

〔註38〕李長庚《〈太平廣記〉鈔序》，橘君輯注《馮夢龍詩文初編》，海峽文藝出版社1985年版，第59～60頁。

於天地之間，不能不受陰陽之消息，心之營構，則情之變易為之也；情之變易，感於世之接構，而乘於陰陽倚伏為之也」，所以「人心營構之象，亦出於天地自然之象也」。也就是說，人本於天地自然，而且要同社會接觸，所以不管怎麼心虛用靈，人心都要受人這一自然體和社會現實的制約。這頗有點今天我們所說的浪漫主義乃植根於現實主義的味道。這樣的解釋，確實既符合儒家理性，也符合現代哲學、心理學之常理。

有了這麼一個理論前提，儒經、莊騷、諸子中的種種虛象就可以一攬子解決了。章氏認為，《易》雖包六藝，但與《詩》之比興尤為表裏。先秦諸子百家，深於比興，皆《詩》之流別：「然戰國之文，深於比興，即其深於取象者也。《莊》、《列》之寓言也，則觸蠻可以立國，蕉鹿可以聽訟；《離騷》之抒憤也，則帝闕可上九天，鬼情可察九地。他若縱橫馳說之士，飛箝揵閜之流，徙蛇引虎之營謀，桃梗土偶之問答，愈出愈奇，不可思議。然而指迷從道，固有其功；飾奸售欺，亦受其毒。故人心營構之象，有吉有凶；宜察天地自然之象，而衷之以理，此《易》教之所以範天下也。」讀者應該看到了，章氏講的「《莊》、《列》之寓言也，則觸蠻可以立國，蕉鹿可以聽訟；《離騷》之抒憤也，則帝闕可上九天，鬼情可察九地」，已回答了莊、騷中為什麼多有虛象的問題。

作為儒者，章氏把一切文學均歸於《易》教，把一切文學浪漫、奇譎現象均歸於《易》象之變種，目的就是為了否定佛教之幻相說。他甚至想把佛教也納入《易》教之內：「至於佛氏之學，來自西域，毋論彼非世官典守之遺，且亦生於中國，言語不通，沒於中國，文字未達也。然其所言與其文字，持之有故而言之成理者，殆較諸子百家為尤盛。反覆審之，而知其本原出於《易》教也。」〔註39〕可是他又認為，佛教起初雖符合聖人之教，但發展下去，就同聖人背道而馳了。由此他說，儒者對佛氏也不要那麼不共戴天，只要佛氏能改弦更張，回到儒家人倫日用的軌道上來，也依舊可以符合聖人之道的。

如前所云，漢代至六朝，班固、劉勰等就對楚辭中不符合儒家理性精神的內容提出質疑，這種質疑甚至影響了對楚辭的評價。韓愈「莊騷」並提之後，這個問題實際上仍長期未能解決，儒門中認為「原之為書，其辭旨雖或流於跌宕怪神、怨懟激發而不可以為訓」〔註40〕者仍大有人在。《莊子》「空

〔註39〕葉瑛《文史通義校注》卷一《內篇一·易教下》，中華書局 1985 年版，第 19頁。

〔註40〕蔣立甫《楚辭集注》，上海古籍出版社 2001 年版，第 2 頁。

語無事實」的問題則更加突出。明人都穆曾指出：「六經如《詩》、《書》、《春》、《秋》、《禮》、《記》，所載無非實事。自騷賦之作興，託為漁父、卜者及無是公、烏有先生之類，而文詞始多漫語，其源出於《莊子》。《莊子》一書，大抵皆寓言也。」〔註41〕所以解決好莊騷與儒經矛盾的問題，牽涉到韓愈讓莊騷附儒經驥尾是否能成立的大問題。章氏的解釋，正可以釋儒者之疑，雖然在我們看來章氏把屈原、莊子、諸子百家及佛教統統納入《易》教明顯存在著儒門偏見。

所以說，韓愈的「莊騷」並提在一定程度上促使了人們進一步思考莊騷浪漫、譎怪特色形成的原因，並使之得到比較符合儒家理性的解釋。

四、莊騷並舉，激發了後世學者對莊騷接受史的探討，使莊騷在文學史上的傳承線索漸趨明朗

前面已經說過，莊、騷的接受始於創作界，早在漢代就開始了。但在韓愈之前，卻很少有人探索作家在具體創作中接受莊騷的情況。到宋以後，這種探討便逐漸多了起來。例如謝枋得《文章軌範》卷七評蘇軾《前赤壁賦》：

> 此賦學莊騷文法，無一句與莊騷相似，非超然之才，絕倫之識，不能為也。瀟灑神奇，出塵絕俗，如乘雲自卑御風而立乎九霄之上，俯視六合，何物茫茫，非唯不掛之齒牙，亦不足入其靈臺丹府也。

前引林希逸《竹溪十一稿詩選·讀黃（庭堅）詩》：

> 我生所敬涪江翁，知翁不獨俄詩工。逍遙頗學漆園吏，下筆縱橫法略同。自言錦機織錦手，與寄每有《離騷》風。內篇外篇手分別，冥搜所到真奇絕。頡頏韓柳近莊騷，筆意尤工是晚節。

元人祝堯評李白《大鵬賦》，雖然肯定楚辭而貶低莊子，卻並沒有否定莊騷對李白的共同影響：

> 賦而比也。太白蓋以鵬自比而以希有鳥比司馬子微。賦家宏衍巨麗之體，自楚騷《遠遊》等作已然。司馬、班、揚尤尚此。此顯出莊子寓言本自宏闊，而太白又以豪氣雄文發之，事與辭稱，俊邁飄逸，去騷頗近，然但得騷人賦中一體爾。若論騷人所賦，固當以優柔婉曲者為有味，豈專為宏衍巨麗之體哉！後人以莊比騷，實以莊騷皆是寓言，同一比義。豈知騷中比兼風興，豈莊所及。莊文是

〔註41〕都穆《南濠詩話》，《叢書集成初編》，中華書局 1991 年版，第 17 頁。

異端荒唐繆悠之說，騷文乃有先王盛時發乎情止乎禮義之遺風。學者果學莊乎，學騷乎？〔註42〕

明清以後，論及前代文人創作中接受、融匯莊騷的更多。這裡略舉數例，以見人們對莊騷共同影響的關注：

陸子放翁詩萬卷，後來老練更疏狂。須知深得莊騷意，莫與唐人較短長。〔註43〕

樓敬思云：稼軒驅使莊騷經史，無一點斧鑿痕，筆力甚峭。〔註44〕

杜子美原本經史，詩體專是賦，故多切實之語。李太白枕藉《莊》、《騷》，長於比興，故多惝恍之詞。〔註45〕

詩本貴潔，亦貴拉雜；能潔難，能拉雜更難。近代詩人，吾見有能潔者矣，未見有能拉雜者也。能潔而不能拉雜，不失為高手；不能潔而遽言拉雜，難乎為詩矣。夫所謂拉雜者，形體則然，其意義未嘗不潔，若《莊子》、《離騷》皆是也，獨詩也哉！〔註46〕

莊、屈實二，不可以並，並之以為心，自白始；儒、仙、俠本三，不可以合，合之以為氣，又自白始也。其斯以為白之真原也已。〔註47〕

太白詩以《莊》、《騷》為大源，而於嗣宗之淵放，景純之俊上，明遠之驅邁，玄暉之奇秀，亦各有所取，無遺美焉。〔註48〕

詩以出於《騷》者為正，以出於《莊》者為變。少陵純乎《騷》，太白在《莊》、《騷》間，東坡則出於《莊》者十之八九。〔註49〕

曹子建、王仲宣之詩出於《騷》，阮步兵出於《莊》，陶淵明大

〔註42〕祝堯《古賦辨體》卷七，《四庫全書》本。

〔註43〕魏裔介《兼濟堂文集》卷十七《讀陸放翁詩》，《四庫全書》本。

〔註44〕張宗橚《詞林紀事》卷十一，成都古籍書店1982年版，第310頁。

〔註45〕喬億《劍溪說詩》卷上，郭紹虞編選、富壽蓀校點《清詩話續編》（第二冊），上海古籍出版社2016年版，第1039頁。

〔註46〕喬億《劍溪說詩》卷下，郭紹虞編選、富壽蓀校點《清詩話續編》（第二冊），上海古籍出版社2016年版，第1048頁。

〔註47〕龔自珍《最錄李白集》，《龔自珍全集》（第三輯），上海人民出版社1975年版，第255頁。

〔註48〕劉熙載《藝概》卷二《詩概》，上海古籍出版社1978年版，第57頁。

〔註49〕劉熙載《藝概》卷二《詩概》，上海古籍出版社1978年版，第67頁。

要出於《論語》。〔註50〕

　　曲江之《感遇》出於《騷》，射洪之《感遇》出於《莊》，纏綿
超曠，各有獨至。〔註51〕

　　從上面的引文我們可以看出，時代越晚，人們對莊騷影響的追溯就越前，由蘇軾、黃庭堅、陸游、辛棄疾而張九齡、陳子昂、李白、阮籍、曹植、王粲等等，無不一一梳理。這種梳理對我們今天思考後世對莊騷的接受自然不無裨益。現當代各種文學史都或多或少論述過這一問題。近年來單篇論文也不少，如繆鉞的《靈谿詞說——論蘇、辛詞與〈莊〉、〈騷〉》（《四川大學學報》1984 年第 3 期），陸永品的《論〈莊〉〈騷〉並稱的文化現象》（《河北大學學報》1994 年第 3 期），劉項、王延雙的《論早期天人觀對〈莊〉〈騷〉浪漫特色的影響》（《齊齊哈爾大學學報》1997 年第 4 期）、《北方神話對〈莊〉〈騷〉浪漫特色的影響》（《北方論叢》1997 年第 6 期），劉項的《齊文化對莊騷浪漫特色的影響》（《武漢教育學院學報》1997 年第 1 期），吳淑玲的《論莊騷結構的趨同及其藝術價值》（《鄭州大學學報》2003 年第 3 期），蔡覺敏的《論神話思維對莊騷的影響》（《貴州大學學報》2003 年第 3 期）、《莊騷兩靈鬼，盤踞肝腸深——論莊子、屈原人生境界的同異及對後代士人之影響》（《重慶三峽學院學報》2008 年第 4 期），焦雪梅的《〈莊〉〈騷〉浪漫主義之比較》（《菏澤學院學報》2005 年第 1 期），吳思增的《陳子龍和明清之際「莊騷」合稱》（《太原理工大學學報》2005 年第 1 期）等等，探討的廣度與深度都顯然超過前賢，使莊騷共性的研究及其接受線索越來越清晰。如果從學術淵源的角度說，所有的這些研究其實都導源於韓愈。

原載《周口師範學院學報》2011 年第 1 期

〔註50〕劉熙載《藝概》卷二《詩概》，上海古籍出版社 1978 年版，第 54 頁。
〔註51〕劉熙載《藝概》卷二《詩概》，上海古籍出版社 1978 年版，第 57 頁。

論莊、騷的融通與影響

　　「莊騷」並舉，自韓愈《進學解》已然。據一般人理解，「莊」指《莊子》，「騷」指楚辭。實際上，這裡所講的「莊」，並不僅僅限於莊子，應指包括老子在內的道家。為闡述方便，本文仍襲用「莊騷」的提法，先探尋它們相通之處，再尋繹它們對後世作家及其創作的共同影響。限於篇幅，這裡所講的「後世」，主要指唐以前。

一、「莊騷」的相通之處

　　「莊騷」有相通之處，前賢和當今學者均有共認。然而「莊騷」究竟在哪些地方相通，卻見仁見智，眾說紛紜。論者多從它們的表現形式，或同處於楚文化的共性方面去探尋。我認為，「莊騷」的相通，首先表現為內在精神上的相通。而內在精神的相通則首先表現為人格精神、悲劇意蘊的相通。這種人格精神、悲劇意蘊的相通並非僅僅因為他們同處於楚文化圈，而是由於他們遭遇著相同的歷史命運。

　　在中國古代，每個時代都有一批具有獨立人格、不肯屈從世俗的士大夫。他們有著強烈的歷史使命感、文化道義感和社會責任感，對社會、人生有著自己的獨立見解，甚至堪稱他們那個時代的思想家。他們也多曾因自己的才智、能力而躋身統治階級行列，但由於他們思考問題總喜歡從高處、大處、深處、遠處著眼，看上去像是「務虛」，而且多半「守死善道」，不肯輕易改變自己的立場觀點，更不願委曲求全，因而他們總是同那些目光短淺、急功近利的人們發生尖銳的矛盾，被當作另類看待，甚至遭受嘲笑、排擠和打擊，結果陷入政治失意的狀態。他們感到十分孤獨、困惑、苦悶與委屈。長期的

壓抑會激化他們的逆反心理，強化他們的批判精神，使他們變得憤世嫉俗，喜歡借古諷今、指桑罵槐。這種憤世嫉俗又使他們的性格變得近乎乖僻，似乎在與全社會為敵，這樣又使他們遭受來自更多方面的攻擊，變得更為孤獨和困窘。面對強大的世俗壓力，他們深感力不從心，也深感自己生不逢時，知音難遇，對人生十分失望、傷感、鬱悶乃至絕望，最終想尋求解脫，同濁世決絕。他們的一生充滿悲劇性。這種狀況，在《詩經》中就已有所反映，如《大雅》的「《蕩》之什」，《小雅》的「《節南山》之什」，《邶風》的《柏舟》等等。總之，「賢人失志」的問題從《詩經》時代起就成了一個帶普遍性、規律性的問題，是古代士大夫命運的一個怪圈。

《漢書·藝文志》說：「春秋之後，周道浸壞，聘問歌詠不行於列國，學《詩》之士逸在布衣，而賢人失志之賦作矣。大儒孫卿及楚臣屈原離讒憂國，皆作賦以諷，咸有惻隱古詩之意。」就指出了楚辭內在精神與《詩經》內在精神的一致。不過《藝文志》把宋玉排除在「賢人失志」作家之外是不公允的。其實宋玉與屈原也有一脈相承之處。

屈原忠君愛國，正道直行，想針對現實大刀闊斧進行改革，結果君主不能理解、體諒他，「反信讒而齏怒」；小人忌恨他，製造謠言來毀謗他；連他親手培養的「賢人」也走向了反面，「眾芳蕪穢」、「荃蕙化而為茅」（《離騷》）。於是他極感孤獨，慨歎「國無人莫我知兮」（《離騷》）、「眾人皆濁我獨清，眾人皆醉我獨醒」（《漁父》）；極端憤世嫉俗，痛責「世溷濁而不分兮，好蔽美而嫉妒」（《離騷》）。他曾想「回朕車以復路」，「製芰荷以為衣兮，集芙蓉以為裳」（《離騷》），即想退居深山當隱士；又曾想「歷吉日乎吾將行」，到別處尋找志同道合之君共建一番功業（《離騷》）；還想「高馳而不顧」（《涉江》），即遺世高蹈去當神仙。但強烈的愛國之心使這一切方案都不能實施，最後只得從彭咸之所居，置身於江魚腹中。宋玉雖沒有屈原那樣堅強，但也有「變古易俗兮世衰，今之相者兮舉肥」（《九辯》）的浩歎與「其曲彌高，其和彌寡」、「夫蕃籬之鷃，豈能與之料天地之高哉？……夫尺澤之鯢，豈能與之量江海之大哉」（《對楚王問》）的憤世嫉俗之情，與屈原有相通之處。

屈、宋是情感型的，老、莊看起來遺落世事，恬淡無為，是十足的理性型，似與屈、宋風馬牛不相及。然而道家的理性只是表象，他們的人格追求、人生命運同屈、宋實無二致。他們雖沉潛於深刻的哲理思考之中，對現實問題卻洞若觀火，並以救世者的姿態向世人提出過許多方案來加以解救。像屈

原一樣，他們的意見也沒能受到社會的重視，反而受到嘲笑和冷落。於是他們也頗感孤獨，變得十分憤世嫉俗。《老子》中就充滿了這一類反映自己孤獨、憤世的言論。如「天下皆知美之為美，斯惡已；知善之為善，斯不善已」（第2章），「唯之與阿，相去幾何？美之與惡，相去何若？人之所畏，不可不畏。荒兮其未央哉！眾人熙熙，如享太牢，如春登臺；我獨泊兮其未兆，沌沌兮如嬰兒之未孩。眾人皆有餘，而我獨若遺。我愚人之心也哉！俗人昭昭，我獨昏昏；俗人察察，我獨悶悶……」（第20章），「上士聞道，勤而行之；中士聞道，若存若亡；下士聞道，大笑之，不笑不足以為道」（第41章），「使我介然有知，行於大道，惟施是畏。大道甚夷，而民好徑」（第53章），「天下皆謂我道大，大而不肖，夫唯不肖，故能大」（第67章），「吾言甚易知也，甚易行也。而天下莫之能知也，莫之能行也。言有宗，事有君。夫唯無知也，是以不我知。知我者希，則我則貴，是以聖人被褐而懷玉」（第70章），等等。

莊子的孤獨感和憤世嫉俗之情更甚於老子，莊子的充滿悲劇性人所共知。《逍遙遊》將「知效一官，行比一鄉，德合一君，而徵一國」者比於斥鴳、學鳩，《齊物論》說「眾人役役，聖人愚芚」，眾人都不能理解人生哲理，因而知音難遇，「萬世之後而一遇大聖，知其解者，是旦暮遇之也」，《人間世》稱「人皆知有用之用，而莫知無用之用也」，《繕性》哀歎：「世喪道矣，道喪世矣！世與道交相喪也，道之人（有道之人）何繇興乎世，世亦何繇興乎道哉！」《山木》記載莊子見魏王，魏王見他「衣大布衣而補之，正緳繫履」，說他「憊」，莊子辯解說：

> 貧也，非憊也，此所謂非遭時也。王獨不見夫騰猿乎？其得柟、梓、豫章也，攬蔓其枝，而王長其間，雖羿、逢蒙不能眄睨也。及其得柘、棘、枳、枸之間也，危行側視，振動悼慄。此筋骨非有加急而不柔也，處勢不便，未足以逞其能也。今處昏上亂相之間，而欲無憊，奚可得耶？此比干之見剖心，徵也夫！

明末詩人陳子龍《莊周論》說：「憤必怨，怨必深，深必遠，遠必反。……莊周者，其言恣怪迂侈，所非呵者皆當世神聖賢人。以我觀之，無甚誕僻，其所怨亦猶夫人之情而已。……莊子，亂世之民也，而能文章，故其言傳耳。夫亂世之民，情懣怨毒，無所聊賴，其怨既深，則於當世反若無所見者。忠厚之士未嘗不歌詠先王而思其盛，今之歌詩是也；而辨激憤悲抑之人則反刺訐古

先以蕩達其不平之心，若莊子者是也。二者其文異觀，而其情一致也。」〔註1〕這些話，對《莊子》的悲劇內蘊有深刻理解。總而言之，老、莊雖都是哲學家，卻都有著詩人的敏感與激情，這是他們同屈、宋相通的重要原因。

屈原和道家都具有強烈的生命意識，對歲月的遷流十分敏感，對人生的短暫充滿悲哀之情。屈原講「日月忽其不淹兮，春與秋其代序，惟草木之零落兮，恐美人之遲暮」（《離騷》），莊子說「人生天地之間，如白駒之過隙，忽然而已。注然勃然，莫不出焉；油然漻然，莫不入焉，已化為生，又化為死。生物哀之，人類悲之」（《知北遊》），都是如此。雖然面對人生短暫，一個考慮應怎樣及時修德進業、建樹美名，一個考慮怎樣「盡其天年而不中道夭」（《莊子·大宗師》），但追求精神人格的高大、完美卻是一致的。他們塑造出了高大、完美的自我形象，並從這一形象中寄寓自我精神永恆、絕對的理想。屈原的自我形象不僅高大峻潔，而且在他看來，足可「與天地兮同壽，與日月兮同光」（《涉江》），可見他追求的正是永恆和絕對；老、莊都曾塑造得道者的人格形象，這種人格被一些學者稱為「道人格」。老子稱頌聖人，認為聖人有「長生久視之道」（《老子》59章），可以「死而不亡」（《老子》第33章）；莊子則塑造了真人、至人、聖人、神人等一系列體現高大、完美，意味著永恆、絕對的形象。屈原和老、莊這種對自我精神人格的提升，都具有理想主義、浪漫主義的特點。

老、莊跟屈原最大的不同，在於解決人生悲劇的方式。屈原是以自殺的方式來完成人生悲劇，使它成為真正意義上的悲劇；老、莊則表現出一種高度的理性。他們都極力批判世俗的道德觀和價值觀，而把維護生命和天性作為自己價值體系的核心。從珍視生命和天性出發，他們反對為任何東西犧牲自我。《莊子·駢拇》說：「小人則以身殉利，士則以身殉名，大夫則以身殉家，聖人則以身殉天下。故此數子者，事業不同，名聲異號，其於傷性，以身為殉，一也。」在現實層面上，他們採取的是出世方式，把隱遁山林作為人生的最後歸宿。在作品中，他們則一邊抒發內心的深悲巨痛，一邊又不斷用曠達的態度、宏放的言詞來化解悲劇，從而形成了隨說隨掃、自說自掃的獨特風格。「樂天委命」是中國哲學家解決無奈人生、安頓受傷靈魂的普遍方式，儒、道兩家都是如此，其功能與宗教有某些相似之處。在下面的分析中，我們將可以看到，歷史上許多作家雖然也繼承了屈原的悲劇宣洩方式，但解決

〔註1〕《陳忠裕公全集》卷一，《乾坤正氣集》卷四百二十九，同治求是齋本。

悲劇的方案卻多半傾向於道家（包括儒家理性）。這是楚辭和道家既互相融通、又分流異派的關鍵之所在。

在藝術上，楚辭作家同道家也有相通之處。他們都以想像的豐富、構思的奇特、意象的詭譎、氣勢的恢宏、表現手法的富於變化和語言的富於寓意見長。由於這些前賢和當今學者已講得很多，這裡就不重複了。

二、「莊騷」對後世作家的影響

「莊」與「騷」，有分別影響後世作家的一面。一些作家受「騷」的影響深些，一些作家受「莊」的影響深些，這在文學史上是有跡可尋的，本文不擬對此進行探討；但「莊騷」融匯在一起影響同一個作家，甚至在同一作品中既有「莊」的成分，又有「騷」的成分，這種現象始於何時，就值得研究了。清末龔自珍說：「莊、屈實二，不可以並，並之以為心，自白始。」〔註2〕這話曾被很多李白評論家當作確論引用。其實，說李白並「莊屈」為一心固然不錯，但說把莊、屈並為一心自李白開始，卻並不符合文學史的事實。為了講清這個問題，這裡我就唐以前「莊騷」的融通情況作一番勾稽，以說明「莊騷」融通由來已久，並非始於李白。

最早將「莊騷」融通起來、「並之以為心」的應是西漢初的賈誼。賈誼少年得志，不久即為權臣所不喜，被貶為長沙王太傅。在被貶期間作了兩篇名賦──《弔屈原賦》和《鵩鳥賦》。這兩篇賦有一個共同的特點，就是：它們當中所包含的幽憂孤憤、憤世嫉俗為屈原和老、莊所共有，而解決悲劇的方式卻完全是道家式的。《鵩鳥賦》的道家傾向比較明顯，這裡對《弔屈原賦》略加分析。《弔屈》全用騷體，而其中的牢騷語，卻既可從楚辭中找到來源，也有出於《莊子》之處。例如「鸞鳥伏竄兮鴟鴞翱翔」、「鳳凰翔於千仞兮，覽德輝而下之，見細德之險徵兮，遙增擊而去之」等語，既與《楚辭·涉江》「鸞鳥鳳凰，日以遠兮；燕雀烏鵲，巢堂壇兮」意思相同，又與《莊子·逍遙遊》大鵬（即鳳）不顧斥鴳、學鳩的嘲笑而扶搖直上九萬里高空的故事、《秋水》中鵷雛（即小鳳凰）自南海飛往北海，途遭鴟鴞疑忌的故事相類。「彼尋常之污瀆兮，豈能容吞舟之巨魚，橫江湖之鱣鯨兮，固將制於螻蟻」，語出《莊子·庚桑楚》：「吞舟之魚，蕩而失水，則螻蟻能制之。」《弔屈》不贊成屈原式的

〔註2〕 《最錄李白集》，《龔自珍全集》第三輯，上海人民出版社1975年版，第254頁。

「既不足與為美政兮，吾將從彭咸之所居」（《離騷》），而主張道家的高蹈遠引，養晦待時：「諑曰：已矣，國其莫吾知兮，子獨壹鬱其誰語？鳳縹縹其高逝兮，夫固自引而遠去。襲九淵之神龍兮，汩深潛以自珍；偭蟂獺以隱處兮，夫豈從蝦與蛭螾？所貴聖之神德兮，遠濁世而自藏。使麒麟可係而羈兮，豈云異夫犬羊？」所謂「襲九淵之神龍」、「所貴聖之神德」，即道家的高蹈遺世、韜光養晦。《史記·老子韓非列傳》載孔子稱讚老子：「鳥，吾知其能飛；魚，吾知其能游；獸，吾知其能走。走者可以為罔（網），遊者可以為綸，飛者可知為矰。至於龍，吾不能知，其乘風雲而上天。吾今日見老子，其猶龍邪！」《周易·乾卦·文言》也有「龍德而隱」之說，這些都是所謂「聖之神德」的內涵和根據。面對人生悲劇，屈原雖也曾有過高蹈遺世、退隱自全的念頭，但明哲保身不是他的為人作風，因而最終拋棄了這種想法，而採取以死殉道的方式；賈誼則在高蹈遺世這一層面上與道家達成了一致。

西漢末揚雄也深受楚辭和道家影響。《漢書·揚雄傳》說他「又怪屈原文過（司馬）相如，至不容，作《離騷》，自投江而死，悲其文，讀之未嘗不流涕也。以為君子得其時則大行，得不時則龍蛇，遇不遇命也，何必湛身哉！乃作書，往往摭《離騷》文而反之，自岷山投諸江流以弔屈原，名曰《反離騷》；又旁《離騷》作重一篇，名曰《廣騷》；又旁《惜誦》以下至《懷沙》一卷，名曰《畔牢愁》」。所謂「反」《離騷》，「反」就「反」在否定屈原的沉江，而代之以道家的退隱自全。老子曾告誡孔子：「君子得其時則駕，不得其時則蓬累而行。」（《史記·老子韓非列傳》）《莊子·繕性》說：「當時命而大行乎天下，則一反無跡；不當時命而大窮乎天下，則深根寧極而待，此存身之道也。」《莊子·山木》說「無毀無譽，一龍一蛇」，《周易·繫辭》說「龍蛇之蟄，以存身也」，這些都是揚雄所謂「君子得其時則大行，得不時則龍蛇」的根據。這與儒家的「不得志，獨行其道」（《孟子·滕文公下》）也是一致的。所以《反離騷》最後批評屈原說：「昔仲尼之去魯兮，斐斐遲遲而周邁；終回復於舊都兮，何必湘淵與濤瀨！混漁父之餔歠兮，潔沐浴之振衣。棄由、聃之所珍兮，跖彭咸之所遺！」這樣明確地批評屈原的沉江，比賈誼更為旗幟鮮明。揚雄還有一些賦作，如《解嘲》、《太玄賦》等，也都以道家來消解內心的矛盾。道家思想的淡化、消彌悲劇的作用，在這些作品中可以看得十分清楚。

有必要指出的是，揚雄雖「反」《離騷》，卻也吸取了楚辭批判現實、怨

誹時政、憤世嫉俗的內在精神。他在一系列的看似「反」《離騷》的言辭中，把《離騷》這方面的精神表現得更為激越、深沉：

> 鳳皇翔於蓬陼兮，豈駕鵝之能捷！騁騂騮以曲藭兮，驢騾連寋而齊足。枳棘之榛榛兮，蝯（猿）狖擬而不敢下。靈脩既信椒蘭之唼佞兮，吾累忽焉而不蚤（早）睹！

末兩句表面上責備屈原未能早見機兆，實際上指出了君主寵信小人的必然性，要求屈原不必再抱幻想，希望君主迴心轉意，重賢士而遠小人。其中所包含的對現實的激憤，實比屈原有過之而無不及。以「反」《離騷》的形式來發展《離騷》的內在精神，手法也有其巧妙之處。

揚雄的憤世嫉俗與道家也是一致的。上文所引「枳棘之榛榛兮，蝯（猿）狖擬而不敢下」兩句，就出自《莊子‧山木》：「王獨不見夫騰猿乎？其得枏、梓、豫章也，攬蔓其枝，而王長其間，雖羿、逢蒙不能睥睨也。及其得柘、棘、枳、枸之間也，危行側視，振動悼慄。此筋骨非有加急而不柔也，處勢不便，未足以逞其能也。今處昏上亂相之間，而欲無憊，奚可得耶？此比干之見剖心，徵也夫！」這也是他同道家內在精神的相通之處。

東漢時，馮衍、張衡、趙壹等對道家和楚辭也都有所融通。馮衍早年從更始帝劉玄，劉玄死後便投降了光武帝劉秀，劉秀對他心存疑忌，起初還讓他做了曲陽令，不久便借機免黜了他。他鬱鬱不得志，作《顯志賦》以「言光明風化之情，昭章玄妙之思」。賦序說：「馮子以為夫人之德，不碌碌如玉，落落如石，風興雲蒸，一龍一蛇，與道翱翔，與時變化，夫豈守一節哉？」「不碌碌如玉，落落如石」兩句，出自《老子》第 39 章；「一龍一蛇，與道翱翔，與時變化」三句，出自《莊子‧山木》。賦全用騷體，其中所抒發的，如「悲時俗之險厄兮，哀好惡之無常。棄衡石而意量兮，隨風波而飛揚。紛綸流於權利兮，親雷同而妒異。獨耿介而慕古兮，豈時人之所憙」？可謂與屈原同調。又歷述前代忠貞難用，道德難明之事，以「揚屈原之靈芬」，情詞痛切，牢騷深至，也與屈原相類。但賦末說：「非惜身之坎坷兮，憐眾美之憔悴。遊精神於大宅兮，抗玄妙之常操。處清靜以養志兮，實吾心之所樂。……嘉孔丘之知命兮，大老聃之貴玄。德與道其孰寶兮，名與身其孰親？陂山谷而閒處兮，守寂寞而存神。夫莊周之釣魚兮，辭卿相之顯位。於陵子仲灌園兮，似至人之彷彿。」則顯然在自說自掃，以儒、道兩家的理性主義來自我寬解。相對於賈誼、揚雄，馮衍顯然少了幾分激情，而多了幾分冷峻。這也是他合屈、

莊為一心的特色所在。

　　張衡曾作《髑髏賦》，發揮莊子遺意；作《歸田賦》，嚮往田園生活。這些都說明他受道家影響很深。他當侍中時，對宦官專權的局面深為不滿，又生怕自己為宦官所害，「常思圖身之事，以為吉凶倚伏，幽微難明」（《後漢書·張衡傳》），於是作《思玄賦》以宣寄情志。《思玄賦》是一篇騷體賦，也是繼《離騷》、《遠遊》之後的一篇長賦。作者抒發幽憂憤懣的同時，還充分調動自己的想像力，寫自己遊歷東南西北上下四方，所用意象多擷取自己所熟知的天文星象，既富於比興意味，又富於奇譎詼詭色彩，對《離騷》、《遠遊》的浪漫主義有所繼承和發展。但結尾卻折衷於儒、道二家。賦末說「墨（默）無為以凝志兮，與仁義乎逍遙。不出戶而知天下兮，何必歷遠以劬勞」，一筆鉤銷了自己遠遊求索的意義，同樣以隨說隨掃、自說自掃的方式來消解內心的苦悶和鬱結。

　　漢末把楚辭和道家的內在精神發揮得最為淋漓盡致的，是趙壹的《刺世疾邪賦》。這篇賦間用騷句，其中所表達的憤世嫉俗感情，既與楚騷相通，也與道家相通。這從用語上就可找到例證。與楚騷相通的，如「雖欲竭誠而盡忠，路絕嶮而靡緣。九重既不可啟，又群吠之唁唁」，與《離騷》「吾令帝閽開關兮，倚閶闔而望予」同義，「蘭蕙化為芻」與「戶服艾以盈要兮，謂幽蘭其不可佩」同義。與道家相通的，如「舐痔結駟」、「咳唾自成珠」分別出自《莊子》的《列禦寇》和《秋水》，「被褐懷金玉」語出《老子》第70章。從思想上說，作者對儒、法均加以否定（「德政不能救世溷亂，賞罰豈足懲時清濁」），而肯定堯舜時代（「寧飢寒於堯舜之荒歲兮，不飽暖於當今之豐年；乘理雖死而非亡，違義雖生而匪存」），與屈原的追慕堯舜、道家的嚮往上古一脈相承。從情感上說，它對現實充滿失望、傷感、無可奈何之情，與楚辭、道家同調。這篇賦融貫「莊騷」卻不露痕跡，比賈誼、揚雄、馮衍、張衡更深了一層。

　　魏晉南北朝合莊騷為一心的作家很多，最突出的是阮籍和郭璞。阮籍是玄學家，曾作有《通易論》、《通老論》、《達莊論》等文章，來闡發他的玄學思想。鍾嶸說他的詩「其源出於《小雅》」、「洋洋乎會於風雅」（鍾嶸《詩品》卷上），從遠源上說，並非全無道理；但從近源看，他又與屈、宋一脈相承。他的賦作《大人先生傳》〔註3〕、《東平賦》、《獼猴賦》都是散句、騷句兼用而

〔註3〕《大人先生傳》標題雖為「傳」，實則通篇韻散結合，鋪排較多，因而馬高積先生將它歸為辭賦。見《賦史》，上海古籍出版社1987年版，第162頁。

騷句居多，《首陽山賦》則純用騷體。他的詩，如《詠懷詩》八十二首，處處都打著楚辭的烙印，因而有人認為它全出於楚辭，如陳祚明就曾指出「公（阮籍）詩自學《離騷》」（《采菽堂古詩選》卷八），但是阮籍的詩也處處都打著道家的烙印，於是也有人認為它全出於道家，如劉熙載就說「阮步兵出於莊」（《藝概・詩概》），這是因為阮籍已完全「並屈、莊為一心」，使莊、騷你中有我，我中有你，才會出現這種見仁見智的情況。

具體說來，阮籍融匯「莊騷」，已不像漢代作家那樣以隨說隨掃、自說自掃的方式來開解悲劇情結，而是盡情地宣洩自己在現實困境中的苦悶、傷感、悲涼、焦灼情感，並將這種宣洩同對人生價值、生命價值的哲理思考結合起來。李善說：「嗣宗身仕亂朝，常恐罹謗遇禍，因茲發詠，故每有憂生之嗟。」（《文選》卷二十二《詠懷詩》注）就已經指出了這一點。由於他的詩賦始終沒有脫離抒情的軌道，因而比漢代人更能展示自己的真實內心，也更具有動人心魄的力量。

像屈宋和老、莊一樣，阮籍也執著地追求自我人格的高潔，並力圖把自我塑造成超人間的、永恆而絕對的形象。《大人先生傳》中的「大人先生」就是如此。像《莊子・逍遙遊》和《離騷》、《遠遊》一樣，「大人先生」也有上天下地式的遠遊，來顯示他志趣的高邁和人格的脫俗：

> 天地解兮六合開，星辰霄兮日月隤。我騰而上將何懷！衣弗襲而服美，佩弗飾而自章，上下徘徊兮誰識吾常。遂去而遐浮，肆雲輿，興氣蓋，徜徉迴翔兮漭瀁之外。建長星以為旗兮，擊雷霆之磤磕。開不周而出車兮，步九野之夷泰。坐中州而一顧兮，望崇山而回邁。端余節而飛旍兮，縱心慮乎荒裔。釋前者而弗修兮，馳蒙間而遠迢。棄世務之眾為兮，何細事之足賴？

漢末以來，最善用比興者首推曹植，但曹植多從風騷取法，融入道家的因素不多；阮籍則把楚辭的比興同道家的追求言外之意、遺貌取神結合起來，使意象既具有借喻、象徵意味，又具有空靈、悠遠、飄忽、含蓄的美學特徵。《清思賦》說：「余以為形之可見，非色之美；音之可聞，非聲之善。……是以微妙無形，寂寞無聽，然後可以睹窈窕而淑清。」正集中表現了這一審美觀念。有了這種審美觀念，他創作時也就有意追求「微妙無形」、「寂寞無聽」，因而創作出來的許多作品都有「言在耳目之內，情寄八荒之表」，「厥旨淵放，歸趣難求」（鍾嶸《詩品》卷上）的特點，以至於「百代之下難以情測」（《文

選》卷二十二《詠懷詩》注）。

　　郭璞是一位道士，又是一位楚辭專家，楚辭和道家在他身上發生融合，是理所當然的事。他的《遊仙詩》就表現出這種融合。從楚辭的角度看，何焯認為它們「當與屈子《遠遊》同旨，蓋自傷坎壈，不成匡濟，寓旨懷生，用以寫鬱」（《義門讀書記》）；但郭璞畢竟是道家人物，他的詩中處處都體現著一種道家情懷，也是毋庸置疑的。如其一稱「漆園有傲吏，萊氏有逸妻。進則保龍見，退為觸藩羝。高蹈風塵外，長揖謝夷齊」，便是以道家的遺世高蹈為旨歸。受楚辭影響，郭璞多用比興，比興所用意象，雖有出自楚辭的，但更多的還是出自道家、道教神話，如「放情陵霄外，嚼蕊挹飛泉。赤松臨上游，駕鴻乘紫煙。左挹浮丘袖，右拍洪崖肩。借問蜉蝣輩，寧知龜鶴年」（其三）之類即是。這使他的作品具有詼詭譎怪的特點。

　　阮籍、郭璞融匯「莊騷」，已較漢人成熟，且都對李白有直接影響。劉熙載說：「太白詩以莊、騷為大源，而於嗣宗之淵放，景純之儁上，……亦各有所取，無遺美焉。」（《藝概·詩概》）正揭示了李白同他們的淵源關係。

原載《中國文學研究》2004 年第 2 期

宋以前南嶽名道士考略

南嶽道教源遠流長，據現存資料看，肇始於西晉以前，初為符籙、金丹道法，後漸以上清經法為主，至唐，則以南嶽天台宗為盛。本文僅擇重要者加以略考，有不妥處，俟高明補正。

一、魏晉南北朝

（一）南嶽九真人

1. 陳興明，據《南嶽九真人傳》、《南嶽小錄》、《南嶽總勝集》、《歷世真仙體道通鑒》（以下簡稱《仙鑒》）卷三十三等記載，興明穎川人，少游名山，遍訪真蹟，於南嶽天柱峰遇二真人，年可十八九，授給興明「明鏡玄真之道」，興明勤修了十八年，晉武帝泰始元年（265）三月一日於元陽宮升舉。由泰始元年上推十八年，可知陳興明來南嶽之年為魏齊王曹芳正始八年、吳大帝赤烏十年（247）。他是現在我們能考知的最早的南嶽道士。

2. 施存，號胡浮先生。《真誥》卷十四《稽神樞第四》稱其為齊人，自號「婉盆子」。師黃盧子，得《三皇內文》驅策虎豹之術，遁變化景之法。黃盧子，《無上秘要》卷八十三稱：「西嶽公黃盧子，姓葛名越，禁人善氣禁，能召龍使虎，後乘龍昇天，以符法傳弟子。」黃盧子既然稱為西嶽公，其初傳道當在華山，從中我們可以推出當時五嶽道流之間的聯繫。施存到衡嶽後，居於西峰洞門觀石室。於晉惠帝永康元年（300）四月初七升舉。

3. 尹道全，天水人，於衡嶽後峰修洞真還神徹視之道，兼佩五帝六甲左右靈飛之符。後又有天真下降，教以十二事及《五嶽真形圖》等，於晉懷帝永嘉元年（307年，按《南嶽九真人傳》作永嘉九年，永嘉無九年之數；《南嶽

小錄》及《仙鑒》皆稱晉懷帝元嘉元年，懷帝無元嘉年號，均有誤。疑《南嶽九真人傳》的「永嘉九年」為「永嘉元年」之誤。）三月九日升舉。

以上三人所學皆符籙道法。

4. 徐靈期，吳人，幼遇神人，授以玄丹之要，含日暉之法，守泥丸之道，服胡麻飯，似是上清經法。他又能制伏虎豹，役使鬼神，可能是南嶽由正一符籙派向上清經籙派過渡的人物。隱於南嶽上清宮，遍遊南嶽之岩洞及諸山谷，作《衡山記》（此據《南嶽九真人傳》，《仙鑒》作《衡嶽記》），「敘其洞府靈異，言紫蓋、密雲二峰皆高五千餘丈，而密雲有禹治水碑，皆科斗文字。碑下有石壇，流水縈之，最為勝地。紫蓋常有鶴集其頂，而神芝靈草生焉。下有石室，室有香爐、杵臼、丹灶。祝融峰上有碧玉壇，方五尺。東有紫梨高三百尺，乃夏禹所植，實大如斗，赤如日，若得食，長生不死。晉安帝義熙中（405～418），山人潘覺至峰西，石裂有物出，如紫泥，香軟可食。覺不知其石髓，竟不食棄去。忽悟而還，已不見。」（《仙鑒》卷三十三）這是今知最早的一部南嶽道史。靈期於劉宋後廢帝元徽二年（474）九月九日在上清宮白日升舉。

5. 陳慧度，《南嶽總勝集》、《仙鑒》卷三十三均作「陳惠度」，此從《南嶽九真人傳》。潁川人，初居茅山，採靈異草貨之，飲酒不食。僅數年，南遊，挑兩笈，盡是金石之類，至南嶽，居玉清觀告天而盟，煉丹，深夜被鬼所擾，三搗丹爐，運石摧壓，唯冥心蟠坐石上誦《黃庭經》、佩《五嶽真形圖》。其道法介於金丹道與上清派之間，於齊武帝永明二年（484）五月十三日升舉。

6. 張曇要，籍裏不詳。居衡嶽招仙觀，此觀有舊記，云：「肇基劉宗，卜字蕭齊。」也是一座古觀。有天真密授其內養元和默朝大帝之道。行之十二年，於齊廢帝海陵王延興元年（494）七月初三升舉。

7. 鄧郁之，字元達，南陽新野人。初與徐靈期結為方外友，周遊名山，尋訪上士，遇至人，傳以金鼎火符之術。徐靈期仙去後，郁之隱於衡嶽紫蓋峰石壇九仙宮，因欲煉丹無丹材，遍遊洞天福地，梁武帝天監初，臺司奏少微星見南楚長沙分野，梁武帝派監軍採訪詔之，問其所修，答：「貧道修煉金液而少丹材。」梁武帝賜給金帛，許其在南嶽洞真福地選幽勝之所建上中下三宮以修內外丹（《南嶽九真人傳》謂許其在嶽麓山置上中下三宮為修煉之所）。丹成後復遷至紫蓋峰之東，於天監末（502～519，《南嶽九真人傳》謂天

監十一年，即 512 年。此從《仙鑒》說）十二月三十日升舉。他是金丹派道
士，也是南嶽最早受皇帝召見的道士。

8. 張始珍，《仙鑒》卷三十三及《南嶽總勝集》均作張如珍，此從《南嶽
九真人傳》。南陽人，與鄧郁之同鄉。為人幼而少語，淡泊不群，壯歲幽棲，
遇神人降於岩室，授予明鏡洞鑒之道。神人稱此道乃得之於長桑公子。長桑
公子得之於太微天帝。按長桑公子，張君房《雲笈七籤》卷一百一十《洞仙
傳》有其事蹟：「長桑公子者，常散發行歌曰：『巾金巾，入天門；呼長精，吸
玄泉；鳴天鼓，養丹田。』柱下史聞之，曰：『彼長桑公子所歌之詞，得服五
星守洞房之道也。』」張始珍修此道九年，能徹視千里，不知屬何道派。以梁
天監十三年（514 年，《南嶽九真人傳》、《南嶽小錄》均說是天監三年，即 504
年）十一月十三日於九仙宮升舉。

9. 王靈輿，九江道士，始居廬山五老峰。夜有神人來指點他說：「得道者
各有其地，如植五穀於沙石中，則不能成。既有飛昇之骨，當得福地靈墟可
以變化，雖累德以為土地，積行以為羽翼，苟非其所，魔壞其功，道無由冀
矣。」靈輿問當居何地，神人告訴他：「朱陵之上峰，紫蓋之鄰岫，可以衝天
矣。」於是靈輿自五老遷至衡嶽中宮，凡一紀（12 年），於天監十一年（512）
七月十三日飛昇。

以上九仙為魏晉南北朝最重要的道士，宋徽宗重和元年（1118），九真俱
得封號。陳興明被封為「致虛守靜真人」，施存被封為「沖和見素真人」，尹道
全被封為「通真觀妙真人」，徐靈期被封為「明真洞微真人」，鄧郁之被封為
「超真集妙真人」，陳慧度被封為「沖虛玄妙真人」，張曇要被封為「葆光襲
明真人」，張始珍被封為「全真達道真人」，王靈輿被封為「通微集虛真人」，
合起來即所謂「南嶽九真人」。

（二）女真

1. 南嶽夫人魏華存

魏華存是上清派的重要創始人。字賢安，任城人，晉武帝左僕射魏舒之
女。幼好神仙，至二十四歲時，其父強逼她嫁給南陽人修武令劉彥幼。華存
至劉家後仍好道不倦，後一冬夜半，忽有四真人（《南嶽夫人傳》說四真人
分別為：太極真人安度明、東華青童君、碧海景靈真、清虛真人王子登）降
於室，授予她《太上寶文》、隱書《大洞真經》及《黃庭內景經》等，並封
她為紫虛元君、上真司命、南嶽夫人。後四真再度降臨，令她託疾尸解昇天。

晉哀帝興寧二年（364），南嶽夫人和眾仙真下降句容許謐宅，授楊羲《上清經》。楊羲先將此經用隸字寫出，再傳與許謐、許翽父子。自此上清經法遂行於世。

魏華存是怎樣來南嶽衡山的？

漢武帝南巡，登天柱山致祭，封號「南嶽」，後相沿成說。南嶽夫人之「南嶽」，可能指的也是霍山。所以一般經典都認為南嶽夫人所治為大霍山，如《仙鑒》說：「南嶽夫人比秩仙公，治大霍山。」

衡山被作為南嶽大約最初起於道教徒的觀念。《南嶽小錄·敘嶽》說：「南嶽者，《周禮》職方氏曰：南嶽之鎮曰衡，以其分當翼軫，光輔紫宸，鈐三氣之根，鈞五靈之德，上列注生之宿，下符長幼之功，稱物平施，故謂之衡山。《五嶽真形圖》云：『潛、霍、廬、甌、麻、玉笥、洞陽、小潙、九疑、羅浮等十山為之佐命，復有神仙勝境，曰朱陵洞洞天也。』又云『山稟靈氣，時有異人』。又《福庭志》云：『朱陵之天，周環七百里，七十大峰有五小峰，有二壇，露光青玉，學道居此，度世上升。又青玉壇、洞靈源、光天壇悉是福地。五嶽作鎮，皆有高真統治，蓋以導雲雨，養萬物，惠群生也。』」《周禮》職方氏所說的衡山指的是霍山。漢晉以還均沿此說。至劉宋徐靈期修道於此，作《南嶽記》，才說：「衡嶽者，五嶽之南山也，其來尚矣。」（轉引自李元度《南嶽志》卷二）這才開始以湖南之衡山為南嶽。唐代名道士司馬承禎曾在南嶽修煉（詳下），所以也極力為衡山爭地位。《南嶽總勝集》「真君觀」條：「唐開元中，司馬丞（承）禎上言，五嶽洞天，各有上真所治，不可與血食之神同其饗祀。聖旨爰創清宮，凡立夏日先齋潔，敕命州官致醮於是觀，兼度道士五人焚修。開元五年，明皇制《五靈經》云：『佐治者有九人，從吏者三伯（百）餘人，翊衛官三百，為國家祈真請福之地。』《上真記》云：『太虛真人領南上司命，即赤帝也。潛山魏君沖為副治，霍山韓君眾為佐治，霍林山許君映，丹霍山周君紫陽，金華山黃君初平，南霍山鄭君隱，天柱山阮君徽，紫虛元君魏夫人華存，沖寂元君麻姑，右並君佐命之司，吳越楚蜀之地，當司察之。』」《上真記》以赤帝為主神，以霍山諸仙為副治、佐治之官，確定了衡山為南嶽的地位。這樣一來，那位被封為南嶽夫人治理大霍山的魏華存，自然也就同衡山有了關係。

有關魏夫人怎樣來衡山的說法頗具神話色彩。如《南嶽小錄》「紫虛閣」條說：「紫虛閣有魏夫人仙壇。高一丈二尺，上圓平，約闊一丈，亦名飛流壇。

傳曰：『夫人自撫州乘龍飛來至此。』」撫州即今江西臨川。《南嶽總勝集》「紫虛閣」條也有此說。又引杜天師拾遺云：「夫人壇是一巨石，方丈餘，其上闊員（圓），其下尖浮，寄他石之上，凡一人試推即動，……今撫州山有穴深廣狀斯石也。或云：沖寂元君麻姑送夫人乘雲至此，雲遂化為石也。」

2. 薛煉師，籍裏不詳，晉時避亂至南嶽尋真臺，外似同塵，內修至道，常騎白豹遊耆闍峰，黃鳥白猿不離左右，後入雲龍峰尸解，西靈觀是其升舉處。

3. 周惠抃，《南嶽總勝集》「靈西觀」條說：「靈西觀在廟西二里，《湘中記》云：昔女真薛練師沖舉之處。梁天監五年建觀，至後周武穆公主周惠抃者，生而有異光滿室，幼不茹葷，長思獨處，慕元君薛練師、緱仙姑之志，因居石室，感西靈聖母降傳經籙，修三素之道。潭衡之境，女士景慕者數伯（百）人。世道將亂，告諸學者曰：『我當暫住。約百餘年再來。』後學如市，唐開元初賜額西靈。有女冠徐李太真、曹妙本並接踵而住得道。」

4. 徐練師，《南嶽總勝集》：「北帝院，在銓德觀後半裏。修竹長松，前後茂密，梁天監末，女冠徐練師居之修行而得道。」

（三）其他

1. 鄧欲之，字彥達，隱於南嶽洞臺，夜誦《大洞經》，上感魏夫人降告之曰：「君有仙分，特來相訪。」一日，忽見三青鳥如鶴，鼓舞飛鳴，移時方去，欲之謂弟子曰：「青鳥既來，期會至矣。」遂解化。《南嶽總勝集》「洞靈宮」條說：「昔東晉末鄧欲之字彥達，居洞靈臺誦經，遇魏夫人傳法而得道。」鄧欲之顯然屬上清派。

2. 雙襲祖，《南嶽小錄》「前代九真人」條後附云：「又有雙襲祖、雙子辨二人相次得道。」雙子辨事蹟不詳。雙襲祖《仙鑒》有傳。雙襲祖，字仲遠，梁時吳人，始居南嶽，後遷九疑山，潛心於道，以求度世。嘗謂誠素所至，高真必通，遂刻志誦黃庭玉篇，因作黃庭觀，使弟子居之，自棲於白馬岩。後歸黃庭觀仙化。

3. 劉根，潁川人，自稱能見鬼，初隱於嵩山。常服棗核中仁，邪病不生。《南嶽小錄》有「劉根先生藥岩」條：「昔有仙人劉根居之修行之所，在九仙宮之西北，頗甚深邃，亦殊異之境也。」《南嶽總勝集》則稱：「劉根先生修大洞帝乙之道，遊宦四方，為政有德，晚歸南嶽之東峰，煉真朝鬥，服氣祭神而玄化。」劉根是一個帶有傳說性質的道士，其時代、地域說法不一。《神仙傳》有劉根，為漢代長安人，入山精思，後入雞頭山中仙去。范成大《吳郡志》卷

九謂劉根之修煉處在洞庭西山林屋洞之神景宮。此洞庭指的是太湖。

二、唐代

（一）南嶽天台宗

1. 司馬承禎。為上清茅山宗第十二代（實為第四代）宗師，天台宗的創始人，也是唐代最著名的高道之一，新舊《唐書》皆有傳。承禎字子微（《茅山志》說他一名子微，字道隱），洛州溫人。父仁最，官襄、滑二州長史。承禎二十歲時，在嵩山拜潘師正為師，受辟穀導引之術。後辭師正，遍遊名山，至天台山，構層軒於壇上，名其臺為眾妙臺，自號白雲子。武后、睿宗時都曾被召見，與陳子昂、盧藏用、宋之問、王適、畢構、李白、孟浩然、王維、賀知章等均有交往（《仙鑒》稱之為「仙宗十友」）。玄宗聞其名，詔問治國之要，承禎答以老、莊清靜無為之旨，頗受玄宗推崇。玄宗曾親受道籙，稱為道兄。詔於王屋山置壇室以居之。承禎善書法，篆、隸、金翦刀體皆自成一家。玄宗命其以三體寫《道德經》。承禎著作甚豐，最重要者為《坐忘論》、《天隱子》等。有弟子七十餘人，最重要者為李含光、薛季昌及女真焦靜真、謝自然等。

司馬承禎是一個好遊歷的道士，行跡甚廣，曾在南嶽修道。《南嶽小錄》：「白雲先生藥堂，在九真觀西，開元中，司馬天師承禎本號白雲先生，後授貞一先生，嘗於此修行。」《南嶽總勝集》：「降聖觀，在九真觀一里，舊號白雲庵，司馬子微修行處。」

2. 王仙喬。《南嶽總勝集》「九真觀」條說：「仙喬乃本觀道童，性好淡泊，因看《列仙傳》，有物外操。嘗謂五千言外皆土梗耳。攜嶽中茶入京師教化，嘗於城門內施茶。忽一日遇高力士，見而異之，問所來，答是南嶽山九真觀道童，為殿宇頹毀，特將茶來參化施主。力士喜其言，因聞。明皇宣見，帝喜清秀，問曰：『卿有願否？』對曰：『願鬱鬱家國盛，濟濟經道興。』帝喜，令拜司馬先生為師，於內殿披戴，厚賜回山。夜夢感真人陳少微而得道要。再命侍司馬先生，來王屋久之，奏云：『尊師（指司馬承禎）以開元二十三年仙化。云請收南嶽舊居為觀，蒙對恩書額，詔薛季昌住持降聖觀，宣賜聖像供器。』天寶十二年（753），復令衡州鑄銅鐘一口，降賜觀中。音韻振遠，徹於霄漢，重四千斤。上刻明皇帝號，御製銘曰：『鑄於郡，懸於觀，天長地久福無算。驃騎吏大將軍高力士監鑄。』此真嶽中之石器也。後乾元三年（759）

值兵火罹亂，焚蕩罄然，鐵石融裂，惟有此鐘，豈非願力而至於是哉！」《南嶽小錄》說王仙喬於乾元二年（758）三月三十日得道。薛季昌得居南嶽，似得力於王仙喬，他是天台南嶽派的重要中介人物。

3. 薛季昌，南嶽天台宗的重要開創者。漢州綿竹人（《仙鑒》稱其為河東人），曾任綿竹縣縣尉。然不好榮利，酷愛山水。曾遊青城山，南至桃源，在南嶽遇到司馬承禎，授予三洞經籙，研精窮妙，勤久不倦，唐玄宗曾召入禁掖問道，談論極其精微，深為玄宗所喜，親自製序作詩以送之。序云：「煉師初解簪裾，棲心衡嶽，及登道籙，慨然來茲。願歸舊居以守虛白，不違雅志，且重精修。忽遇靈藥志人，時來城闕也。」詩云：「洞府修真客，衡陽念舊居。將申金闕要，願奉玉清書。雲路三天近，松溪萬籟虛。猶期傳秘籙，來往候仙輿。」並贈金器一百事、銀器二百事，綿帛甚多。曾作有《道德玄樞》。薛季昌曾居南嶽九真觀。《南嶽總勝集》「九真觀」條稱：「開元初，司馬承禎字子微，自海山乘桴煉真南嶽，結庵於觀北一里，目之白雲。丞相張九齡屢謁之。明皇令弟承禕詔之，校正《道德（經）》，深加禮待，呼為道兄。凡是宮觀中供養金銀器皿悉歸降賜，自御剳批答表書往來不絕。天寶初，蜀人薛季昌，昔在峨眉山注《道德經》二卷，後隱居衡嶽華蓋峰，撰《玄微論》三卷並《大道頌》一首。」薛季昌於唐肅宗乾元二年（759）二月六日得道。他是南嶽最有影響的道士之一，其最著名的弟子為田虛應。

4. 田虛應，字良逸，齊國人。隋文帝開皇中（581～600）侍親於攸縣，後從攸縣遷至南嶽躬耕於華蓋峰，凡五十餘年。老母去世後，乃遊五峰，放志自適。唐高宗龍朔中（661～663），衡州牧田侯於嶽觀構降真堂以居之。呂渭、楊馮使湖南時，均曾就訪，潭州水旱，郡守曾請他在嶽觀築壇止雨或求雨。唐憲宗元和中（806～820），東入天台山不復出。《南嶽小錄》謂其於元和六年（811）正月七日在降真院得道。按以上記載，他的壽數當在兩百以上，是南嶽壽數最高的道士，名弟子有馮惟良、陳寡言、徐靈府。

5. 馮惟良，字雲翼，相人，修道於衡嶽中宮，與陳寡言、徐靈府為「煙蘿友」，香火之外，琴酒自娛。久之，去降真堂拜田虛應為師，田虛應授給他三洞秘訣。唐憲宗元和中（806～820）東入天台山，後在天台升舉。弟子數百，名弟子有應夷節、葉藏質、沈觀等。

6. 陳寡言，字大初，越州暨陽人，隱居於天台玉霄峰，號曰「華林」，天台科法有闕遺者，拾而補之。後仙化於天台山。名弟子有劉介，字處靜。

7. 徐靈府，號默希子，錢塘天目山人，通儒學，居天台雲蓋峰虎頭岩石室中凡十餘年。會昌初，唐武宗曾派人徵召他，不赴詔。著有《玄鑒》五篇、《通玄真經注》十二篇及《天台山記》、《三洞要略》等。名弟子有左元澤。

馮惟良、陳寡言、徐靈府往來於天台和南嶽之間，而以天台為歸宿，但後來馮惟良的弟子應夷節、葉藏質等，便似乎很少來南嶽了。

8. 劉元靖，武昌人，初師王道宗，授正一籙。道宗仙去，元靖泛遊洞庭、武陵，復入南嶽，師田虛應，因登魏夫人仙壇，遂有卜居之意，自壇尋峻峰十數里，見一石穴，南向，因闢以為居。唐敬宗寶曆初（825～827）詔入思政殿問長生事。元靖對以「無利無營，少私寡欲」，敬宗不悅，放令歸山。武宗會昌中（841～846）復召入禁中，武宗請授法籙，賜銀青光祿大夫，崇玄館大學士，號廣成先生。別築崇玄觀以居之。乞還山，詔準，於唐宣宗大中五年（851）五月十一日在南嶽升舉。他雖然沒有被認定為田虛應的嫡傳〔《仙鑒》卷四十「應夷節」條說：「上清大法，自陶隱居（宏景）傳王遠知，王傳潘先生（師正），潘傳司馬煉師（承禎），司馬傳薛季昌，薛傳田良逸，田傳馮惟良，馮傳夷節也。」可知馮惟良才是嫡傳〕，但他的影響卻不在馮惟良輩之下。名弟子有呂志真。

9. 呂志真，不知何方人氏，居南岳石室十餘年，其後每歲一至京師。遊瀟湘，訪諸門人之家，常荷二大瓢，藥物、服飾、經籙、道具俱儲瓢中。喜以藥物救人，入林谷則有虎豹隨之。人問其道，則默然無所對。曾出商山道中，不知所終。

（二）其他高道

1. 張惠明，越郡人，結廬於中條山，受法於元真觀，常行咒禁驅馳精魅。後往長安遇混元子受高奔之道，行之功濟德備，道學超群。唐太宗詔之內殿，致醮有感。後乞歸山林，上允，敕往南嶽，封妙濟大師。忽一夕，遇南嶽右英夫人，傳抱一守真三五混合之要，行之一紀，復詔至西嶽，後尸解。

2. 蕭靈護，字天佑，廬陵人，十五好道，壯遇至人傳金液丹、胎息。周訪名山，負道書百餘卷，常云欲升南宮。先度朱陵迤邐訪洞陽，過嶽麓，瞻鄧真人（郁之）之像，夜遇真人，傳火鼎之術。唐太宗貞觀二年（628），溯瀟湘躬禮注身行法，深為人所重，稱為「法主」。後居南嶽招仙煉火鼎之術，化黃白而外鬻之，所得金用於修葺觀宇，使宮觀為之一新。五年後又創尋真閣，次年於桂州鑄銅鐘一口，重五百斤。後繼續在嶽麓山煉丹。據《南嶽小錄》，

蕭靈護於唐高宗弘道二年（此依《仙鑒》，684 年，《小錄》說弘道三年。唐高宗用「弘道」年號僅兩個年頭，作三年者誤）八月十五得道。

3. 鄧紫陽，建昌南城人，初隱麻姑壇之西北，因省親路獲神劍佩之。性頗剛毅，自負濟世之材，每憩溪壑之間，誦天蓬咒不輟，遂感北帝遣神授以劍法。遠訪南嶽朱陵，謁青玉、光天二壇，禮鄧真人，夢有所感。唐明皇開元中蒙詔入大同殿建醮胡藩，封為天師，修功德二十七年後仙化。

4. 李思慕，成紀人，與東楚董煉師（詳下）、白先生（不詳）結煙霞之友，同遊三湘名山，後訪南嶽五峰，雖師範不同，而各有指歸。白先生在石鼓上升後，思慕獨入京師。此時茅山高道吳筠在京，因反佛為高力士所嫉，高力士想進李思慕以取代吳筠。李思慕見玄宗後答問稱旨，但不久即請求歸山，玄宗厚賜，為之餞行。思慕曾注《清靜經》，行於世。唐玄宗天寶十四年（755）八月二十六日仙化於紫蓋峰。

5. 董煉師，名奉仙，東楚人。修九華丹法而得道。曾與李思慕、白先生結煙霞之友，同遊三湘名山。思慕仙去後，他仍混跡於衡陽後洞，常以咒術治人病苦，有酬之者，惟酒一醉為妙，於是無日不醉，醉即臥於路旁溪谷，遇雨而衣不濕，凌嚴霜而皓如。杜甫曾與董煉師有過交往，其《憶昔行》末云：「更訪衡陽董煉師，南遊早鼓瀟湘柁。」《南嶽小錄》說他於唐代宗大曆元年（766）十一月六日得道。

6. 何尊師，不知何許人，唐高宗龍朔中（661～663）居衡嶽，常往來蒼梧、五嶺間，人問其氏族，但答曰：「何何。」或問其鄉里及所修證，亦答曰：「何何。」時人因稱之為「何尊師」。田虛應、鄧中虛等請求說：「尊師始終無言，如何開悟學者？」尊師云：「知不知者上也，不知知者下也，誰能鑿混沌之竅，悟自然之理耶？」遂杖藜入林而去。開元中，司馬承禎遊衡嶽，得見何尊師，致禮請教，尊師一無所答，承禎歎曰：「此所謂才全而德不形者也！」乃構廬於祝融峰，請尊師居之。自此尊師不復出，觀察使呂渭曾登門請受符籙。《南嶽小錄》說他於天寶二年（743）十月十五日得道。

7. 張太空，籍里不詳。隱衡嶽上清宮，唐代宗大曆七年（772），為唐相李泌之師。後隱元陽宮，於唐德宗貞元四年（785）六月十三日尸解於靈隱峰。《南嶽小錄》謂其於大曆七年（772）二月八日在上清宮得道。

8. 李德琳，《南嶽小錄》「中宮」條：「大曆（？）年，李德琳先生居之得道。」「唐朝得道人」名錄中李德琳於大曆十二年（777）九月五日於中宮得道。

9. 周混污，《南嶽總勝集》「凌虛宮」條：「會昌中（唐武宗年號，841～846年），周混污自九真來居之，後得道，為大羅觀主。」據《南嶽小錄》，周混污於會昌二年（842）正月得道。

10. 申泰芝，字廣祥，其先洛陽人，因守官湖外，世代寓居長沙，後遷至邵州仁風村柳塘。泰芝曾遊息南嶽，訪神仙之事，一夕於祝融峰遇真人傳金丹火龍之術，歸煉丹。積數年，大藥已成，功行俱備，而能乘虛神遊，隱顯出入，綽有神異，人不可測。不知所終。

11. 軒轅彌明。《南嶽總勝集》「聖壽觀」條：「懿僖中，有軒轅明彌隱此年久，後復抱黃洞。」又：「靈麓峰，在湘水之西，係二十洞真福地，宋朝改賜景德，徽廟改為嶽麓萬壽宮，唐軒轅彌明嘗隱於此。」《仙鑒》卷三十八說軒轅彌明在衡湘間九十餘年，記其事蹟甚詳。

12. 陳法明，籍里不詳。《南嶽總勝集》「洞陽宮」條說：「洞陽宮在石廩峰西北，乃施真人伏鬼會真之所。唐陳法明應詔回，於此峰下開岩建壇，山神為之陰助，南望雲陽，旦夕朝真，誦《（大）洞經》，後服丹而玄化。」

13. 賈自然，里籍不詳。於衡嶽太平觀焚修，遇南嶽真人陳少微（字子明）而禮之，後遇青城丈人降室，授九一飛仙之秘，白日沖舉。

14. 譚峭，字景升，曾作《化書》，是唐代著名道士。《南嶽總勝集》「華蓋院」條說：「昔譚峭（岩）字景升，居終南山久，著《化書》，過東吳見宋齊丘，遊廬阜，泛瀟湘，煉丹於此。」

15. 李沖昭，《南嶽小錄》的作者。不知何方人氏。《南嶽小錄》序云：「沖昭弱年悟道，近歲依師泊臨嶽門，頻訪靈跡，唯求古來舊記，希窮勝異之事，莫之有者，咸云兵火之後，其文散失。遂遍閱古碑及衡嶽圖經、湘中說，仍致詰於師資長者、岳下耆年，或得一事，旋儲篋笥。今據所得，上自五峰三澗，古來宮觀藥院，至於歷代得道飛昇之流，靈異之端，撮而直書，總成一卷，目為《南嶽小錄》。庶道侶遊山，得之披覽，粗知靈跡之向自云。時壬戌歲冬十月序。」書中所記最遲為咸通九年（868）之事，此後之壬戌年為唐昭宗天復二年（902），可知沖昭為晚唐道士。《南嶽小錄》是現存最早的南嶽山志，有著極高的史料價值。

唐代還有一些名道士，如《南嶽小錄》記有殷景童，於天寶十七年（天寶無十七年，當為唐肅宗乾元元年，即758年）得道；傅符仙，於唐肅宗乾元三年（乾元僅二年，當為上元元年，即760年）得道；韓威儀，於唐宣宗

大中元年（847）於上清宮得道。但限於資料，這些人的生平事蹟均難以詳考。

選自湖南省道家道教文化研究中心編《道家道教與湖南》，

嶽麓書社，2000 年，又見湖南師範大學文學院編

《湖湘文化論集》，湖南師範大學出版社，2000 年

湖湘文化與宋代詩人樂雷發

一、湖湘文化淵源特質略述

　　湖湘文化源遠流長，從可以考知的歷史來看，可追溯到舜。「舜，冀州（相當於今山西、河北兩省之地）之人也。舜耕歷山〔註1〕，漁雷澤（今山東菏澤東北），陶河濱，作什器於壽丘（今山東曲阜東北），就時於負夏（今河南濮陽東南）。」「舜年二十以孝聞，年三十堯舉之，年五十攝行天子事，年五十八堯崩，年六十一代堯踐帝位。踐帝位三十九年，南巡狩，崩於蒼梧之野。葬於江南九疑，是為零陵（今永州寧遠縣）。」（《史記·五帝本紀》）舜的生平行跡，連結著中原與湘楚，是北方中原文化與南方湖湘文化的紐帶。

　　舜是儒家所推崇的聖人，同時也與道家文化有著密切的關係。「媯水在河東虞鄉縣歷山西（今山西永濟東北），西流至蒲阪縣（今山西永濟西南），南入於河，舜居其旁。周武王賜陳胡公之姓為媯，為舜居媯水故也。」（《尚書正義》卷二《堯典第一》）周武王所封舜之後裔胡公滿，為陳國人之祖先，其封地在今之河南淮陽。老子之故里在今之河南鹿邑。鹿邑，古屬陳。此老子為舜之流裔之證。《論語·衛靈公》稱：「無為而治者，其舜也與！夫何為哉？恭己正南面而已矣。」陸賈《新語·無為》說：「昔虞舜治天下，彈五弦之琴，歌南風之詩，寂若無治國之意，漠若無憂民之心，然天下治。」可知「無為」之道，乃始於舜。老子講「無為」，孔子也講「無為」，雖各有所主，然多有相同之處〔註2〕。所以說，舜文化實為儒、道二家文化之共源。

〔註1〕歷山在何處，說法甚多，一說在今山東濟南市東南，一說在今河南縣舊濮陽東南，一說即今山西永濟市東南之雷首山，等等。

〔註2〕關於孔子、老子「無為」思想之異同，詳拙文《孔子、老子「無為」思想之異同》，《中國哲學史研究》1987年第4期。

屈原為楚人，沉江於湖南之汨羅，今之論湖湘文化者，無不盛稱屈子。屈原的作品中屢稱堯舜，而其困窮無告之時，便欲上九疑（蒼梧）向舜陳詞，且欲飛天乘雲，遺世高蹈，而「與重華（即舜）遊兮瑤之圃」（《涉江》）。屈原之憂民愛國、舉賢授能、忠誠執著、獨立不遷近於儒，而其志潔行廉、皭然無滓、獨往獨來、想落天外近乎道，其融儒、道於一爐，實是對舜文化流緒之發揚光大〔註3〕。

屈原之後，湖湘文化代代相傳，不絕如縷。外地之學者來湘，亦受其薰染。然漢魏六朝湖湘尚屬蠻荒，唐代士人被貶多在湖湘，湖湘本地名人較少。五代到宋，嶽麓書院崛起，湖湘之學漸盛。周敦頤、胡宏等導路於前，朱熹、張栻等繼踵於後，湖湘理學遂名動天下。周敦頤之學是典型的儒道互滲，故湖湘理學之精神，也以兼融儒、道為特點，而以憂國憂民、執著務實為內質。關於宋代湖湘理學，後文還有論及，此不贅。

二、樂雷發及其創作的基本情況

就詩人數量而言，宋代湖湘詩人遠勝於前代。筆者搜索《全宋詩》，共檢出湖南籍詩人 144 人（其中有幾位詩人的籍貫尚有異說），除長沙外，以湘南之永州、寧遠、道縣、祁陽、耒陽、安仁、臨武及衡陽等地居多。而湘南詩人中除道州周敦頤名氣較大外，就數寧遠詩人樂雷發了。

樂雷發（1210？～1271），字聲遠，湖南寧遠縣人。關於樂氏的生年有兩說：一說生於宋寧宗嘉定二年己巳正月十六日（1209 年 2 月 21 日），一說生於嘉定三年庚午正月十六日（1210 年 2 月 11 日）或十月初六日（1210 年 10月 25 日）。樂雷發之名可能與他出生時曾發生過雷擊事件有關。據《宋史·五行志》，嘉定三年正月、十月都曾發生雷擊。因此，生於嘉定三年的可能性較大，具體月日，則殊難確定。樂氏卒年為宋度宗咸淳七年辛未十月十三日（1271 年 11 月 16 日），葬於油草嶺。其具體里籍為今湖南省寧遠縣下灌樂家山。樂氏曾多次參加科舉，均不第。宋理宗寶祐元年（1253）五月，其門人姚勉登科，上疏讓第。理宗頗為重視，親加詔試，賜特科第一，官授翰林職司敷文。寶祐四年（1257），以病告歸。因其家居雪磯〔註4〕，故自號雪磯先生。

〔註3〕關於屈原同儒道文化之關係，可參考拙著《道家及其對文學的影響》（修訂本）
　　　　第五編第三章，嶽麓書社 2005 年版，第 245～255 頁。
〔註4〕雪磯，據張介立考證，其地在今寧遠縣南部的大村子下灌。《樂雷發里籍考辨》，
　　　　《湖南科技學院學報》2007 年第 3 期。

寶祐三年（1256），友人朱嗣賢、何堯卿等捐資刊刻其詩為《雪磯叢稿》，樂氏撰有自序。故今存者均為樂氏退居寧遠故里以前之作品。明憲宗成化十七年（1482），其裔孫樂宣重加訂正刊刻並作跋。今存有讀書齋刊《南宋群賢小集》、《兩宋名賢集》及四庫本（有《雪磯叢稿》、《江湖小集》本兩種）等。錢鍾書先生《宋詩選注》選入樂氏《烏烏歌》、《常寧道中懷許介之》、《秋日行村路》、《逃戶》等四首，湘籍學者蕭艾先生為《雪磯叢稿》作注，嶽麓書社 1986 年出版。

　　樂雷發今存詩 140 餘首。體裁包括七古、五古、七律、五律、七絕、五絕，而以七律為多。《四庫全書總目提要》卷一百六十四稱其「人品頗高」，「其詩舊列《江湖集》中，而風骨頗遒，調亦瀏亮，實無猥雜粗俚之弊，視江湖一派迥殊。如《寄姚雪篷》、《寄許介之》、《送丁少卿》、《讀繫年錄》諸篇，尚有杜牧、許渾遺意。」樂氏弟子姚勉《宋史》無傳，《宋史·藝文志》又漏收其文集。《四庫全書》收其《雪坡文集》五十卷，並對其生平略有考稽。姚氏為高安（今屬江西）人，寶祐元年以詞賦擢第，廷對萬言策第一，除校書郎，兼太子舍人。《四庫全書總目提要》卷一百六十四這樣評價姚氏：「勉受業於樂雷發，詩法頗有淵源，雖微涉粗豪，然落落有氣。文亦頗婉雅可觀，無宋末語錄之俚詞。」可見他受樂雷發的影響很深。

　　樂雷發的詩雖不完全同於江湖派，但仍同江湖派詩人有一定關係。陳起《江湖小集》收入樂雷發詩凡四卷。樂氏集中有不少詩顯示他同江湖詩人有交往。如《寄戴石屏》，戴石屏即江湖詩人戴復古，復古於樂氏為前輩，故其《與復古叔讀橫渠〈正蒙書〉》稱其為「叔」；《題許介之譽文堂》說到「姜夔劉過竟何為，空向江湖老布衣。造物忌名從古有，詩人得位似君稀。」姜夔卒於宋寧宗嘉定十三年（1221），於樂氏也是前輩，故其《史主簿以授庵習稿見示敬題其後並寄張宗瑞》詩中說「姜夔荒冢白蘋深」。這些詩都顯示他同江湖詩人有過交往。陳起本為杭州書商，江湖派以其所刻《江湖集》、《江湖小集》、《江湖後集》、《江湖續集》等而得名，集中所收詩人多落拓不偶、浪跡江湖，詩風卻未必人人相同。樂雷發詩集中也有些作品風格近於江湖詩派。但從總體而論，他的詩確實與江湖派詩風迥異。除同江湖詩派有關係外，樂氏還可能受過楊萬里、陸游等前輩詩人的影響（樂氏詩中多次提到楊萬里，又有《雨夜讀陸放翁集》一首），特別是他的寫景詠物之作，如《常寧道中懷許介之》、《疏拙》、《夏日偶書》、《秋日行村路》等，其恬淡風趣風格，頗有楊、陸的某

些印痕。

樂氏之所以被歸入江湖詩派卻又迥異於江湖詩派，是因為他的詩歌植根於湖湘文化，其主導精神體現的是湖湘文化的基本精神。

樂氏生於寧遠，如前所云，寧遠為舜文化的發源地之一。屈原精神的融入使舜文化的內涵更為豐富。與寧遠相鄰的道縣，是周敦頤的故里。北上衡陽、長沙，由胡宏、朱熹、張栻等所孕育出來的湖湘理學，與周敦頤一脈相承。理學家、詩人楊萬里也曾被貶至零陵任縣丞。從樂氏的詩中可以看出，他除了曾到京師臨安短暫任職外，其餘遊蹤所致，南不過桂林，東不過江西，主要行蹤在道州、江華、永州、祁陽、臨武、安仁、郴州、耒陽、衡陽、長沙一帶，而寧遠始終是他未曾久離的故土。其活動範圍就在湖湘文化圈中，故其詩歌自然而然會深深地打上湖湘文化的烙印。

三、樂氏詩中所體現的湖湘文化精神

九嶷山秀美清麗的自然風光，真樸淳厚的民情風俗、悠遠神奇的遠古傳說和詭譎誕幻的釋道神話更給這裡的人們平添了許多浪漫主義情調，豐富了舜文化中本有的道家內蘊。樂氏集中也屢有表現這種道家情調的詩歌。《九嶷紫霞洞歌》、《壺中天贈侯明父》是這方面的代表作。《九嶷紫霞洞歌》看上去受李白《蜀道難》、《夢遊天姥吟留別》影響很深，然而其想像卻植根於以九嶷為中心的湖湘文化背景：「湘濱兩姝不敢到，悵望蒼梧雲縹渺。爾來三千三百年，斑龍空臥金光草。我采姹女江華濱，是為三十六帝之外臣。」「人言有路通桂林，乘興欲尋日華君。吾聞洞中大小洞天三十六，帝遣列真分治局。上界官府應更多，定知此洞今誰屬。猗歟奇哉，紫霞之洞真天開。我上會稽探禹穴，復浮滄海登天台。」這些詩句，都明白地昭示著詩人對自由世界的心儀。《壺中天贈侯明父》把想像世界同現實世界打成一片，讓我們更多地看到了詩人的道家情懷：

> 蓋頭即可居，容膝即可安。連雲大廈千萬間，何如壺中別有天。壺中何所有，筆床茶灶葫蘆酒。壺中何所為，目送飛鴻揮五絲。窗前祝融老僧竹，壁上九疑狂客詩。壺中主人知為誰，啖棗仙伯雪鶴姿。左攬玄微袂，笑移砥柱弄河水；右拍長房肩，飽餐麟脯傾玉骹。蓬萊山，在何處，勸君且占壺中住。不曾上列金馬門，也應不識崖州路。探禹穴，浮沅湘。腳下塵土鬢上霜，我到壺中如故鄉。

詩中狹迫的居室、清苦的生活、消逝的年華與空靈的心境、恬淡的情懷、狂放的個性形成巨大反差，凸現出詩人與友人所共同追求的道家超邁人格理想。

樂氏詩中頗有深得莊騷遺意之作，如《寄雪蓬姚使君》、《佳人兩章寄許東溪》等都屬此類，後者云：

> 衡之山，鬱蒼蒼。我有佳人，在山之陽。木難為佩兮雲錦為裳，
> 愛而不見兮我心憂傷。安得為鯤鵬，凌風置君傍。衡之山，鬱蒼蒼。
> 衡之江，清且淪。我有佳人，在江之湄。朝餐落薔兮夕饌江蘺，
> 欲往從之兮我馬虺隤。安得為琴高，沿波與君隨。衡之江，清且淪。

樂雷發所理解的楚騷精神就是忠而被謗，發憤抒情而詞兼比興。《聽廬山胡道士彈離騷》其一云：「廬山道士菊潭仙，前世滄浪握楚荃。莫道《離騷》遺響絕，孤鉤寡珥尚能傳。」其二云：「弔湘誰解薦江蘺，忠憤泠泠寫七絲。愁絕九疑山下聽，重華應許就陳詞。」大概是因為樂氏對楚騷情有獨鍾，故而對唐代湖湘詩人李群玉（今湖南澧縣人）未能繼承楚騷比興傳統而頗有微詞。其《讀李群玉集》云：「捐玦江頭弄釣舟，蘭花杜若滿芳洲。如何才子無騷思，專詠薔薇與石榴！」

樂氏還力圖把屈原精神同宋代理學對接起來。《濂溪書院弔曾景建》云：「太極樓頭霽月寒，斷弦綠綺不堪彈。窗前自長濂溪草，澤畔還枯正則蘭。蒼野騷魂惟我弔，烏臺詩案倩誰刊。傷心空有金陵集，留與江湖灑淚看。」「窗前自長濂溪草」用周敦頤典，《二程遺書》卷三《二先生語三》：「周茂叔窗前草不除去，問之，云：『與自家意思一般（子厚觀驢鳴，亦謂如此）。』」「正則」即屈原，出自《離騷》「名余曰正則兮，字余曰靈均」。濂溪不除窗前草，乃任其自生自長；屈原之所以屢詠蘭蕙，因其有芳潔之性。合濂溪與屈原，就是任自然而尊德性之意。

樂氏受理學浸潤很深。在詩中，他屢屢提及理學家周敦頤、張載、朱熹、張栻、楊萬里等，表達對他們的敬慕之意。然而樂氏對湖湘理學的內在精神獨有解會。在《擬長沙訪姚雪蓬至永返賦此為寄》詩中，他告誡友人：「今傍南軒住，應知理趣精。《通書》多似《易》，《論語》不言『誠』。」南軒即張栻。張栻非常推崇周敦頤，其學受程頤影響，標舉一個「敬」字，又認為切實處乃在踐行。《南軒答問》云：「嗟乎！自聖學不明，語道者不睹夫大全，卑則割裂而無統，高則汗漫而不精，是以性命之說不參乎事物之際，而經世之務近出乎私意小智之為，豈不深可歎哉！惟周子生乎千有餘年之後，超然獨得大《易》

之傳。所謂《太極圖》，乃其綱領也。推明動靜之一源，以見生化之不窮，天命流行之體無乎不在，文理密察，本末該貫，非闡微極幽，莫能識其指歸也。然而學者若之何而可進於是哉？亦曰敬而已矣。誠能起居食息，主一而不捨，則其德性之知必有卓然不可掩於體察之際者，而後先生之蘊可得而窮，太極可得而識矣。」〔註5〕黃宗羲這樣評價張栻說：「南軒之學，得之五峰（胡宏），論其所造，大要比五峰更純粹，蓋由其見處高，踐履又實也。」〔註6〕樂氏說「應知理趣精」，即是強調南軒之學理趣精微處全在居敬踐行。朱熹則認為敬不如誠：「『謹』字未如『敬』，『敬』又未如『誠』。程子曰：『主一之謂敬，一者之謂誠。』敬尚是著力。」〔註7〕樂氏詩中說「《論語》不言『誠』」，顯然有傾向南軒而不同意朱子之意。在《登濂溪太極樓》中他更是明確表達了自己對湖湘理學精神的理解：

> 岑樓跨層崖，灌木翳頹沼。曠哉宇宙心，況茲展遐眺。前哲日以遠，川麓被文藻。芳甸馥荃蘅，江渚雜鳧鳥。亭亭沼中蓮，冉冉庭下草。扣寂參太極，撫化領眾妙。俗薄神理乖，力柔聖途杳。英英考亭翁，反心會天奧。萬里綮良言，一誠貫元造。勗哉登樓人，畢景盡此道。深根復深根，篤行以為寶。

在樂氏看來，周敦頤標舉「太極」，朱熹揭櫫「誠」，緊要處並不玄妙深奧，乃在於切實篤行。講求實踐是儒家的基本特點，也是湖湘理學的精神內核。樂氏在《次韻李監丞城西紀遊》中就曾追溯儒家的這種理性實踐精神：「沿流浮伊洛，溯源窺羲堯。執中與太極，萬古瞻魁杓。察微篤強力，賢聖誠匪遙。」這裡講的「察微篤強力」，就是上引詩中強調的「篤行以為寶」的同義語。

《雪磯叢稿》中寄贈送別之詩較多，所送所贈者多赴任或退職的官員。他往往針對所送對象，或稱讚其往昔的建樹以勗勉其心，或寄言其未來的作為以激勵其志，或借題發揮慨歎自己不能為國盡力，勸勉友人珍惜建功立業的機會。言辭真切，頗能昭示其重踐行的理學指趣。如《送程營道官滿赴闕》盛稱程氏在官之善政，《謁山齋先生易尚書》讚頌易氏當年大興辟雍之功績，

〔註5〕陳金生、梁運華校《宋元學案·南軒學案》，中華書局1986年版，第1613頁。

〔註6〕陳金生、梁運華校《宋元學案·南軒學案》，中華書局1986年版，第1635頁。

〔註7〕黎樹德編、王星賢校《朱子語類·性理三·仁義禮智等名義》，中華書局1983年版，第103頁。

《送桂帥種尚書赴詔》褒美種氏為國事盡心到老，《呈廣西張提刑》寄意張氏執法當寬緩不苛，《送史主簿之鄂就辟》云：「才大豈堪棲枳棘，官清只應友蘭荃」，「壯士苦無橫草志，將軍還用撒花錢〔註8〕。韃兵猶未回燕鴨，蜀耗何應問杜鵑。今日送君無話別，看隨邸穀洗狼煙。」對史氏赴鄂寄予厚望。又如《送李煥雲赴恭城主簿》說：「寒暄未定宜加愛，事業無窮要自強。」可以說，樂氏的贈答送別之作大多於友人有深意存焉。

樂氏詩中最動人處在於他深厚的憂國憂民之情。關於樂氏的憂國之民之詩，論者多已注意，讀者可參考劉洪仁的《試論樂雷發的詩》、孫海洋的《樂雷發及其〈雪磯叢稿〉》二文〔註9〕，這裡我只從湖湘文化的角度，擇其要者論之。

宋理宗時代是內憂外患紛至沓來的時代，強烈的社會責任感使樂氏即使隱居在偏遠的山村也無法真正超脫，而是時時關注著時局的變化和民生的境況。他的憂樂同國家命運息息相關。宋理宗端平元年（1234）三月，金亡，「時趙範、趙葵欲乘時撫定中原，建守河、據關、收復三京之議」（《續資治通鑒》卷一百六十七），三京指開封、應天和洛陽。樂氏也為這一局面歡欣鼓舞，這年所作之《送丁少卿自桂帥移鎮西蜀》即表達了希望丁少卿移鎮西蜀之後能精心策劃、收復失地的願望：

瓊海收兵玉帳閒，又移齋艦溯涪灣。三邊形勢全憑蜀，四路封疆半是山。魏將舊聞侵劍閣，漢兵今欲卷函關。細傾瑞露論西事，想在元戎指畫間。〔註10〕

但事實上，宋人的收復之夢並不可能實現。由於決策者的無能，宋軍在蒙古人強大的攻勢面前節節敗退。嘉熙三年（1239）六月，蒙古兵攻重慶，兩年後，即淳祐元年（1241），「蒙古塔爾海部汪世顯復入蜀，進圍成都。制置使陳隆之固守彌旬，誓與成都存亡。部將田世顯，潛送款於蒙古，夜開北門，納蒙古兵，隆之舉家數百口皆死，檻送隆之至漢州，命招守將王夔降，隆之大呼曰：『大丈夫死則死爾，勿降也！』遂見殺。城中出兵三千，戰敗，

〔註8〕明人葉子奇《草木子》卷四下《雜俎》：「所屬始參曰拜見錢，無事白要曰撒花錢。」
〔註9〕劉文見《船山學報》1988年第2期，孫文見《湘潭師範學院學報》1997年第4期。
〔註10〕「漢兵今欲卷函關」句下詩人自注：「時會有三京之役。」可知此詩作於端平元年。

夔夜驅火牛突圍出奔，漢州遂為蒙古所屠。」（《續資治通鑒》卷一百七十）消息傳來，樂雷發悲憤欲絕，寫了那首著名的《烏烏歌》。詩一開頭便激憤地呼籲：「莫讀書，莫讀書，惠施五車今何如！請君為我焚卻《離騷賦》，我亦為君劈碎《太極圖》。……深衣大帶講唐虞，不如長纓繫單于。」在鐵騎與血淚面前，樂氏雖然宣稱要擯棄代表湖湘文化的《離騷賦》和《太極圖》，實際上張揚的還是他一貫推崇的湖湘務實精神。宋理宗以崇尚理學著稱，為人卻頗昏庸，以致長期用人失誤：「理宗四十年之間，若李宗勉、崔與之、吳潛之賢，皆弗究於用；而史彌遠、丁大全、賈似道竊弄威福，與相始終。」（《宋史·理宗本紀》）樂雷發在詩中發問：「何人笞中行？何人縛可汗？何人丸泥封函谷？何人三箭定天山？」意謂朝廷所用不是像賈誼、終軍、王元、薛仁貴那樣的慷慨忠勇之士，而全是些侈於空談的無能之輩。這顯然是借掊擊理學以批評朝政。

憂時憫亂是樂氏詩歌的重要主題之一。如《聞邊報寄姚雪蓬》說「淮烽蜀燧照邊隅，白髮憂時我腐儒」，《題鍾尚書北征詩稿》說「書生亦有中原志，那得君王丈二殳」，《昭陵渡馬伏波廟》說「功名要結後人知，馬革何妨死裏屍」，《送邵瓜坡試湖南漕舉》提醒邵氏：「畢方夜煽杭都火，大角秋纏蜀道兵。莫作腐儒場屋話，琅玕滿腹正須呈。」《道中逢老儒由蜀出》其二云：「時事如頹屋，誰堪任棟樑。國貧僧牒賤，邊病檄書忙。有分憂宗社，無才出舉場。未應王謝輩，揮淚送斜陽。」這些詩作，都足可見其拳拳之心、執著之誠。

樂氏身處鄉里之時多，對吏治民生都比較暸解。其《送絅齋李監丞赴湖南提舉》、《送程營道官滿赴闕》、《次韻李監丞月夕閔雨》等，都體現著他對吏治黑暗、民生凋弊的憂慮。而最引人注目的莫過於《逃戶》：

　　　　租帖名猶在，何人納稅錢。燒侵無主墓，地占沒官田。邊國干
　　戈滿，蠻州瘴癘偏。不知攜老稚，何處就豐年。

總而言之，樂雷發的詩是湖湘文化孕育出來的花朵，樂氏詩歌所展現出來的道家的想落天外、恣肆自由風貌與儒家的愛國憂民、執著務實精神，以及或激越、或詼詭、或淡遠的藝術風格和或直陳、或比興的表現方法均與湖湘文化傳統一脈相承。

原載《中國韻文學刊》2009 年第 1 期

王船山對「理語」入詩之思考
和對性理詩之仿效與矯正

一、船山對以「理語」入詩之思考

　　「理語」一詞，船山常用之。何謂「理語」？《古詩評選》卷二評陸機《贈潘尼》云：「詩入理語，唯西晉人為劇，理亦非能為西晉人累，彼自累耳。詩源情，理源性，斯二者豈分轅反駕者哉？不因自得，則花鳥禽魚累情尤甚，不獨理也。取之廣遠，會之清至，出之修潔，理固不在花鳥禽魚上邪？」〔註1〕據此，「理語」即說理的語句。說理，也即議論，故所謂以「理語」入詩，即是以議論入詩。船山認為詩源於人之情感，理本於人之天性（以宋明理學家的語言表達，是所謂心性），如一車之兩轅，本不矛盾，只要能真正反映人的情感心性，以「理語」入詩同樣可以寫出佳作。其評郭璞《遊仙詩》「翡翠戲蘭苕」云：「亦但此耳，乃生色動人，雖淺者不敢目之以浮華，故知『以意為主』者真腐儒也！『詩言志』，豈志即詩乎？」〔註2〕郭氏之遊仙詩隱含玄理，卻飾以物色，緣以情感，實際上仍未出抒情一途，與宋人所謂「以意為主」大相徑庭，故船山加以稱賞。

　　對以議論入詩，船山自有一個標準，那就是：「蓋詩立風旨以生議論，故說詩者於興觀群怨而皆可。若先為之論，則言未窮而意已先竭。在我已竭，而欲以生人之心，必不任矣。以鼓擊鼓，鼓不鳴；以桴擊桴，亦槁木之音而

〔註1〕王夫之撰、張國星點校《古詩評選》卷二，文化藝術出版社1997年版，第91頁。

〔註2〕王夫之撰、張國星點校《古詩評選》卷四，文化藝術出版社1997年版，第194頁。

已。唐宋人詩惜短淺,反資標說。其下乃有如胡曾《詠史》一派,直堪為塾師放晚學之資。足知議論立而無詩,允矣。」〔註3〕這是說,以議論入詩,應先立足於「風旨」,即要求作者有所感觸、感悟,這種感觸、感悟雖然以議論寫出,卻能使讀者也有所感觸、感悟,怎麼分析都符合用孔子所講的興觀群怨四條標準,這樣的詩便是好詩。換句話說,即使是議論入詩,也應當立足於情感,立意於寄託,而不能為議論而議論,或以膚淺之議論點綴情感之發抒,更不能脫離儒家興觀群怨之矩範。在他看來,唐宋人的某些議論詩,就有這些毛病;而胡曾詠史一派,則純是以議論代替詩情。

根據上述標準,船山在《古詩評選》中立了一些樣板。如評陸雲《失題八首》其二云:「晉初人說理乃有如許極至,後來卻被支、許凋殘。」〔註4〕陸雲原詩為:「日徵月盈,天道變通。太初陶物,造化為功。四月維夏,南征觀方。凱風有集,飄颻南窗。思樂萬物,觀異知同。」此詩所詠乃天道自然之理,但或借自然景觀寄理,或直陳道理,或直抒個人感受與感悟,用經典意而不套用經典成句,被船山推為說理詩之極至,評價極高。對支道林、許詢等所作的玄言詩,船山則明確予以否定。又如評陶淵明《癸卯歲始春懷古田舍》:「通首好詩,氣和理勻,亦靖節之僅遘也。……通人於詩,不言理而理自至,無所枉而已。」〔註5〕這裡船山又把「不言理而理自至」作為議論的最高樣板。又評陶淵明《飲酒》之「幽蘭生前庭」云:「真理真詩,淺人日讀陶詩,至此種作,則全不知其所謂,況望其吟而賞之?說理詩必如此乃不愧作者,後來惟張曲江擅場。」〔註6〕陶淵明此詩多以景物、比興寄理,後來張九齡之《感遇》用的也是這種方法,故船山極力推許。

以「理語」入詩有多種情況:有依託景物、借助比興寄理者,有從經典中擷取現成語句說理者,有從古人注疏、時人帖括中拈出成句、成詞湊合成理者。依託景物、借助比興寄理,理在景物、比興之中,含蓄婉曲,令人回味;但景物太繁、比興過多也容易產生流弊,鍾嶸所謂「專用比興,患在意

〔註3〕 王夫之撰、張國星點校《古詩評選》卷二評張載《招隱詩》,文化藝術出版社1997年版,第189頁。

〔註4〕 王夫之撰、張國星點校《古詩評選》卷二,文化藝術出版社1997年版,第96頁。

〔註5〕 王夫之撰、張國星點校《古詩評選》卷四,文化藝術出版社1997年版,第203頁。

〔註6〕 王夫之撰、張國星點校《古詩評選》卷四,文化藝術出版社1997年版,第203頁。

深，意深則詞躓」〔註7〕者即是。船山主張情景相生，比興自然，抒情說理都
應流而不滯，反對情景游離、刻意為比興。他說：「興在有意無意之間，比亦
不容雕刻；關情者景，自與情相為珀芥也。情景雖有在心在物之分，而景生
情，情生景，哀樂之觸，榮悴之迎，互藏其宅。天情物理，可哀而可樂，用之
無窮，流而不滯，窮且滯者不知爾。」〔註8〕船山最反對撏摘現成注疏、帖括、
經典語入詩。上引船山評陸機《贈潘尼》云：「平原此制，詎可云有注疏、帖
括氣哉？」評陶淵明《飲酒》之「幽蘭生前庭」云：「陶固有『人生歸有道』、
『憂道不憂貧』一種語為老措大稱賞者，一部十三經元不聽腐漢撏剝作頭巾
戴，侮聖人之言必誅無赦，余固將建鍾鼓以伐之。」這些評語，都明確表示對
用注疏、帖括、經典語等入詩的深惡痛絕。

　　對前代以「理語」入詩的評論直接影響著船山對唐宋人詩歌的評價。船
山評廬山道人《遊石門詩》云：「此及遠公詩，說理而無理臼，所以足入風雅。
唐宋人一說理，眉間早有三斛醋氣。」〔註9〕這是說晉宋人說理新穎，而唐宋
人說理多半陳腐。評江淹《清思》云：「詩固不以奇理為高，唐宋人於理求奇，
有議論而無歌詠，則胡不廢詩而著論辨也？雅士感人，初不恃此，猶禪家之
賤評唱。」〔註10〕這是說唐宋人議論求奇，如同以論辯為詩，既有失自然平
易之道，也不符合詩歌以情感韻律動人之特質，所以要加以否定。

二、船山對宋明性理詩的看法

　　船山否定唐宋人以理語入詩，卻對宋明理學家的以理學話語入詩大加稱
賞。以理學話語入詩謳歌心性之和、名教之樂與風雅之趣，通常稱之為「理
學詩」、「理氣詩」或「性理詩」。船山在《薑齋詩話》中對這類詩的源流作了
考論：「《大雅》中理語造極精微，除是周公道得，漢以下無人能嗣其響。陳正
字、張曲江始倡《感遇》之作，雖所詣不深，而本地風光，駘宕人性情，以引
名教之樂者，風雅源流，於斯不昧矣。朱子和陳、張之作，亦曠世而一遇。此

〔註7〕 《詩品序》，何文煥《歷代詩話》本，中華書局1981年版，第3頁。
〔註8〕 王夫之撰、戴鴻森箋注《薑齋詩話箋注》卷一《詩譯》，人民文學出版社1981
　　　　年版，第33頁。
〔註9〕 王夫之撰、張國星點校《古詩評選》卷四，文化藝術出版社1997年版，第208
　　　　頁。
〔註10〕 王夫之撰、張國星點校《古詩評選》卷五，文化藝術出版社1997年版，第262
　　　　頁。

後唯陳白沙為能以風韻寫天真，使讀之者如脫鉤而遊杜蘅之沚。王伯安厲聲吆喝：『個個人心有仲尼。』乃遊食髡徒夜敲木板叫街語，驕橫鹵莽，以鳴其『蠢動含靈，皆有佛性』之說，志荒而氣因之躁，陋矣哉！」〔註11〕按船山的理解，在詩中用「理語」始於《詩經·大雅》，其後陳子昂、張九齡之《感遇》也屬此類。宋代以朱熹為代表，明代則以陳獻章為最有成就，王守仁雖也作理語詩，卻如遊僧夜間敲板，顯得驕橫鹵莽。

《詩經·大雅》、陳子昂、張九齡的詩確有理語，固然可以看作以「理語」入詩的源頭，但跟宋代理學家的「性理詩」還是有區別的。「性理詩」之真正源頭在邵雍，明代有代表性的詩人則有陳獻章、莊昶、羅倫等。其他理學家如程氏兄弟、楊時、朱熹等，時時間作，都可歸入這一派。船山把這類詩的源頭追溯到《詩經》、陳子昂、張九齡，是不是混淆了以「理語」入詩與性理詩的差別？這個問題比較複雜，我認為可以從這樣幾個方面來理解：

一是船山本是儒者，終生研習理學，性理詩的歌詠心性符合他的思想文化價值取向；尤其是經歷過明末天崩地裂，抗清失敗，決心深隱不出、終老林泉諸種心理煎熬之後，歌詠孔顏樂處的性理詩就非常適合他清高自守的遺民心態與率性自然的藝術選擇〔註12〕。

二是可能船山並不是不知道性理詩起於宋代，而是因為性理詩過於明顯的理學取向和多以理學話語入詩頗受後人垢病、批評乃至攻擊。為了提高其地位，船山將之列入《詩經》以來以「理語」入詩之風雅源流中，並說已有陳子昂、張九齡等名家相續相承，以名正言順地肯定性理詩在詩歌史上的地位，是煞費苦心的。這一點可以從其《唐詩評選》中看出一點端倪。卷二評陳子昂《感遇》說：「正字《感遇》詩似誦、似說、似獄詞、似講義，乃不復似詩，何有於古？故曰：五言古自是而亡。」〔註13〕對陳子昂的《感遇》評

〔註11〕王夫之撰、戴鴻森箋注《薑齋詩話箋注》卷二《夕堂永日緒論內篇》，人民文學出版社 1981 年版，第 141 頁。

〔註12〕塗波《王夫之與陳獻章：以〈柳岸吟〉為中心》論船山和白沙之詩說：「王夫之早期與晚年文學風格及學術思想大不相類，王夫之通過不斷地自我反思，逐漸克服了其性情中『不合理』的方面，並最終成為一代大儒。」看到了船山思想的變化，值得肯定；但稱其克服了性情中「不合理」的方面才成為一代大儒，不知其根據何在，可惜未能展開。《武漢科技學院學報》2006 年第 2 期，第 112 頁。

〔註13〕王夫之撰、王學太校點《唐詩評選》卷二評陳子昂《送客》，文化藝術出版社 1997 年版，第 38 頁。

價為何如此蹐駁？沒有別的解釋，只能說是船山為了維護宋明性理詩，才借朱熹曾和過陳子昂《感遇》作為性理詩淵源有自的依據。對張九齡的《感遇》，船山評價較高，還特意從張九齡的詩中找出唐人就已「知道」（懂得理學之「道」）的例證。如評《感遇》之「西日山下隱」一首云：「情理各至，文以不窮。……漢光武稱其臣善於恕己，朱子力辨其不識好惡，乃曲江已先之矣。孰謂唐人不知道？」張九齡此詩末四句說「眾情累外物，恕己忘內修。感歎長如此，使我心悠悠」。《後漢書・郅惲》載，光武帝曾稱讚他的大臣郅惲「善恕己量主」，張九齡認為「恕己」的提法容易使人忘記內心修養，會導致不嚴格要求自己。《宋史・范純仁傳》載范純仁曾誡其子弟曰：「人雖至愚，責人則明；雖有聰明，恕己則昏。苟能以責人之心責己，恕己之心恕人，不患不至聖賢地位也。」朱熹曾針對這一說法加以辨析，說：「（以責人之心責己，恕己之心恕人）上句自好，下句自不好。蓋才說恕己，便已不是。若橫渠云：『以愛己之心愛人，則盡仁；以責人之心責己，則盡道。』語便不同。……此學者所以貴於知道也。」〔註14〕船山認為張九齡的提法跟朱熹已有一致之處，由此論斷唐人就已開始在詩中談論宋代道學家才探討的問題，可見性理詩並非宋人才有。這樣挖空心思地探賾索隱，顯然是想找出性理詩淵源有自的根據。為了較好地自圓其說，他承認陳子昂、張九齡他們「所詣不深」，只是對宋人略有啟迪而已。

三是船山雖然把《大雅》、陳子昂、張九齡、朱熹、陳白沙、莊定山等樹為性理詩的楷式，但也不否認性理詩中存在如同遊僧夜間敲板、驕橫鹵莽的作品，有矯正其弊端之意圖。

四是性理詩其實並非專寫理學家才有的思想情感，就大多數性理詩作家的實際創作看，他們詩作中的「理」雖以理學心性為主，卻時時軼出正宗理學的範圍。這一點，我們在下面還會談到。

船山雖把「理語詩」的源頭推到《詩經》、陳子昂、張九齡等，實際創作時卻仍以宋明理學家的這類作品為楷式。之所以如此，《六十自定稿・序》云：「此十年中，別有《柳岸吟》，欲遇一峰、白沙、定山於流連駘宕中。學詩幾四十年，自應舍旃，以求適於柳風桐月，則與馬班顏謝，了不相應，固其所已。彼體自張子壽《感遇》開之先，朱文公遂大振金玉。竊謂使彭澤能早知

〔註14〕黎靖德編、王星賢點校《朱子語類》卷十六《大學三》，中華書局 1986 年版，第 385 頁。

此，當不僅為彭澤矣。阮步兵彷彿此意，而自然別為酒人。故和阮和陶各如其量，止於阮陶之邊際，不能欺也。」從這篇自序可以看出：船山之所以喜歡上了性理詩，是因為他學詩近四十年，想改變一下故轍。從內容方面講，他要借理語「以求適於柳風桐月」，也就是要借性理詩之適性自然、流連駘宕來湔洗國破家亡的深悲巨痛，使自己的心靈獲得某種程度的超越；從詩歌語言風格方面說，性理詩純素少雕飾，相對於馬（司馬遷）、班（固）、顏（延之）、謝（靈運）的精美富贍是另一種風格，這對追求詩歌風格多樣化的船山自然也就有了某種吸引力。

如前所述，歷史上以理語入詩者極多，為船山所稱賞者也不少。在實際創作中，船山曾刻意學習過理語較多的玄言詩人阮籍，作有擬《詠懷詩》八十二首，可他轉而覺得阮籍「自然別為酒人」，即阮氏也有飲酒過度、放浪形骸的一面，與儒士之心性自律有別；他也曾摹擬過陶詩（如《和陶〈停雲〉贈芋岩五十初度》、《雜詩》、《廣〈歸去來辭〉》等），轉而認為「真陶潛外無陶潛」（《廣遣興》五十八首），即陶詩難學，不易討好。性理詩處於阮、陶之間，既能堅守儒家底線，又能表露個人真實無妄、率真自然之天性，所以船山喜歡上了這種體式。

三、性理詩人的特點及船山欽慕白沙、定山、一峰之原因

船山雖把朱熹列為宋代以「理語」入詩之代表作家，但其專學「理語詩」的《柳岸吟》中卻沒有摹擬朱氏的作品，而只有摹擬邵雍、程顥、楊時、陳獻章、莊昶、羅倫等人之作，特別以摹擬康節、白沙、定山、一峰為多。

船山之所以大量摹仿康節、白沙、定山、一峰諸人，原因非常複雜，從思想角度說，大約是因為這些人同正宗理學家略有區別之故。康節、白沙、定山等雖然也屬理學，卻沒有正宗理學家那樣嚴謹、恪守禮教，思想比較駁雜，同道家甚至禪宗有著很深的淵源關係，生活也比較灑脫率性。只有羅倫篤守宋儒途轍，嚴於律己，然而為詩仍是性理詩套路，跟白沙有近似之處。

康節、白沙、定山等打著歌詠儒家「曾點氣象」、「孔顏樂處」的旗號，用比較自然率真的語言來吟風弄月、打乖品題，以彰顯自己的心性自由、行為率性，行跡頗類老莊之徒。

康節以《易》學著稱，其先天《易》源於道士陳搏，為人為學為詩則頗類老莊。《朱子語類》載：「直卿問：『康節詩，嘗有老莊之說，如何？』（朱

熹）曰：『便是他有些子這個。』」〔註15〕又說：「（康節）似老子，只是自要尋個寬閒快活處，人皆害它不得。後來張子房亦是如此。方眾人紛拏擾擾時，它自在背處。」〔註16〕又說：「莊子比康節亦彷彿相似。然莊子見較高，氣較豪。他是事事識得了，又卻蹴踏著，以為不足為。康節略有規矩。」〔註17〕船山《柳岸吟》中有《和白沙真樂吟效康節體》、《次康節韻質之》，《鼓棹二集》中又有〔綺羅香〕詞一首，題下自注云：「讀邵康節遺事：屬纊之際，聞戶外人語驚問：『所語云何？』且曰：『我道復了幽州。』聲息如絲，俄頃逝矣。有感而作。」對康節至死尚關心國事之人品特意表而出之。大約是因邵氏是「理語詩」的創始者，而人品又有可敬之處，故船山多有仿傚邵氏之作。

白沙乃有明一代嶺南最有名望之儒者兼詩人，品性甚高，曾就學於撫州康齋吳與弼，回鄉後築春陽臺隱居靜修十年，明英宗正統十三年（1448）得中副榜。憲宗成化二年（1466）復遊太學，祭酒邢讓試和楊龜山《此日不再得》詩，見先生之詩，驚曰：「即龜山不如也。」又宣稱「真儒復出」〔註18〕。此次任職甚是卑微，四年後參加會試，因不願巴結權貴落第。南歸江門，以授徒為業，名播四方。成化十九（1483）得地方官推薦再度入京，因權臣阻撓，只好延期應詔；知事不可為，上疏養親，得賜翰林院檢討，回江門不再復出。白沙思想十分複雜，受道釋影響甚深。白沙同道家的關係，張運華著有《白沙心學與道家思想》一書，論之甚詳〔註19〕。白沙不僅近道，亦且近禪。當時白沙的同學胡居仁就曾「必欲議白沙為禪，一篇之中，三致意焉」〔註20〕。船山《明詩評選》選白沙五言律《四月》一首，評曰：「先生孤逸閒冷，往往近禪，此篇特和緩。」〔註21〕也指出了這一點。臺灣輔仁大學傅玲玲作過一篇《陳白沙心學

〔註15〕黎靖德編、王星賢點校《朱子語類》卷一百《邵子之書》，中華書局1986年版，第2543頁。

〔註16〕黎靖德編、王星賢點校《朱子語類》卷一百《邵子之書》，中華書局1986年版，第2544頁。

〔註17〕黎靖德編、王星賢點校《朱子語類》卷一百《邵子之書》，中華書局1986年版，第2543～2544頁。

〔註18〕黃宗羲撰、沈芝盈點校《明儒學案》卷五《白沙學案上》，中華書局1985年版，第78頁。

〔註19〕廣州出版社，2004年出版。

〔註20〕黃宗羲撰、沈芝盈點校《明儒學案‧崇仁學案二》，中華書局1985年版，第29頁。

〔註21〕王夫之撰、陳新校點《明詩評選》，文化藝術出版社1997年版，第78頁。

與禪學之辨》〔註22〕，辨析了白沙心學與禪學的相關與相異，可以參看。

定山為人正直，任翰林院檢討時曾作《端午食賜粽有感》，表達對皇宮奢靡、民不聊生的不滿。成化三年（1467）欲阻止皇宮擬於元宵節大放燈火事上疏，遭廷杖貶官，成化七年丁憂歸，於浦口隱居定山二十七年。弘治七年（1494）被薦入京，為時任大學士的邱濬所阻，僅授行人司副，俄遷南京吏部郎中。得風疾，兩年後被尚書倪岳以老疾罷之。《明儒學案》卷四十五《諸儒學案》稱定山之學「以無言自得為宗，受用於浴沂之趣，山峙川流之妙，鳶飛魚躍之機，略見源頭，打成一片，而於所謂文理密察者，竟不加功。蓋功未入細，而受用太早。慈湖（楊簡）之後，流傳多是此種學問」〔註23〕。黃宗羲將定山之學與楊簡之學比類，實則講他儒學較粗而近禪。朱熹弟子陳淳《與陳寺丞師復一》中說：「頗覺兩浙間年來象山之學甚旺，由其門人有楊（簡）、袁（燮）貴顯，據要津唱之。不讀書，不窮理，專做打坐工夫，求形體之運動知覺者以為妙訣，大抵全用禪家宗旨，而外面卻又假託聖人之言，牽就釋意，以文蓋之，實與孔孟殊宗，與周程立敵。慈湖見伊川語便怒形於色，朋徒至私相尊號其祖師，以為真有得堯舜孔子千載不傳之正統。」〔註24〕據此，黃宗羲將定山與楊簡比類，實是婉轉地說定山之學近禪。

船山看重性理詩，既與他論詩肯定多種路數，創作探索多種風格以及希望通過性理詩來寫其灑脫率性之胸襟等因素有關，也同他對白沙、定山、一峰等前賢的欽慕有關。船山為何欽敬白沙、定山、一峰等？章繼光《陳白沙詩學論稿》說原因有二：一是船山先祖與白沙摯友莊昶、父輩與白沙傳人有過密切的關係。據船山《顯考武夷君行狀》記載，莊昶謫官湖南時，船山四世祖王震曾「與講性命之旨，雩壇唱和」。震之子翰（字直卿）「為定山門人」。後白沙門人湛若水曾至湖南衡陽石鼓書院講學，衡陽名儒伍定相曾經受業，而伍氏後來為船山父朝聘、叔父廷聘的老師，二人「同受於伍學父先生之門」。因此，朝聘兄弟實為甘泉二傳弟子，白沙之三傳弟子。船山對此學脈是十分重視的。二是出於對白沙道德學問的欽敬。白沙為嶺南名儒，在江門隱居講學數十年，「出其門者，多清苦自立，不以富貴為意。其高風所激遠矣」〔註25〕。章氏所言甚

〔註22〕《第六次儒佛會通論文集》，臺北華梵大學 2002 年版，第 305～320 頁。

〔註23〕黃宗羲撰、沈芝盈點校《明儒學案·諸儒學案上三》，中華書局 1985 年版，第 1081～1082 頁。

〔註24〕陳淳撰《北溪大全集》卷二十三，《四庫全書》本。

〔註25〕章繼光《陳白沙詩學論稿》第十卷，嶽麓書社 1999 年版，第 129 頁。

是。白沙弟子李承箕之裔孫李雨蒼曾帶著王文恪公（王鏊）所撰墓誌銘來衡陽請教船山，船山為此作了一篇《讀〈李大厓先生墓誌銘〉書後》，其中談到白沙與弟子李承箕〔註26〕的親密關係時說：「嗚呼！兩先生（指白沙與大厓）之映心合魄，而非張（詡）、林（光）、容（貫）、陳（庸）之得與者，豈其遠哉？白沙之於一峰，猶是也；於定山，猶是也；於醫閭（賀欽字克恭，別號醫閭，白沙弟子）猶是也；於汝愚（鄒智，字汝愚，號立齋，白沙弟子）猶是也。」這是說白沙與一峰、定山皆為「映心合魄」之好友。《明儒學案》說「（一峰）先生與白沙稱石交，白沙超悟神知，先生守宋儒之途轍，學非白沙之學也，而曬然塵垢之外，所見專而所守固耳」〔註27〕。可印證白沙同定山、一峰之關係非常密切，不同一般。

　　船山對白沙的堅持獨立人格，漁釣自恣，優游樂道最是敬仰，並以之自況，明顯有借白沙以自我激勵的意思。《鼓棹初集》有〔鷓鴣天〕詞六首，其二以下五首稱《藤蓑詞》，《鼓棹詞二集》有〔滿江紅〕一首，也題作《藤蓑詞》。其他提及藤蓑者尚有多處。所謂藤蓑，船山自注：「白沙隱服。」也即白沙隱居江門時所穿的服裝。今傳白沙詩文集中有《藤蓑》五首，李東陽曾次韻作《藤蓑次陳公父（獻章）韻》二首。船山這六首詞首首都提到藤蓑，明顯有以江門自擬之意。如〔鷓鴣天〕其二：「籧籧江門舊釣竿，如今落手盡清閒。鱗鱗三六雙雙鯉，歷歷千重疊疊山。斜月落，曉霜殘，藤蓑耐得一江寒。櫳頭信水亭亭去，鯨浪驚雷午夢安。」其五：「雲自垂垂水自流，藤蓑晴曬釣魚舟。蓼花雙映迎紅粟，鷺影斜拖顫玉鉤。從閫緩（寬舒和緩），盡摟搜（吝嗇計較），丹楓葉落不關愁。閒愁只為多愁客，鏡裏狂尋頭上頭。」〔滿江紅〕：「一幅藤蓑，遙領取江門風月。釣竿把，孤舟獨泛，滄波噴雪。倚棹騰騰吹笛去，沖風直犯金鼇窟。有些些閒事不關心，同誰說？燈一點，漁歌歇。天一碧，歸禽沒。買村醪自酌，醉梳華髮。撲岸蘆花飛已盡，雁聲不咒西風劣。又何妨拳足櫳頭中，霜衾鐵。」從白沙身上，船山找到了自己安身立命的楷模與動力，白沙成了他隔代的知音。

〔註26〕《明儒學案》卷五《白沙學案》：「李承箕字世卿，號大厓，楚之嘉魚人。成化丙午舉人。其文出入經史，跌宕縱橫，聞白沙之學而慕之，弘治戊申，入南海而師焉。白沙與之登臨弔古，賦詩染翰，投壺飲酒，凡天地間耳目所聞見，古今上下載籍所存，無所不語。所未語者，此心通塞往來之機，生生化化之妙，欲先生深思而自得之，不可以見聞承當也。」第92頁。
〔註27〕黃宗羲撰、沈芝盈點校《明儒學案》，中華書局1985年版，第1075頁。

對定山、一峰，船山的敬仰之情同樣溢於言表，也有借他們自擬之意。《次定山》（三首）其一曰：「野馬從來未受羈，寒原衰草不須辭。殘山殘水誰相問？獨笑獨歌且浪為！日午睡連清旦睡，白沙詩更定山詩。青霄明月容遲上，一卷殘書了更遲。」其二曰：「攤書腹內破彭亨，不憶愁從何處生。天地病深宜我病，鬚眉睜後更誰睜。醇醪聊借風光釀，仙藥無勞雨露耕。正自坦然人盡覺，敢矜天馬躡空行。」其三曰：「溪月溪風太有情，不容塵土得分爭。乾坤消受無多子，今古蕭條第一名。夢裏青山留我住，鏡中白髮為誰生！爐煙銷盡空香滿，脈脈幽心只自評。」《和白沙真樂吟效康節體》其三：「我聞莊定山，其心如寒鐵。去我二百載，清琴音已絕。船山半畝池，一泓貯香雪。濯髮夕風微，長歌弄明月。」其《和一峰〈虛中是神主〉》其五云：「不但塵非我，光昭亦是天。實中是人主，珍重一峰傳。」從這些詩作可以看出，船山是以這些人為異代師友，精神上有一脈相承之處。

四、船山對白沙、定山等性理詩之傚仿與矯正

船山仿傚白沙、定山、一峰等所作的性理詩，主要集中在《柳岸吟》中。所仿主要以和詩為主。除和這些人的作品外，還有和羅念庵（洪先）的，如《為躬園題用念庵韻》二首、《讀念庵詩次之》二首等。也有相當多作品並非仿傚，而是自創一格。如《鼾睡》七首、《三門灘感興》三首、《旅警》五首、《示兩子》二首、《暑過友人新齋》六首、《讀〈文中子〉》二首、《書陳羅二先生詩後》二首、《讀〈易〉贈熊體貞孫倩》八首、《示從遊諸子》三首等等。

船山這些詩作之主旨就是抒發自己於樂天安命、優游自然之中始終不忘使命、不忘現實、不忘獨立特行人格理想的心曲。典型者《和一峰一覽亭》：「生余當此日，滌目埽昏煙。拙幸前賢在，高居未有邊。道香原在鼻，銀氣漫薰天。顏孔樂何事？閒遊豈自然！」這裡所謂的「閒遊豈自然」，就是說僅僅作閒散之遊，是不符合孔、顏樂處的真精神的。孔、顏之樂的要妙之處，就是要以撲鼻之道香抵拒薰天之銀氣，玩物而不喪志。吾道雖窮而吾志未改，身在江海而心憂天下，遊山覽水而非沉迷山水，傍花隨柳而非陷溺花柳，吟風弄月而非醉心風月。其儒者信仰、人格精神堅執而不可拔，深固而不可摧。胸懷遠大，便可處逆境而泰然，遭迍邅而灑落，逢坎壈而超越。船山之性理詩每每顯出一種了無掛礙、觸物皆春的意境，就是如此。

儒家式的達觀與道家甚至禪宗式的超越很難劃清界線。船山本人長期深

研老莊、道教乃至佛理，也很容易「滑」到道釋那邊去。例如他的《鼾睡》就充滿了道家氣味。其六曰：「詩書放下千端在，王霸拈來一點無。消受三竿紅日影，生成一幅後天圖。」其七曰：「白日惺忪賣影新，人間原有黑甜春。夢中不識邯鄲道，記得誠齋煞認真。」（原注：誠齋，桂陽朱大中丞英。）

　　章繼光說：「白沙宣稱『不累於外物，不累於耳目，不累於造次顛沛，鳶飛魚躍，其機在我』，實際上體現出對主體精神的追求。船山為『天理』所宥，以『禮者為天地自然之則』，主張『情有止』，甚至說：『詩以道性情，道性之情也。性中盡有天德、王道、事功、節義、禮樂。』儼然是一副理學家的聲口，而程朱理學正是抹煞心性的真實存在，而將它納入一『理』之中，宣稱『性即理也，在心喚做性，在事喚作理。』可見白沙在心性問題上所持的態度遠比船山開放。」〔註28〕從二人的理論表述來看，章氏所說頗有道理。但從創作實踐看，則不應該理解為誰開放誰不開放。船山對白沙、定山、一峰等雖然非常欽敬，對性理詩也非常推崇，下氣力仿傚，卻並不是不知道性理詩也有短處，故而他在具體創作性理詩時便有意揚長避短，於不經意中對前輩作出某些矯正。

　　這裡以白沙為例。船山《柳岸吟》中和白沙之作最多，如《和白沙二首》、《和白沙》（兩首）、《露坐和白沙》、《月坐和白沙》、《和白沙中秋》、《和白沙真樂吟效康節體》、《和白沙八首》、《和白沙梅花二首》、《和白沙桃花》、《和白沙二首》、《和白沙梅花》、《和白沙懷古》、《和白沙》、《見狂生詆康齋白沙者漫題》等等。船山和白沙詩用意很明顯，一方面是要借吟風弄月見其心胸之高遠，另一方面也是借自然風物來寄寓自己的人格之高邁。白沙詩多道家情調，船山詩中也時時流露著濃厚的道家乃至釋子情懷。如《和白沙》其一：「問天無意更拈著，不道忘情勝馬龜。蒙叟夢中真蛺蝶，柴桑枕上自軒羲。汀洲杜若香原在，海上蓬萊路不疑。欲起江門向今日，藤蓑珍重釣珊枝。」《月坐和白沙》：「幽篠晚風遲，披襟待月癡。亭亭有獨坐，夕夕得清嬉。休夏聞西竺，衰周棲仲尼。藕絲非繫縛，灰槁亦奚為！《和白沙真樂吟效康節體》：「真樂夫如何？我生天地間。言言而行行，無非體清玄。春鳥鳴華林，秋水清寒淵。無功之功微，乘龍而御乾。」《和白沙二首》其一云：「影從虛出無生響，兩段分開覺後迷。但識太空都撲滿，不容風雨弄天機。」其二云：「雲移隔嶺搖綠草，雨過橫塘綻白蓮。大造無心誰解此？莊生浪說欲忘言。」這些

─────────────

〔註28〕章繼光《陳白沙詩學論稿》第十卷，嶽麓書社1999年版，第136頁。

詩中的道釋式的生活情調與審美理想一讀可知。當然，詩中所表達的也不全是道釋式的達觀或放浪，而是於達觀放浪之中體現出某種儒者的樂天知命、鳶飛魚躍和從心所欲不逾矩。

但船山對白沙是有所矯正的。從思想角度說，大體有兩個方面：

一是白沙早年過於推崇朱熹，船山有意予以糾正。白沙以和楊龜山《此日不再得》詩出名，船山《柳岸吟》以《和龜山〈此日不再得〉》詩居首。細按船山之作，立意既有與白沙頗近似之處，也有很大不同。白沙詩中非常推崇朱熹「主敬」的理念，說「吾道有宗主，千秋朱紫陽。說敬不離口，示我入德方。義利分兩途，析之極毫芒。聖學信匪難，要在用心臟」〔註29〕。船山則在朱熹之前加上張載：「何忍蹈此蹊，而更詫豪強！關（張載）閩（朱熹）有津濟，但自理舟航。鼓勇未為殊，綿綿功在常。一息不相續，前勤皆已亡。與俗俱汨沒，徒為造物傷。返念誠自驚，斯須分聖狂。」船山之所以在「閩」字之前加一「關」字，是因為他始終以橫渠之學為「正學」，所以要將橫渠置於朱子之上。白沙在詩中念念不忘誘導他人入聖，顯得較為執著膠固，船山則只是教人「自理舟航」，自分聖狂，反比白沙平易。

二是船山雖也時時以道家自解，甚至作詩針對詆毀康齋（吳與弼）、白沙者加以反擊〔註30〕，但他本人卻對陷入道釋過深保持著高度警惕，以免授人口實；且他對白沙的過於墜入道釋也確有不滿，有意加以糾正。

白沙《與湛民澤（若水）》云：「六經總在虛無裏，萬理都歸感應中。若向此邊參得透，始知吾學是中庸。」〔註31〕船山有《為白沙〈六經總在虛無裏〉解嘲》云：「曉日上窗紅影轉，暝煙透嶺碧煙孤。六經總在虛無裏，始信虛無不是無。」自注：「楊用修識其墮禪，緣其語太迫耳。」楊用修即楊慎，《升菴詩話》對白沙之詩有比較辯證的評論：「白沙之詩，五言沖淡，有陶靖節遺意，然賞者少。徒見其七言近體，效簡齋、康節之渣滓，至於筋斗、樣子、打乖、個裏，如禪家呵佛罵祖之語。殆是《傳燈錄》偈子，非詩也。若

〔註29〕以上所引白沙詩均見陳獻章撰、孫通海點校《陳獻章集》卷四，中華書局1987年版，第279頁。

〔註30〕船山《見狂生詆康齋白沙者漫題》云：「任爾舌尖學語，誰知跌下生根。一線經分子午，雙鉤畫破乾坤。逼窄墨臺狹路，蕭條原憲柴門。天下古今幾許？梨花春雨黃昏。」批評當時詆毀白沙的狂生只知「舌尖學語」，一成不變地摹仿他人，而不知白沙於逼窄蕭條之中勘破古今，胸中自有梨花春雨，生機盎然。

〔註31〕陳獻章撰、孫通海點校《陳獻章集》，中華書局1987年版，第644頁。

其古詩之美，何可掩哉？然謬解者，篇篇皆附於心學性理，則是癡人說夢矣。」〔註 32〕船山說白沙之所以受到批評，只是因為「其語太迫」，看上去似乎不痛不癢，但其詩中說「六經總在虛無裏，始信虛無不是無」，卻維護了六經對虛無世界的支撐作用，「修正」了白沙要通過禪宗式的「參」才明白「吾學是中庸」的提法。

上引白沙《和楊龜山〈此日不再得〉》中還說到：「道德乃膏腴，文辭固秕糠。俯仰天地間，此身何昂藏。」「隱几一室內，兀兀同坐忘。那知顛沛中，此志竟莫強。」〔註 33〕意為學者應重儒家內在精神人格之培養而不宜拘執儒經文句，對儒家內在精神當念念不忘，兀坐如是，顛沛如是，造次亦如是。船山和詩則說：「行行天地間，南北各有方。步履無定審，宇宙空茫茫。忮求但自輯，尚未足以臧。百端苟遏絕，暗觸還自戕。身心取輕安，未免等秕糠。良珠固在握，胡乃忘吾藏。……積粟太倉盈，積步萬里長。蹢躅而凌越，竺氏與蒙莊。如彼鳥篆空，漫爾矜文章。辨說及組繡，慷慨登詞場。如彼挾策子，與博偕亡羊。硈心不知痛，支體皆隳忘。」秕糠、積粟、挾策忘羊、肢體隳忘等等，全出《莊子》。但多用《莊子》典並不等於就已墜入莊釋，因為船山稱莊釋為「鳥篆空」，又說莊釋之擅長辯說、文如組繡只能令人「挾策亡羊」（典出《莊子‧駢拇》），由白沙的學儒而不拘執儒經文句改為對莊釋思想文辭統統加以掃落，維護了儒家的基本立場，也隱含著對白沙的「修正」。

從藝術角度說，船山對前輩性理詩是有很大矯正的。

船山從以「理語」入詩的傳統著眼，既看到了理與情有別，更強調理與情相關，始終不忘詩歌吟詠性情之根本，注意「理語」運用之分寸，吸取前人「理語」使用不當之教訓。他學白沙、定山、一峰輩之詩，主要是取其「涵養粹完，脫落清灑，獨超待物牢籠之外，而寓言寄興於風煙水月之間」，而不學白沙之「借詩講學，間作科渾帽桶腳，有類語錄」〔註 34〕，定山之「多用道學語入詩」〔註 35〕，一峰之「時或失於迂闊，又喜排疊先儒傳注成語，少淘

〔註 32〕楊慎撰、王仲鏞箋注《升菴詩話箋證》，上海古籍出版社 1987 年版，第 422頁。

〔註 33〕陳獻章撰、孫通海點校《陳獻章集》，中華書局 1987 年版，第 279 頁。

〔註 34〕錢謙益撰《列朝詩集小傳》丙集《陳檢討憲章》，上海出版社 1983 年版，第265 頁。

〔註 35〕錢謙益撰《列朝詩集小傳》丙集《莊郎中昶》，上海出版社 1983 年版，第 267頁。

汰之功，或失於繁冗」〔註36〕。船山的詩雖滲透著道釋、理學的旨趣，卻儘量做到融哲理於景物之中，寓情思於風物之內，力求做到情、景、理三者統一，用語純素而不失雅潔、清俊，說理清遠而不失婉轉、蘊藉，因而避免了性理詩的上述缺陷，使之回到抒情詩的軌道。

原載《船山學刊》2010 年第 3 期

〔註36〕永瑢等撰《四庫全書總目提要》卷一百七十一《集部二十四》之《一峰集》提要，中華書局 1987 年版，第 1491 頁。

王船山組詩《題蘆雁絕句》、《雁字詩》之創作主旨與複雜內蘊

王船山詩文集中《夕堂戲墨》卷五有前後《雁字詩》五律各十九首及《題蘆雁絕句》十八首。王之春《王夫之年譜》據《題蘆雁絕句》十八首跋語定《題蘆雁絕句》作於康熙八年乙酉（1669）船山五十一歲時。康熙九年庚戌（1670）船山有疾，又作前後《雁字詩》，附以舊作《蘆雁絕句》並記〔註1〕。關於《雁字詩》，鄧樂群發表過兩篇大同小異的論文〔註2〕，但《雁字詩》本身用典較多且較生僻，比較艱澀難懂，仍有很大探討餘地，鄧氏所論僅其一隅，且闡釋偶有不確之處。為了儘量使所論近真，本文採取細讀的方法，解說時力求對較僻的出處予以交代。

一、《題蘆雁絕句》與前後《雁字詩》的關係及相關背景

船山《題蘆雁絕句》序云：

> 家輞川詩中有畫，畫中有詩，此二者同一風味，故得水乳調和，俱是造未造、化未化之前，因現量而出之。一覓巴鼻，鷂子即過新羅國去矣。八閩曉堂上人以蘆雁為法事，即得蘆雁三昧。亦即以蘆雁為詩，正爾壓倒元白。余於畫理，如瘂人食飽，心知而言不能及。為師隨拈若而首，師遇畫著時。有與余詩相磕撻者，即以題之，不

〔註1〕王之春撰、汪茂和點校《王夫之年譜》，中華書局1989年版，第74頁。
〔註2〕鄧樂群、彭勝利《船山雁字寫逸懷——從〈雁字詩〉看船山隱逸思想》，《船山學報》1988年第1期。鄧樂群《王船山雁字詩的遺民情結》，《青海師範大學學報》（哲學社會科學版）2001年第4期。

信非瓠道人所寫也。

序中提到的八閩曉堂上人，據李元度《南嶽志》卷十六，曉堂為天培法嗣，乃楊氏之子，繼席南嶽祝聖寺，丕振宗風。曾感猿入定，鵝亦聽經。天培俗姓劉，名常鑒，誦經苦行，脅不沾席者十年，康熙中住祝聖寺〔註3〕。福建在元代分為福州、興化、建寧、延平、汀州、邵武、泉州、漳州八路，明改為八府，所以有八閩之稱。佛教稱持戒嚴格而精於佛理者為上人。可知曉堂乃福建人，姓楊，為祝聖寺上人。序中「為師隨拈若而首，師遇畫著時」，湘西草堂本作「為師拈若而首，遇畫著時」，不能確知其意。然而根據上下文意推斷，此序大意為：王維詩中有畫、畫中有詩，詩與畫水乳交融，乃是隨順現量（佛教語，指由感官和對象〔所量〕接觸所產生的知識）而作。如果尋其原由，那就如同鷂子飛到了新羅國，無影無蹤、不著邊際了。福建曉堂上人以蘆雁為佛家法事，才能得到蘆雁的三昧佳境。也就是以蘆雁為詩，才能超越元稹的輕佻和白居易的低俗。我對於畫理，如同聾啞人吃飽了胡亂哼哼，心知其意而口不能言。曉堂師卻如同伽葉見佛祖拈花，遇著畫就能評論切中肯綮。他的詩同我的有互相牴牾之處，但即便我也以「蘆雁」為題，就不信這不是我瓠道人（船山自號）所作。

這段序言總體意思是作者在作《題蘆雁絕句》十八首之前，已有曉堂上人以蘆雁為題創作在先。曉堂上人之作以佛理會心，故能壓倒元白。我於畫理知之不多，故所作詩與曉堂有所不同，然而這正是我瓠道人自己的風格。

綜觀船山《題蘆雁絕句》十八首，主要是從鴻雁著筆，借鴻雁寓興亡之感，寄寓個人心緒。這組詩雖時用典故或佛道語，但意義基本明確，不太難懂。如其一、其二：

> 驚風吹霰雪中還，萬里黃雲一線關。回首江南此風景，唯將鳴咽寫潺湲。

> 汀渚誰家盡自疑，懸愁漁火隔江知。飄零亦是前生果，不羨鶬鶊老一枝。

其一是說鴻雁從北方的驚風霰雪中回到南方，將萬里黃雲一線貫穿。回首當年此地的江南風光，對比眼前的滿目瘡痍，只能嗚咽流涕。顯然是借鴻雁寫出南方的滄桑巨變。其二是說如今的汀渚為誰家所有，鴻雁亦自生疑，它在天空懸愁，只有那隔江漁火知曉。鴻雁之飄零乃前生種下的罪孽，但它

〔註3〕李元度《南嶽志》卷十六，中國書店 1990 年版，第 341 頁。

情願飄零，也不願像鷦鷯那樣佔據一枝。這是反《莊子・逍遙遊》「鷦鷯巢於深林，不過一枝」之意而用之，借鴻雁寫出自己不願終老林泉的心曲。

又如其十七、十八：

> 斜暉欲下颺金飆，綠苞初開碎練飄。莫認天山飛雪早，江南饒有可憐宵。

> 墨光之外噴秋光，夜永江寒楚塞長。記得蒼梧多淚竹，緘愁無奈斷衡陽。

其十七是說斜暉將落之時狂飆乍起，綠草花開之時殘雲如素練輕飄。鴻雁啊，不要錯認這是天山早早飛雪了，實是江南多有可愛之夜哪。其十八是說霞光四射的烏雲之外噴放著秋日的寒光，夜長江冷楚塞漫長。曾記得蒼梧湘妃多淚成斑竹，封存著愁緒無可奈何雁斷衡陽。這一首流露出國破家亡的無奈與哀傷。

《題蘆雁絕句》跋語說：「題此經一年矣，乃賦《雁字》，如兩畫相擬，一士一匠，自有分別者。」明確指出《題蘆雁絕句》與前後《雁字詩》如同兩畫相擬，各有分別。宋以來論畫，有士夫畫與工匠畫之分。士夫畫即文人畫，注重個人品格、才情、性靈、思想、學識的發抒，以水墨、寫意為主，創始於王維；工匠畫即民間畫工或畫院畫師之畫，簡稱「匠畫」，注重繪畫技巧，以工筆、精繪為主。船山說《題蘆雁絕句》如士人畫，《雁字詩》如匠畫。按理說，船山對匠畫是有所貶低的。《薑齋詩話》：「至盛唐以後，始有即物達情之作……宋人於此茫然，愈工愈拙，非『認桃無綠葉，道杏有青枝』為可姍笑已也。嗣是作者益趨匠畫，裏耳喧傳，非俗不賞。」〔註4〕這裡把《雁字詩》比作「匠畫」，可能沒有貶義，而是說《雁字詩》相對《題蘆雁絕句》來說是另一種風格：《題蘆雁絕句》造語自然，音韻和婉，風格清麗、空靈、蘊藉；《雁字詩》則對偶精工、用典繁複、造語深晦，風格厚重、典麗甚至有點生澀。

船山《雁字詩》序云：

> 雁字之作，始倡於楚人。楚，澤國也，有洲渚，有平沙，有蘆蔣菰菼，東有彭蠡以攸居志，南有衡陽之峰，曰所回翼也。故楚人以此宜為之詠歎。近則玉沙湖補山老人續唱，作者連軫，予病未能者，且十年矣。不期病中忽有陽禽筆陣，如鳩摩羅什兩肩童子出現，

〔註4〕王夫之撰、戴鴻森箋注《薑齋詩話箋注》卷二《夕堂永日緒論內篇》，中華書局1981年版，第153頁。

因吟十九首。諸公於霜寒月苦，南天落翼之日，目送雲翎；而仆於花落鶯闌，炎威滅跡之餘，追惟帛字。時從異軌，情有殊畛，「短歌微吟不能長」，斯之謂矣。故諸作者皆賦七言，而僕吟四十字。

雁字之詠，宋元詩、詞、曲中甚多。明人則好為《雁字》組詩，例如張岱說他的好友趙我法曾以《雁字詩》三十首見授〔註5〕。楚人之喜詠雁字，大約是從明末開始。錢謙益《列朝詩集》丁集第七記晉江人黃虞龍曾作《落花》、《水中雁字》詩各數十首，未及艾（五十歲）而卒；第十三之上錄唐時升《雁字詩》九首（實作二十四首）。唐時升（1551～1636），字叔達，嘉定（今屬上海）人，與婁堅、程嘉燧、李流芳並稱嘉定四先生。唐氏《雁字詩》序云：「客從秣陵來者，云楚中諸才士近為雁字詩，吳中亦有繼作者，俱未之見也。」正好與船山「雁字之作，始倡於楚人」的說法相印證。誠如船山所言，楚地多湖澤平沙、蘆蔣菰荽，衡陽有回雁之峰，楚人於鴻雁有特殊感情本出自然。雁字隱含著豐富的文化內蘊，故楚人一唱，天下和之，很快便形成風習。

船山序中提到的玉沙湖補山老人名郭都賢（？～1672），字天門，益陽人。天啟十年（1631）進士，授行人，冊封閩藩。七年充順天府鄉試同考官，得史可法等十七人。升吏部稽勳驗封司主事、文選員外郎。十四年分守嶺北道，十五年巡撫江西。張獻忠起事時，晝夜繕者禦，策兵餉。左良玉屯兵九江，介馬往見，責以大義，會有尼之者，遂以病乞歸。南明時史可法守揚州，薦授南京操江，辭不受。桂王立於肇慶，召為大學士，其時都賢已落髮為僧。入清後，洪承恩疇以故舊謁都賢於山中，饋以金，不受。奏攜其子監軍，亦堅辭不允。無定居，流寓沅陽十六年，築補山堂。歸里後，結草廬於桃花江，後以詩累，客死於江陵之承天寺。祝髮後號頑石，又號些庵，為人博學強記，工詩文，書法瘦硬，兼善繪事，寫竹尤妙，人得其片紙，皆珍異。著有《補山堂集》、《些庵雜著》等書〔註6〕。船山稱之為「補山老人」，可能是因其所居之補山堂。從其生平行事可見，郭氏也是一位反清的遺民。船山詩文集中有《些翁補山堂詩和者數十人今春始枉寄次韻奉和並敉翁體（康熙七年戊申，1668）》、《和郭公都賢補山堂〈洞庭秋詩〉》（題記：遙和補山堂作，康熙八年己

〔註5〕《琅嬛文集》卷之一《雁字詩小序》，嶽麓書社1985年版，第42頁。

〔註6〕羅正鈞《船山師友記》，嶽麓書社1982年版，第58～59頁。鄧顯鶴《沅湘耆舊集》卷二十八，《續修四庫全書》（第1691冊），上海古籍出版社1995年版，第15頁。

西，1669）》、《寄和些翁補山堂詩已就聞翁返石門復次元韻寄意（己酉，1669）》，《編年稿》中有《補山翁坐繫沒於江陵遙哭二首》（康熙十一年壬子 1672）等多首，可知船山經常同補山老人唱和。船山《南窗漫記》載補山因詩句得罪督使事：「丙戌（順治三年，1646）屯師湖上，未能前進一咫，而賦斂之重十倍。少司馬天門都公《詠雪詩》曰：『四望郊寒連島瘦，一天白起奈蕭何！』督使聞之，怒甚，嗾悍帥害之。會潰敗，不果，後卒以文字取禍，卒於江陵。倪文正公（倪元璐）贈公詩云：『愛他風骨耐他癙。』善於言公者也。」可知郭氏為人桀驁不馴，風骨錚錚。

鄧顯鶴《資江耆舊集》卷三至卷六收補山詩四卷 347 首，《沅湘耆舊集》約為兩卷，即卷二十八、二十九，凡 222 首，俱未錄入其《雁字詩》，可能已經亡佚。郭氏所作《雁字詩》和者甚眾，當時船山並未相和。十年後，也即康熙九年庚戌（1670）才加以和作。據序文中「諸公於霜寒月苦，南天落翼之日，目送雲翎；而仆於花落鶯闌，炎威滅跡之餘，追惟帛字」，可知諸人和郭氏之作在秋日，而船山則於秋後追憶雁字。所謂「時從異軌，情有殊畛」，就是指自己與補山唱和者創作時間與情感均有差異。補山之作及諸人和作今不可見，唯一能知者他們都是七言，而船山卻是五律。船山希望通過情感與體式的不同來超越他們，意圖是十分清楚的。

二、船山前後《雁字詩》的創作主旨和用意

前後《雁字詩》共三十八首，是兩組大型組詩。船山喜歡作組詩，集中組詩甚多，如《擬詠懷》八十二首、《梅花詩》一百首之類。組詩要作好，是極不容易的，作得多了，容易才思枯竭，出現筆力不濟的情況。鄧顯鶴評郭都賢詩「而雄篇巨製，往往凌厲一世，雖才氣豪猛，時易語言，矢口成音，間乏蘊藉」〔註7〕，可能就屬於這種情況，郭氏的雄篇巨製《雁字詩》未被鄧氏收錄，也可能是因為這一原因。船山之後，也有作《雁字詩》組詩的，如沈德潛《清詩別裁集》卷二十七載張鵬翀（江南嘉定人，雍正丁未進士，官至詹事府詹事），日未午即成《雁字詩》七律三十首，《古今圖書集成·閨媛典第三百十一卷·閨節部列傳一百九十三》載唐端揆（當塗庠生）曾作《詠雁字》一百首，《晚晴簃清詩匯》卷一百八十五收有韓氏（漢軍旗人韓錦之女）所作《雁字三十首次韻》，等等，可見作《雁字》組詩乃是明清人的一種習尚。對動輒

〔註7〕《續修四庫全書》（第 1691 冊），上海古籍出版社 1995 年版，第 15 頁。

創作大型組詩，朱庭珍曾猛烈抨擊：

> 古人詩法最密，有章法，有句法，有字法。而字法在句法中，句法在章法中，一章之法，又在連章之中，特渾含不露耳。至於連章則尤難，合觀之，連章若一章；分觀之，各章又自成章。其先後次第，自有一定不紊之條理，觀工部《秋興》、《諸將》、《詠懷古蹟》、《前後出塞》諸作可見。以工部之才力，而生平連章七律，只《秋興》作至八首，亦可見古人鄭重矣。自宋後，才不逮古，偏好以多為貴，動作連章，呶呶不休，殊可厭也。……近人尤好以一題順押上下平韻，作三十首。甚至詠物小題，亦多至數十首，且有至百首者。如王蒲衣之《無題百首》，……以及流傳《雁字》六十首、《淚詩》三十首之類，皆七律也。絕無意境、氣格、篇法，但點綴詞藻，裁紅剪翠，餖飣典故，徵事填書，雖字句修飾鮮妍，究無風旨，亦終不免重複敷衍，雖多亦奚以為！此雅道中魔趣，初學戒之。〔註8〕

　　船山《雁字詩》跟其他人不同的是，他確是借雁字有感而發，但由於當時文字獄的特殊背景，他的詩故意多用僻典，寫得隱約其意、閃爍其詞，難以確解，因而今天我們讀來仍有一定難度。許山河贊成錢鍾書在《談藝錄》中所說的「船山識趣甚高，才力不到，自作詩悶澀纖仄，試以《仿體詩》三十八首較之原作，真有夸父逐日之歎」的意見，認為「仿體詩外，他的『遣興詩』、『雁字詩』也不能引起讀者的興趣」〔註9〕。這一說法，不能說全無道理，船山的《雁字詩》確實學者氣甚濃，有些句子比較生澀，粗粗讀去，要引起讀者興趣是有困難的。然而我們也應理解，船山此類作品，原本就是自寫心曲、擱在敗葉盧中「寒窗西日，自顧而笑」的，並不是為了讓讀者感興趣而作。正因為這種原因，他才連篇累牘自寫心曲而不計詞之工拙。我們解讀他的作品，也只能以解析他的心曲為重點。

　　《雁字詩》跟《題蘆雁絕句》的切入角度是很不同的。《題蘆雁絕句》所題者為蘆雁，作品都是從蘆雁生發。《雁字詩》雖也與雁有關，總體上卻是從雁字之「字」生發，多寫與「字」相關聯的情事，如作詩、讀書、著述、書法甚至繪事等等。其主旨就是宣洩孤苦之情、孤傲之意、孤憤之心。如《前雁字

〔註8〕《筱園詩話》卷二，郭紹虞編選、富壽蓀校點《清詩話續編》（第四冊），上海古籍出版社2016年版，第2227頁。

〔註9〕許山河《關於船山詩歌答陳廣生同志》，《船山學報》1985年第2期。

詩》其三：

> 活譜賦《秋聲》，音容共一清。空頑難轉語，天老未忘情。羽調
> 悲寒水，行吟倦汩征。蘆千淒怨急，絕筆意誰平。

全詩以鴻雁自喻，說鴻雁如同活的畫譜，賦出《秋聲》，音容皆清。其情感之執著，如佛家所謂頑空者難以撥轉心機，天荒地老難於忘情。又如同荊軻渡易之羽調，屈原澤畔之悲吟，蘆蕩江干到處傳響著淒怨悁急之聲，即使停筆內心仍激憤難平。

《前雁字詩》其五則道出了自己作《雁字詩》的用意：

> 紀豔非吾義，驚春去色匆。分飛南北史，歷亂檜曹風。《天問》
> 憑條答，空言未道窮。何須藏魯壁，絲竹奏清融。

此詩是借雁字表達自己著述非為紀錄豔事，而是因為驚異春色匆匆離去。撰史則記天下分爭，如李延壽撰《南史》、《北史》；作詩則述親身所經亂離，如《詩經》之《檜風》、《曹風》。對屈原《天問》，我均逐條回答；即使載之空言，尚能見吾道未窮。所著書縱未藏之魯壁，將來也自有絲竹清融之聲，引人發現。最後兩句是用漢代魯恭王劉餘拆除孔子故宅時聽到天上傳來金石絲竹之聲，終於發現秦始皇焚書坑儒時孔鮒（孔子九世孫）所藏之《論語》、《尚書》、《禮記》、《春秋》、《孝經》等儒家經籍的典故，表達自己「述往事，思來者」的心曲和總會被後人發現的信心。

《前雁字詩》其十一寫自己以素臣自居的心曲：

> 野水漾初春，苔涵綠字新。煙雲都不染，風雨故如神。軟影翰
> 非弱，餘寒手不龜。（原注：「依《莊子》音麇。」龜，開裂。）鳳
> 分衰已久，還現素臣身。

全詩是說：四時初春蕩漾，青苔一片新綠，這青苔之中即隱涵詩文。天上煙雲淨潔，風雨之來如有神靈安排。雖然翰影輕軟，但堅貞之質不弱；縱然餘寒襲人，而執筆之手不龜。孔子之道雖衰，但自有左丘明繼承他的遺志，將儒家傳統發揚下去。「鳳衰」典出《論語·微子》：「鳳兮鳳兮，何德之衰？」「素臣」見杜預《春秋經傳集解序》：「說者以為孔子自衛反魯，修《春秋》，立素王，丘明為素臣。」顯然船山是以左丘明自喻。

最能見船山著述用意的是《前雁字詩》其六：

> 無待月中聽，哀吟意已形。同文從鳥紀，馳檄指龍庭。旁午悲
> 邊雪，零丁寄汗青。清泉涵片影，井底血函經。

《禮記‧中庸》:「書同文。」相傳少皞氏以鳥紀官,以鳥名官,中原自古書同文車同軌,天下一統,故曰「同文從鳥紀」;龍庭為匈奴單于所在地,「馳檄指龍庭」,自然是說中原自古便對外民族入侵馳檄征討,不讓它逞其志意。旁午,猶言紛繁、交錯,是形容「邊雪」的。「悲邊雪」,語出陸龜蒙《歸雁》:「北走南征像我曹,天涯迢遞翼應勞。似悲邊雪音猶苦,初背岳雲行未高。月島聚棲防暗繳,風灘斜起避驚濤。時人不問隨陽意,空拾欄邊翡翠毛。」意謂自己如同鴻雁,北走南征,擔驚受怕,且不為時人理解。「零丁」句用文天祥《過零丁洋》「人生自古誰無死,留取丹心照汗青」意。頸聯兩句是說鴻雁(我)南征北走、擔驚受怕,無非是為了獻身國家、名垂青史。尾聯用鄭思肖典,是說所著詩文不能容於當世,只能編為「心史」以鐵函藏於井底,留與後人評說。這是船山最喜歡用的典故,詩中每每用之,如「探書蒼水絕,藏史血函埋」(《得嘉魚李西華兄弟書追憶雨蒼》)、「文心春草句,貞志血函經」(《安成歐陽喜翁‧先師黃門公弟也守志約居惠問遙獎於六帙之年馳情寄壽述往永懷示孤貞之有自也為得十七韻(丁卯)》)、「紅淚滴,血函埋,他時化碧有餘哀。傷心臣甫低頭拜,為傍冬青一樹栽」(《鷓鴣天‧杜鵑花》)、「汗青照,文山福。紫芝采,商山祿。但荒草侵階,修藤覆屋。井底血函空鄭重,知音誰與挑燈讀?問杜鵑何日血啼乾,商陸熟」(《滿江紅‧寫怨》)等等。為什麼船山這麼喜歡用這一典故?《九礪》序稱:「賊購索甚亟,瀕死者屢矣。得脫匿黑沙潭畔,作《九礪》九章,九仿《楚辭》,礪仿宋遺士鄭所南《心史》中詩。自屈大夫後,唯所南《心史》忠憤出於至性,與大夫相頡頏。願從二子游,故仿之。」可見他心目中實是以鄭思肖為榜樣,著書立說,以求來者當中有知音。

三、前後《雁字詩》的複雜內容與思想感情

前後《雁字詩》多達三十八首,涉及的內容和思想情感十分豐富,也十分複雜。大致說來可分成三大類:

第一類是抒發遺民情感,表達朱明王朝徹底滅亡之後內心的失落、傷痛、迷茫以及絕不同滿清新朝合作的態度。

船山作《雁字詩》的康熙九年,康熙已經親政,永曆帝朱由榔死已八年。船山雖有反清的潛意識,卻已無復明之希望,失望之餘,只能以保持個人節操之遺民自居。船山的民族主義情緒在不少詩中都有明顯的表露。如《前雁

字詩》其二：

> 碧浪合逡巡，蕭條接跡親。三蒼言外旨，七日句中春。避暑疑
> 秦火，懷沙弔楚臣。雲林添畫筆，中土不無人。

首聯寫看到鴻雁於蕭條秋日在碧浪之上足跡相接為親，相濡以沫。頷聯說雁字如同「三蒼」古字（秦代李斯的《蒼頡》、趙高的《爰歷》、胡毋敬的《博學》合稱「三蒼」，常用以代指古文字），富於言外之意，令人想起薛道衡《人日思歸》「入春才七日，離家已二年，人歸落雁後，思發在春前」的詩句，萌生思鄉念土之情。頸聯說鴻雁逃避酷暑就像逃避秦王朝焚書坑儒的暴政，又似在憑弔懷沙自沉的屈原。尾聯說鴻雁為曾作過《鴻雁柏舟圖》的畫家倪雲林（瓚）增添了新的題材，可見中土並不是就沒有高手。中土即中原、中國，《宋史·道學二·尹焞》：「時金人遣張通古、蕭哲來議和，焞上疏曰：『臣伏見本朝有遼、金之禍，亙古未聞，中國無人，致其猖亂。』」又劉克莊《後村詩話》引石曼卿詩：「南朝文物盡清賢，不事風流即放言；三百年間卻堪笑，絕無人可定中原。」船山反此詩之意而用之，昭示著對中原人文的信念，流露出強烈的民族主義情感。

《前雁字詩》其一借雁字寫內心的迷茫：

> 縷縷漸深深，當天一片心。書云占朔色，絚瑟譜商音。尺帛無
> 勞繫，南樓未易尋。暝煙生極浦，長夜付浮沉。

首聯寫鴻雁在天空飄行，不絕如縷，漸行漸遠，我心也隨之飄忽。頷聯以下寫鴻雁在雲端書字以推測北地氣候風色，緩緩地鼓著瑟譜寫悲涼哀怨的商音。現在我即使想繫帛雁足，有信也無處可寄，因為要它們找到南樓再也不易。當遙遠的水濱晚煙四起的時候，它們只能在漫長的黑夜中載浮載沉，漫無歸宿。自謝靈運作《南樓中望所遲客》之後，古人詩中寫到南樓的不知凡幾，所指不一，船山這裡的「南樓」顯然可以理解為朱明王朝。因其時明亡已久，復明已根本不可能，所以他只能發出「長夜付浮沉」的浩歎。

《前雁字詩》其十則表現了無力回天的傷感和不受清廷籠絡的決絕態度：

> 此字無人識，空勞歷九州。分明扶日月，因革自《春秋》。鵃篆
> 刪妖步，鶯歌恥佞喉。冥飛誰弋篡，不墜草玄樓。

首聯：李賀《致酒行》：「吾聞馬周昔作新豐客，天荒地老無人識。」賈誼《弔屈原賦》：「歷九州而相其君兮，何必懷此都也？」兩句是說：雁字變化無常，無人能識，沒有知音，因而飛遍九州想找到理想的棲息之地，也是

徒勞。

　　頷聯：上句引用文天祥《自述》詩：「有心扶日月，無力報乾坤。」下句用《法言·問道》意：「道有因無因乎？曰：可則因，否則革。」兩句是說，鴻雁分明有將自己的光輝扶助日月之意，怎奈魯陽揮戈，再也無力扭轉乾坤。《春秋》以來之典章禮樂，有因有革，時移世變，不由人力，本屬自然。此聯彰顯著船山對朱明大勢已去的無奈和對時代變化不以個人意志為轉移的認識。船山《讀通鑑論》常以「勢」論天下變化之不以人力：「夫封建之不可復也，勢也。雖然，習久而變者，必以其漸。秦惟暴裂之一朝，而怨滿天下。漢略師三代以建侯王，而其勢必不能久延，無亦徐俟天之不可回、人之不思返，而後因之。」明之亡，在船山看來，實是積勢使然，無可復之理；就個人的民族氣節說，只能以明之遺民自居。

　　頸聯：鴆為毒鳥。《古今圖書集成》之《禽蟲典》第五十一卷《鴆鳥部匯考》：「（鴆）知巨石大木間有蛇虺，即為禹步（巫祝、道士禱神時所用的依北斗七星排列位置曲折行走的步法，相傳為夏禹所創，故稱）以禁之。或獨或群，進退俯仰有序。」相傳鴆鳥能為禹步以禁蛇。後世巫祝、道士為禹步時還要焚香，故船山有「鴆篆」之說。「鴆篆刪妖步」，大意是像鴆鳥點起篆香走起禹步，乃是妖態，我必消除之；「鶯歌恥佞喉」意為鶯歌燕舞以頌太平，實屬諂佞，我深以為恥。這兩句顯然表達著不肯對清廷趨拜獻媚的態度。

　　尾聯：揚雄《法言·問明》：「治則見，亂則隱。鴻飛冥冥，弋人何篡焉。」意為鴻雁高飛，獵人那帶絲線的箭射不到它們，對它們無可奈何。常表示高士不受籠絡。揚雄不附權貴，專心在樓中撰寫《太玄》，表示淡薄勢利，可算是弋者難篡的鴻雁了。但王莽時揚雄曾撰《劇秦美新》，向王莽獻諛詞，被後世非議，故船山說鴻雁「不墜草玄樓」。連揚雄的草玄樓都肯不落下，當然是比揚雄更徹底、更決絕，更難以籠絡了。

　　第二類是表達自己的學術傾向，狀寫自己讀書之勤苦、著書之艱難。

　　船山這時蝸居敗葉廬潛心學術、著述不輟，故《雁字詩》中有關學術、著述的內容比較多。《後雁字詩》其十六直接表達了自己的學術觀點：

> 　　刮目經年別，驚非吳下蒙。四聲終寫入，六義不刪風。恥逐蝌
> 文亂，誰憑雜譯通。斯文知未喪，幾復畏虛弓。

　　此詩撇開雁字主題，直接表達自己的學術傾向。首聯之「吳下蒙」即吳下阿蒙，事見《資治通鑑》卷六十六《孫權語學》，比喻人學識尚淺。船山稱

讚某士子到吳下多年歸來仍未被當地學風浸潤變成「吳下蒙」，令人吃驚，值得刮目相看。頷聯「四聲終寫入」是說該士人作詩所用韻部仍屬《廣韻》（有平上去入四聲）系統，而不用所謂《中原音韻》（北音「入派三聲」）體系；「六義不刪風」是說於「《詩》六義」（風、雅、頌、賦、比、興）仍存國風，保持著孔子以來的詩學傳統。頸聯之「蝌文」即蝌蚪文，這裡為古文經學之代稱，可能指吳下丁宏度及其弟子惠周惕、顧丁琜、顧嗣立一系。船山之學近宋，故以追逐漢學為恥，其學術取向於此可見一斑。頸聯之「雉譯」即獻雉、重譯。王充《論衡·恢國篇》：「至漢，四夷朝貢。孝平元始元年，越裳重譯，獻白雉一、黑雉二。」不願接受要經過多次翻譯才能理解的越人（實指滿清異族）獻雉，表達了不願同滿清異族溝通的民族主義立場。尾聯「斯文知未喪」，語出《論語·子罕》：「天之未喪斯文也，匡人其如予何！」「虛弓」典出《戰國策·楚策四》，常用來比喻因遇災禍而過分驚恐。唐盧照鄰《失雁群》：「虞人負繳來相及，齊客虛弓忽見傷。」兩句意為：從此士人身上可知中原的儒家傳統並未喪失，那我還擔驚受怕做什麼呢？船山以學術文化同滿清抗衡的用心，於此詩得到充分展現。

《前雁字詩》其十三寫自己的治學精神與態度：

脈脈有心期，行行且浪嬉。《大人》狂客傳，《小雅》遺民詩。
解就名《鴻烈》，書成授意而。關門邀紫氣，聊與著雄雌。

首聯借鴻雁表明自己恣意為文而心有期許，頷聯說自己學阮籍狂放傲世而作《大人先生傳》，所作詩有《小雅》遺民之意。事見《左傳》襄公二十九年，吳公子季札至魯觀樂，魯人歌《小雅》，季札曰：「美哉！思而不貳，怨而不言，其周德之衰乎？猶有先王之遺民焉。」頸聯講自己曾為《淮南子》作傳注（船山所著《淮南子注》已佚），書成之後，不為今人所重，就送給《莊子》提到的上古賢人意而子。最後兩句講自己關起門來邀集東南紫氣，姑且以著述來同異族決一雌雄。

其十四則描述了自己讀書的勤苦：

晴空不易得，欲示下方難。黑月韋編絕，酸風蠹跡殘。黃麻白
簡笑鷹彈。獨吹青磷火，傳書乙夜寒。

此詩首聯寫天空偶而放晴鴻雁便開始飛行，為何如此執著，實難一一告知下面的俗眾。是借鴻雁自述勤於著述卻無人能夠理解。頷聯上句用《史記·孔子世家》典，下句用李賀《金銅仙人辭漢歌》「關東酸風射眸子」意，是說

鴻雁，也即自己在黑月無光之夜學孔子韋編三絕，在酸風刺眼之時攻讀殘編。頸聯「黃麻」指的是詔書。古代寫詔書，內事用白麻紙，外事用黃麻紙。杜甫《贈翰林張四學士垍》詩：「紫誥仍兼綰，黃麻似《六經》。」楊倫《杜詩鏡銓》引《唐會要》：「開元三年，始用黃麻紙寫詔。」「鷺序」，鷺飛有序，稱為鷺序，比喻職位班次。白簡，古代彈劾官員之奏章。此兩句是說想到歷史上那些鷺鷥般排列成行的官員們聆聽黃麻紙寫的詔書就不禁悲從中來，想到那些諫官手持奏章如老鷹般彈劾他人的事也不禁暗自發笑。這兩句是說自己讀古書想到前朝往事，當事人煞有介事，如今卻徒以令人悲笑。尾聯講我獨自在鬼火般閃閃悠悠、時明時暗的青燈下翻閱典籍，一直到二更時分尚未休息。

《後雁字詩》其六也是寫自己讀書、著述的態度與心境：

密跡簇春蠶，青編削蔚藍。闕文唯夏五，足用及冬三。玄鳥誰
徵宋？金天舊問郯。筆花欲有授，鳥夢奈沉酣。

首聯蠶簇比喻古書字跡之密，以蔚藍損削比況書籍之舊。頸聯上句「闕文」事見《春秋》桓公十四年：「夏五。」杜預注：「不書月，闕文。」是說載籍常有缺文。下句用《漢書·東方朔傳》語：「年十三學書，三冬文史足用。」冬三即三冬，也即三年。說自己長期攻讀文史，已足供運用。頸聯「玄鳥」句，《詩經·商頌·玄鳥》：「天命玄鳥，降而生商。」《論語·八佾》：「夏禮吾能言之，杞不足徵也；殷禮吾能言之，宋不足徵也。文獻不足故也，足則吾能徵之。」徵，考證、驗證。是說以宋人之事推論商代未必可靠；「金天」句，魯昭公十七年（公元前525年），郯子朝見魯昭公。魯國大夫昭子在宴會上詢問郯子少昊時代以鳥名官之事，孔子聽到這個消息，連夜到魯國賓舍向郯子請教關於少昊時代的職官制度、典籍、歷史等情況。這兩句是寫自己讀史闕疑、勤於問難的治學態度。尾聯上句用李白少時夢見筆頭生花典，下句事見《晉書·羅含傳》：「（羅含）少有志尚。嘗晝臥，夢一鳥文采異常，飛入口中，因驚起說之。（叔母）朱氏曰：『鳥有文采，汝後必有文章。』自此後藻思日新。」「鳥」，湘西草堂本作「烏」，《船山全書》點校者按，認為當作「鳥」，是。兩句意為雖有神靈欲授我生花妙筆，奈何我正在沉睡中作著鳥夢，尚未能真正藻思日新。

第三類是借雁字論及書法或繪畫之作。

《後雁字詩》中有借雁字描繪書法的。如其四：

塵氣不餘纖，憑虛一縷黏。分歧垂遠勢，透露簇微尖。曳腳神

還整，藏鋒力自銛。臣書真逸品，鳳藻得無嫌。

通篇借雁字言書勢。首聯「憑虛一縷黏」描繪一橫纖細而接續；頷聯「分歧垂遠勢」、「簇微尖」描繪的是一撇，起筆成簇而微有芒角，筆勢遠斜而遒勁；頸聯「曳腳」描繪的是捺，「藏鋒力自銛」描繪其筆鋒內斂，尖而有力。雁字或成「一」字或成「人」字，故船山有此種狀寫。尾聯用《南齊書·王僧虔傳》典：「太祖（齊高帝蕭道成）善書，及即位，篤好不已。與僧虔賭書畢，謂僧虔曰：『誰為第一？』僧虔曰：『臣書第一，陛下亦第一。』上笑曰：『卿可謂善自為謀矣。』」逸品即第一。何良俊《四友齋叢說·畫一》：「世之評畫者，立三品之目：一曰神品，二曰妙品，三曰能品，又有立逸品之目於神品之上者。」末句是說有此鳳藻之文，識者應不會嫌棄，是對本人書法藝術的肯定。

《後雁字詩》其十也是借鴻雁描摹書法：

秋思本無多，千行自不訛。清姿從倒薤，壯志欲眠戈。散隊連行草，遙天任擘窠。催花看盡發，誰與換群鵝。

首聯說鴻雁本無許多秋思，因任自然，故能作字千行也無訛謬。頷聯上句「倒薤」為篆書書體名，唐人錢起《秋園晚沐》有「倒薤翻成字，寒花不假林」之句，就是講的這種書體。下句「眠戈」寫的是書法結構，此結構又名「灣筍法」，詳見清人魯一貞、張廷相所撰《玉燕樓書法·四則》。頸聯寫鴻雁散飛天空，如行書草書，漫天作大字。古人寫字、篆刻時，為求字體大小勻整，以橫直界線分格，名曰「擘窠」。尾聯上句取白居易《歡春風兼贈李二十侍郎》其一之「樹根雪盡催花發，池岸冰消放草生」形容草體，下句用李白《送賀賓客歸越》之「山陰道士如相見，應寫《黃庭》換白鵝」意，含王羲之書《黃庭經》換取白鵝典故，暗示鴻雁書法雖好卻無人賞識。

《後雁字詩》其十一也是借雁字談論書法：

滌硯媚玄雲，瀟湘寫練裙。龍蛇雙腕競，魚燕尾梢分。出像傳毛穎，題幀仿墨君。夫人學已熟，誰復笑羊欣。

首聯上句「滌硯」用三國時書法家鍾繇在許昌鍊字，洗筆硯竟把滿池清水洗成黑色的典故，下句事見《宋書·羊欣傳》：「獻之嘗夏月入縣，欣著新絹裙畫寢，獻之書裙數幅而去。欣本工書，因此彌善。」頷聯龍蛇、魚燕均言書勢如龍蛇蜿曲、魚燕尾分。頸聯上句言雁字如韓愈作《毛穎傳》，下句言如文與可畫竹。宋孫奕《履齋示兒篇·雜記·易物名》：「文與可畫竹，亦名之曰墨

君。」尾聯是說衛夫人（衛鑠，晉代女書法家）書法已熟，再也不會被後人羊欣（晉宋之際書法家）所笑。

《前雁字詩》其八借雁字談論繪畫：

> 今古一相如，飄颻賦《子虛》。玄文披帶草，碧個仿林於。蘭葉
> 肥還瘦，銀鉤蹙已舒。稻粱非汝志，投筆莫欷歔。

首聯是說鴻雁在天空飄颻，好像司馬相如作《子虛賦》；頷聯、頸聯是說雁字又像畫師在畫草畫竹畫蘭畫月。玄文，《楚辭·九章·懷沙》：「玄文處幽兮，矇瞍謂之不章。」即黑色的花紋，帶草，即書帶草。劉昭《後漢書注》引《三齊記》：鄭玄居不其山教授，山下生草大如薤，葉長一尺餘，堅韌異常，士人名為「康成書帶」。碧個猶言碧竹，《釋名》：「竹曰個，木曰枚。」林於即林棼，竹名。「碧個仿林於」意為畫竹即對著活竹寫真。「肥還瘦」、「蹙已舒」是形容鴻雁所畫蘭似肥實瘦，所畫月似蹙（彎）實舒，別有情趣。尾聯反杜甫《重簡王明府》「君聽鴻雁響，恐致稻粱難」之意而用之，意為我做什麼都不是為了謀取稻粱，投筆從畫又有何不可。

原載《湖湘論壇》2011 年第 3 期

王船山遊仙之作析論

　　船山創作過遊仙詩近二十首、詞數闋。最有代表性的是康熙二十二年（1683）船山六十二歲時所作的《遊仙詩》八首。船山的遊仙之作，有周念先、全華凌〔註1〕論及，因船山詩文尚無可參考之注釋本，其遊仙之作又多隱晦曲折，用事生僻，比較難懂，所以他們都留下了較大的探討空間。本人慾加細讀析論，且嘗試於難懂處略加考釋以明之，以就教於高明。文本均據嶽麓書社出版之《船山全書》及中華書局出版之《王船山詩文集》，不另注出。

一、王船山遊仙詩所反映的對道教及其方術的態度

　　船山對道教的看法比較複雜，簡單地說，他是憧憬道教神仙境界，也相信道教養生之術的。一些研究者先入為主，力圖從他詩文中挖掘批判否定道教的內容，認為求仙乃虛無之事，作為唯物主義者的船山是不會相信的。其實船山對道教的認識遠比我們今天的某些學者深入。關於船山對道教的態度，因另有文論述，本文不擬展開。這裡只是說，歷史上凡是創作遊仙詩者，不管是否信仰道教、相信神仙，都會儘量調動自己的想像力把神仙境界當作真實情境來描寫，以抒發高蹈之想與超世之情，而不會借遊仙詩來批判道教、否定神仙。船山的遊仙之作有沒有批判道教、否定神仙的內容呢？有的。他對借求仙以滿足私欲確實持批判態度，對道教中的採陰補陽一類邪術也持否定態度。他認為道教仙境乃人們淨化心靈、保全人格、提升境界之所，因而

────────────

〔註1〕 周念先《船山遊仙詩淺論》，《衡陽師範學院學報》（社會科學版）2002 年第 4
　　　　期；全華凌《論王船山詩歌的生死主題——以悼挽詩和遊仙詩為例》，《南華
　　　　大學學報》（社會科學版）2009 年第 2 期。

對歷史上那些希望通過求仙採藥以滿足個人無窮欲望的秦皇、漢武之流予以了無情的批判與鞭撻,對採陰補陽之類的邪術也給予了明確的否定。

從詩歌看,船山很早就已憧憬道教神仙境界,並將之作為同紛亂無望現實相對的心靈港灣。明永曆四年,即清順治六年(己丑,1649),船山才三十歲,就作有《樂府·長歌行》:「榑桑無落景,瑤水無逝波。千歲有問津,微生遂經過。偶零玉露漿,聊弄素女蛾。不知人間秋,落葉紛已多。進酒白玉觴,侑之緩聲歌。長旦無凝雲,畢景皆槙霞。俯睨星火流,停歡待伊何!」按詩中所言「微生」,中華書局本《王船山詩文集》以為是人名,周念先具體指實為微生高,均不可信,嶽麓書社出版之《船山全書》不加表示人名的豎線,是正確的。船山詩中用「微生」一詞甚多,多指短暫微渺之人生〔註2〕,本詩實指船山自己。此詩之作,蓋船山權衡當時形勢,已厭倦永曆朝內部爭權,知道魯陽揮戈天意難違,且恨人生短暫生命脆弱,故而萌生對道教仙界的嚮往,要借仙界的永恆來表達對人間秋風落葉、人生轉瞬即逝的悵恨與超越。

像歷史上很多遊仙詩人一樣,船山也認為道教的神仙境界乃十分聖潔之地,從而反對把求仙當作實現和滿足個人私欲的途徑。如《遊仙詩》其一:

> 銀闕皚精光,貝宮爛霞采。若木燕金膏,玉露垂蓓蕾。居然榮
> 臚心,欲填貪淫海。玉山禾未登,青鳥啼饑餒。遙遙一相謝,去云
> 勿予浼。夙志抗九玄,期以厭珍賄。沐浴西月清,晞發靉雲鬒。素
> 魄無旁影,流霜滌微靄。別有清都情,浩劫無能改。

前十句是說仙境本來十分純美聖潔,而一些心懷榮臚之人卻把它當作一個能填滿欲海的場所,結果弄得仙界五穀不登、青鳥饑餒,所以我要告別這種求仙之士,以防沾污了我高入「九玄」之夙志。所謂「九玄」,陶弘景《真誥》卷一云:「夫仰擲雲輪,總轡太空,手維霄綱,足陟玉庭,身升帝闕,披寶歟青。上論九玄之逸度,下紀萬椿之大生。」「九玄」指帝闕,也就是仙宮。後八句是說自己所向往的是一到「清都」就能厭倦、杜絕物慾,讓清亮的月光為我沐浴,讓靉靆的朝雲為我濯髮,我將在這月清霜冷的環境中享受孤獨

〔註2〕 如「詞終起相謝,微生命有涯」(《擬古詩十九首》)、「微生附宮牆,下交遺勳縞」(《少傅嚴公起恒》)、「微生終暢送,哀哉勞鞠育」(《種瓜詞八首》其二)、「微生既孤悖,四表仍寥廓」(《送伯兄歸塋己夕宿男山山莊》)、「微生豈蝸縮?夜夢常飛駛」(《送伯兄赴北雍》)、「微生一日一虛生,為惜鴻毛死亦輕」(《聞郡司馬平溪鄭公收復邵陽,別家兄西行,將往赴之》)等等,均指微小而短暫之人生,有時即指自己。

帶來的美感。這樣我就獲得了永恆，即使歷經浩劫，也不會改變夙志。所謂
「清都」，見《楚辭‧遠遊》：「集重陽入帝宮兮，造旬始而觀清都。」指的
是仙界。

此詩通篇講同是嚮往仙界，也有兩種態度，一種是想到仙界去滿足私欲
（如秦皇、漢武之求仙），而自己只想到仙界去永葆夙志，提升境界，淨化人
格，堅持理想，實現超越。

相信道教必相信方術。道教方術眾多，歷史上許多道士都曾辨其正邪。
船山也是如此，他相信道教方術，但更看重的是道教方術所隱含的養生養德
原則，對採陰補陽之類的邪術，他是予以批判否定的。《遊仙詩》其二云：

> 剚心含大慈，剖腦藏靈劍。縱斂非世情，心跡無交歡。玄皇啟
> 元胞〔註3〕，素汞流澂灩。空宇澹無垠，微塵忍相玷！晝以銀河流，
> 天街成壁壘。胡然妖珥生？赤輪受污染。豐隆一默塞，壺女收光閃。
> 青蛇不自忍，中夜噴紫焰。剚之在須臾，遲回愧多忝。鶴髮非我終，
> 千春此遙念。

第二句所云「靈劍」據《雲笈七籤》卷一百三，乃道教傳說中的斬邪之劍。開
頭四句說自己剚心剖腦，是希望能心含救世之大慈，胸藏斬邪之靈劍。過分
收斂或過於放縱都不符合人情，只有適中，內心才不會兩者同時欠缺。接下
來十二句是說我不像有些人那樣一開始學仙就學那採陰補陽之術，結果陷入
邪門歪道，污染仙界，使碧空沾塵，銀河成壘，赤輪（太陽）色變，豐隆（雷
神）聲斂，壺女收光，青蛇噴焰。這裡提到的「壺女」，《藝文類聚》卷二引
《莊子》曰：「陰氣伏於黃泉，陽氣上通於天，陰陽分爭故為電，玉女投壺，
天為之笑則電。」今本《莊子》無此語，該書卷十七引玉女投壺事，說出自
《神異經》。這裡指閃電神。

詩末「剚之在須臾，遲回愧多忝。鶴髮非我終，千春此遙念」四句，意為

〔註3〕玄皇，《雲笈七籤》卷二五：「玄皇者，北方之上真，太玄之尊君，出入上虛，
與紫精道君為友也。」元胞，《周易參同契》卷上：「陰道厭九一，濁亂弄元
胞。」容字號無名氏注：「陰道者，陰元法也。一是鉛精，屬北方坎水，水數
一。九者，汞也；汞為朱砂生，屬於南方離，火數九。以烊鉛精為水，投入
煉汞，相和得亂，汞壓在鉛，鉛乃蔽其汞，在鉛內如子居胎，不得飛遁，被
鉛包包裹，或上或下，故云弄胞也。」朱元育注：「此九淺一深，採陰補陽之
旁門。」見孟乃昌、孟慶軒輯《〈周易參同契〉三十四家注釋集萃》，華夏
出版社1993年版，第108、111頁。所謂元胞即胞胎，船山詩「玄皇啟元胞，
素汞流澂灩」即指學仙者流入採陰補陽之法，遁入邪門。

此進入仙界的念頭本來須臾之間就可割斷。可我卻猶豫徘徊，遲遲未能斬斷對仙界的覬覦之念，實在思之帶愧。那只有那仙人才有的鶴髮童顏，不是我所能有的，我只能千春萬歲遙望而已。這首詩是講學仙須學正道，以慈悲為懷，斬斷邪根，不可學那邪術。自己雖凡軀一具，卻不願去玷污、驚擾仙界，只能心嚮往之。

二、船山遊仙詩對方士及道教信徒的謳歌

　　細讀船山《遊仙詩》可知，船山對歷史上有名的方士或道教信徒如徐市、郭璞、陶弘景、顏真卿等頗懷敬意。這些人之所以值得崇敬，是因為他們或敢於以欺詐手段逃脫暴政，或雖然平生信道卻心存救世之心，關鍵時刻能捨生取義，或既能與世逶迤又能心存超越。宗教既是他們的生存方式與精神寄託，也是他們與世俗分道揚鑣、同暴政分庭抗禮的最好武器。《遊仙詩》其七這樣表達對方士徐市的態度：

　　　　魯生思蹈海，但以懾庸愚。徐翁踐其言，翩然在須臾。飛濤立雪巇，竦島迷煙墟。中為神皋宅，劃絕咸陽都。東笑彀強弩，狂憤雙鯨魚。大澤有龍氣，仙山閟靈珠。遙遙不相接，回望為欷歔。

魯生即魯仲連，魯仲連義不帝秦，寧願蹈海而死，事見《戰國策・趙策三》。船山詼諧地說，魯仲連稱蹈海而死，只不過是為了嚇唬一下魏將辛桓衍這樣的凡庸之輩，並未真正蹈海。方士徐市（徐翁）卻是動真格的，秦始皇命他攜五百童男童女去海外採藥，他翩然而去，須臾間就一去不返。徐市事見《史記・秦始皇本紀》：「方士徐市等入海求神藥，數歲不得，費多，恐譴，乃詐曰：『蓬萊藥可得，然常為大鮫魚所苦，故不得至，願請善射與俱，見則以連弩射之。』始皇夢與海神戰，如人狀。問占夢，博士曰：『水神不可見，以大魚蛟龍為候。今上禱祠備謹，而有此惡神，當除去，而善神可致。』乃令入海者齎捕巨魚具，而自以連弩候大魚出射之。自琅邪北至榮成山，弗見。至之罘，見巨魚，射殺一魚。」船山詩中「中為神皋宅，劃絕咸陽都。東笑彀強弩，狂憤雙鯨魚」，所寫即是此事。用一「東笑」，是說徐氏欺騙秦始皇，其實是欲盤踞仙島同咸陽劃界，借採藥同秦始皇分道揚鑣。因這一手段獲得成功，徐市不由得在東方瀛海上開心大笑，譏笑秦始皇還在那裡信以為真，狂憤地射殺大鯨。「大澤」句用《史記・高祖本紀》典：「其先劉媼嘗息大澤之陂，夢與神遇。是時雷電晦冥，太公往視，則見蛟龍於其上。已而有身，遂產高祖。」

是說高祖建漢代秦，靈珠從此也就閟於仙山，深藏不出。末兩句是說徐市自此遠居仙山，與塵世遙遙相望，渺不相接，只能回頭遠望，感歎欷歔而已，可見遠離塵寰也是迫不得已之事。此詩開頭說魯仲連義不帝秦，只是從道義出發，尚未真的蹈海；而徐市卻採取欺詐秦始皇的方法，真的蹈海遠走仙島，同秦始皇劃界而居，斷絕往來，以詼諧的筆調肯定了徐市的「狡黠」。

《遊仙詩》其五謳歌了陶弘景的高邁脫俗：

> 句曲為神館，羽客玩雲怡。位業序真靈，彷彿明堂儀。噌宏撞鯨鐘，霞裳覲帝閨。下蘇群倫災，上謁元皇嬉。未測清玄心，徒為下土疑。猶然簪紱志，竽牘相詭隨。末流紛營求，酒脯相煽欺。真宰不受呫，儒冠勿見嗤。堯禹從割裂，六經飾鬢眉。發冢珠未得，金紫紛葳蕤。橋門圜橫目〔註4〕，白日雜魅魃。清都接人世，何庸揀妍媸。長笑謝姝媛，天鈞無是非。

前十四句：句曲即句容，其地有茅山，為陶弘景所居。陶氏設館茅山，恍若神仙，曾作「山中何所有，嶺上多白雲。只可自怡悅，不堪持寄君」以答梁武帝詔（一云答齊高帝詔），拒絕梁武帝延請，卻做了「山中宰相」。陶氏是道教上清派茅山宗的開創人，雖在道門，猶依禮制。曾作《真靈位業圖》，敘仙人階次，有如世俗朝廷之明堂列位，等級分明，故船山有「位業序真靈，彷彿明堂儀」之說。陶氏境界深遠，下欲救群生之災患，上欲與元始天尊同遊同嬉。世人莫測其深淺，或持釣竿、或持簡牘，或持酒脯來訪，名為訪道，實則有所營求，或有所煽動欺哄。陶氏均與之逶迤，足見其內心深遠難測。後十二句轉到對當世儒者之諷刺，說他們隨意割裂堯舜、粉飾六經，簡直像《莊子·外物》所說的魯儒以《詩》、《書》發冢。《後漢書·儒林傳》說漢明帝講經時，太學門前，儒士圜集，數以億計，究其實也不過如大白天進入鬼域世界之妖孽魑魅。陶氏居清都仙界之中，何須分辨人之賢愚美醜，他永遠含著笑拒絕世俗之所謂佳麗，「和之以是非而休乎天鈞」〔註5〕。全詩借陶弘景以明己志，

〔註4〕橋門，指東漢時洛陽太學的大門及跨水的橋。《後漢書·儒林傳》：「帝（指漢明帝）正坐自講，諸儒執經問難於前，冠帶縉紳之人，圜橋門而觀聽者蓋億萬計。」李賢注引《漢官儀》曰：「辟雍四門外有水，以節觀者。門外皆有橋，觀者水外，故云圜橋門也。圜，繞也。」中華書局1965年版，第2546頁。橫目，《莊子·天地》：「夫子無意於橫目之民乎？願聞聖治。」成玄英疏：「五行之內，唯民橫目。」橫目即人，這裡指儒士。郭慶藩撰、王孝魚點校《莊子集釋》，中華書局1985年版，第440頁。

〔註5〕語出《莊子·齊物論》。船山《莊子解》釋為：「時過事已而不知其然，則是

借陶氏所臻儒道合一之高遠境界譏諷世俗儒生抱殘守缺、割裂儒經之意顯而易見。

《遊仙詩》其三對郭璞和顏真卿既耽於道教又能保持忠臣義士節操更為讚賞：

> 郭生探月窟，旖旎試缺規。顏公沐秋仲，蘀葉離枯枝。微妙不可傳，下士為哀悲。柱下愛衰耄，乃欲守谿雌。青女鑄神劍，婉嬺弄靈戚。傷哉一相失，終吉成參差！流蕩桑田間，重訪無端倪。玉京倘同遊，將為二士嗤。來歸何遲暮？春陽已後時。

郭生、顏公當指郭璞、顏真卿。船山《愚鼓詞・夢授鷓鴣天》小序說：「未能為郭景純、顏清臣耳，奚守屍之足誚？」可見把郭璞、顏真卿對舉，是船山的習慣。郭璞無探月窟之記載，但月窟所指為月之歸宿處，也代指仙境。《漢武帝內傳》：「仰上升絳庭，下游月窟阿。」邵雍《秋懷》詩之三二：「脫衣掛扶桑，引手探月窟。」當為船山詩之出處。

首句是說，郭璞探月窟之目的，是試圖用柔婉的方式把那已經缺損的月亮補圓。船山《讀通鑑論》卷十三第十二條《顏含辭筮》評論郭璞說：「夫郭璞有所測知於理數之化跡，而迫於求人知之，是以死於其術。苟其知性為人所不可知，則懷道以居貞，何至浮沉凶人之側，弗能止其狂悖，而祗以自戕？無他，有所測知而亟欲白之，揣摩天命而忘其性之中含者也。」〔註6〕意思是說郭璞深明術數，要求王敦也懂，結果為自己的術數所害。郭氏不以懷道居貞（實明哲保身之同義詞）為念，所以浮沉於兇殘的王敦之側，告訴王敦天命不可違逆，卻忘了他本性中包含有兇殘的一面。顏真卿好道術，唐德宗興元元年（784）八月初三日為藩鎮大臣李希烈所害。王讜《唐語林》卷六說他臨死時要求：「老夫受籙及服藥，皆有所得。若斷吭，道家所忌。今贈使人一黃金帶。吾死之後，但割吾他支節，為吾吭血以給之，死無所恨。」唐末五代人王仁裕《玉堂閒話》卷五甚至說顏真卿臨死前「乃自作遺表、墓誌、祭文，示以必死」。這些可能都屬傳說。船山說顏真卿「沐秋仲」，是講他死前沐浴，也是想像之詞。顏真卿死於八月，故言「秋仲」；其時已七十七歲，年紀老邁，故以「蘀葉離枯枝」喻之。曾鞏曾撰《撫州顏魯公祠堂記》，文中說：「（顏魯）

可是，非可非，非可是，是可非，休養其大均之天，而不為天之氣機所鼓，則彼此無所不可行矣。」中華書局 1981 版，第 19～20 頁。
〔註6〕《船山全書》第 10 冊《讀通鑑論》，嶽麓書社 1988 年版，第 484～485 頁。

公之學問文章，往往雜於神仙浮屠之說，不皆合於理，及其奮然自立，能至
於此者，蓋天性然也。」〔註7〕船山此詩頭兩句大意是說郭璞與顏真卿雖然都
喜歡道術，但內心微妙難測，一旦到關鍵時刻，他們就能大義凜然，直至不
屈而死。可見相信道術也未必就真的陷溺其中而不可拔。那些沒有識見的下
士不知其中奧秘，只能為他們所遭之不幸悲哀。老子作為道教之祖，吝嗇其
衰耋之身，所以要講那知雄守雌、為天下谿之類的養生之道；而傳說中主管
冰霜的青女卻在那裡鑄造冰刀霜劍，溫婉地玩弄她的神威，摧殘著人們的肉
體。可悲啊，同是研習道術，一能在關鍵時刻為正義獻身，一為自身不死卻
仍然難免衰老死亡。真是一念之差，結果迥異。「玉京倘同遊，將為二士嗤」，
是說自己倘若與陷溺道術之徒同遊，必為郭、顏二人所訕笑。玉京，道教中
元始天尊所居之神山。「來歸何遲暮」兩句，是說自己「覺今是而昨非」，回頭
時已是陽春不再了。全詩表達了船山的道教觀：即信奉道教而不能沉溺其中，
要像郭璞、顏真卿那樣信道而仍能存捨生取義之心。

　　有意思的是，船山既讚美道士式的灑落，又肯定屈原式的堅守，認為人
生完全可以根據自己的選擇各行其道。《擬阮步兵詠懷》其三十一：

> 河清不可俟，俟之欲何為！仙人王子喬，孤管發鳳吹。沿流循
> 湘幹，幽意以自持。屈生沈清淵，蛟龍或見欺。冠珮不可渝，釜鬵
> 非所疑。無為望他人，俯仰相提維。

「河清」兩句意為既然天下太平無望，就不必再等待什麼黃河清之類的事情
出現。你看那仙人王子喬獨自吹著笙管循湘江而下，多麼瀟灑自得！與之形
成對比的是屈原沉淵之後，連蛟龍也欺侮他。然而屈原高其冠珮，獨行其道，
也未必就值得質疑。人生各行其道，只須獨成其志而已，何必依仗他人俯仰
提維。對這首詩，我們可以作這樣的理解：遊仙也好，堅守也好，都是應對無
望現實的一種方式，取捨可因人而異，不必是此而非彼。

三、船山遊仙詩中所表達的借道教堅守己志的遺民情懷

　　船山對道教仙境的嚮往和對道教徒的謳歌也是一種自我人生價值取向的
反映。他本人晚年信道較深，但始終未逾越儒家的底線。像歷史上許多寫作
遊仙詩的作家一樣，他也把遊仙當作一種寄託。在當時天下大定、反清復明
無望的背景下，道教及其仙境是他的精神避風港，也是他堅持同清廷相互對

〔註7〕曾鞏撰，陳杏珍、晁繼周點校《曾鞏集》，中華書局 1984 年版，第 294 頁。

峙的精神領地,因而他的遊仙詩往往透露著濃厚的遺民情懷。船山擬阮詩為康熙九年(庚戌 1670)五十一歲時作。其時清朝局勢大定,船山對補天之事已完全失去信心,只能轉向對自我生命的思考與歎息了。如《擬阮步兵敘懷》其二十三:「方壺與圓嶠,相去無黍米。星河流其間,日月蕩其裏。孤遊忘歲月,奇璨爭紛詭。調良駕河車,六龍就方軌。補天西北傾,奠地東南委。清虛非久居,沉淪安足紀。」其八十:「渡海求神藥,神藥空傳聞。偓佺各長歎,知爾非仙倫。日夕有衰老,顧念惜餘辰。金風吹流波,浩瀚至海濱。一旦成決絕,傷哉如千春。」前詩說自己調好良馬駕著河車進入仙界,企圖補天奠地,可天地早已沉淪,只剩下一片清虛,補亦無可補,居也難久居,一切安足言說,又何足盡紀。後一首說自己有意求仙,可仙人偓佺輩知我非學仙之輩,因而我只能眼看著自己日漸衰老,剩下的只能是珍惜餘生。生命如秋風吹動流波,經過浩瀚的大海剎時到岸。一旦同人世決絕,也便是千春永別,令人傷感無比。這是悲歎求仙不可得,生命不可延,只能暫惜餘生,坐而待亡。其十九表達了自己不顧世俗誤解,希望通過隱居求仙來堅持節操的想法:「青云何徘徊,微風生蕩駘。上有三青鳥,翔飛指西海。中道非所息,陵皐空崔嵬。一食玉山粒,長年不知餒。此意固有方,燕雀徒疑紿。」這是以青鳥飛至西海長居玉山不與世接、不知饑餒、不顧燕雀疑紿來昭示自己避居荒村,遠離塵俗,置世俗之懷疑、欺騙於不顧的孤傲品性。作於六十二歲的《遊仙詩》則更加彰顯了借遊仙同清廷分道揚鑣的遺民態度。如其四:

> 採藥非采菽,中原無競志。下士爭虛名,謂余多離跂〔註8〕。
> 蛙怒人所哂,鵬飛鳩所恔。揮手碧霄中,為汝增慚恚。我有碧霞裳,
> 殊彼統綺制。披以吹羽笙,鸞歌遙相媚。邅回忽妙手,清瑟和遐思。
> 鳴鵙喧春林,寒螿響霜砌。時序一推遷,微吟終古悶。所以旁皇遊,
> 九州求高寄。

首句「采菽」,典出《詩·小雅·小宛》:「中原有菽,庶民采之。」鄭玄箋:「菽生原中,非有主也,以喻王位無常家也,勤於德者則得之。」前四句是說,本人現已是採藥老人,再也沒有馳騖中原,奪回天下的競爭之志了。可是那些不達時務的下士們,卻批評我離世獨立、潔身自好。「蛙怒人所哂」兩

〔註8〕 《荀子·非十二子》:「忍情性,綦谿利跂。」楊倞注:「利與離同。離跂,違俗自絜之貌,謂離於物而跂足也。」王先謙撰,沈嘯寰、王星賢點校《荀子集解》,中華書局 1988 年版,第 91 頁。

句:「蛙怒」見陸游《殘春無幾述意》詩之二:「草長增蛙怒,花空失蝶期。」這裡意為:青蛙鼓腹瞪眼,本屬無心,下士卻說它在發怒;大鵬飛過,也屬無意,學鳩卻對它產生嫉恨之心。「揮手」以下是說:我現在就是要高立碧空之中,揮手告別人間,讓你們這些下士更增慚愧憤怒。我擁有神仙所穿的碧霞衣,跟人世間的綺羅衣是大不一樣的。我身著碧霞衣吹起羽笙,遠處就有鸞鳥唱著歌兒向我獻媚。我遲緩地彈動著快速而奇妙的指頭,又有仙人鼓著瑟發出清音與我的遐思遙相應和。春天有伯勞鳥在林間盡情喧鬧,秋天有蟬兒們在寒風中唱徹霜天。時序在不斷變遷,我的微吟也將永久關閉。之所以還要徘徊遊憩,是想在九州之中找到我可以寄寓高懷的處所。此詩的意思非常明顯,它表明船山之所以相信道教仙術,實是為了寄託自己的高遠情懷。

《遊仙詩》其六曲折地表達了不同清廷合作的態度:

> 紫煙為長旄,天畢為華楀。白月流明鐙,駕言遊絳宮。下視周
> 與秦,居然相併雙。中間若絲髮,清濁分鴻濛。惜彼蠕動生,白日
> 失昭融。昧昧趨末光,劫火焉終窮?我生亦衰晚,獨然驚世容。刀
> 圭紛黍米,幽煉信微躬。霄路何空窅,孤遊無與同。寶訣存雲笈,
> 寄之南飛鴻。

第十一句所云刀圭、黍米,皆道教術語,刀圭為量藥之器具,喻其少;黍米,喻其微。此詩是說,我以紫煙為華蓋之長旄,以畢宿為寶車之華楀,月白皓然如同明燈,我駕著車兒在仙界之絳宮遨遊。從九天俯視人間,周朝與秦代居然雙雙並立,鴻濛之中,其清濁之分,宛如游絲,所謂間不容髮。只可惜那蠕動的群生,大白天竟有失明察。他們如飛蛾般在昏暗之中趨附微光,又怎能不陷入無窮的劫火之中?我生於衰世,獨自為世人之愚昧吃驚。於是我相信起道教丹術來,以刀圭黍米之精氣神暗中修煉,積而成丹。雲霄上的道路多麼空虛窅靜,我孤身獨遊無人為侶。我只好把煉丹寶訣存於雲笈(道家典籍)之內,將它寄與南飛之鴻雁。詩中周秦雙立,乃明清兩朝之比;群生趨向末光,蓋譏諷變節之士趨附清廷之喻。全詩說眾人不分周秦清濁,歸附清廷如同群蛾趨向微光,我獨遨遊於九霄之外,以道術寄寓孤懷。

《遊仙詩》其八則隱約地透露了自己不肯同清廷合作的深層原因:

> 白日不在頂,金烏翔寸丹。世人慕春暄,不知黍米寒。歷歷明
> 窗塵,銀芽生闌干。大造使我生,定非泥沙搏。往者遊都市,今來
> 臥雲關。持藥欲贈誰?酒內耽盤桓。青門及黃土,咫尺相交歡。雖

復澹忘情，焉能已長歎！不見蛟蜃城，璀璨憑危湍。

此詩是說，太陽在微微移動，世人都只知傾慕春天的溫暖，卻不知它們同秋冬之寒冷只有黍米之微。明窗生塵歷歷在目，銀芽（韭菜）已長滿竹木圍欄。大自然生出了我，定不會讓我土木形骸。先前我曾遊於都市之中，如今我獨臥於雲遮霧繞的山關。我手持藥物想贈與何人？不過獨耽於酒、獨自徘徊罷了。從青門（隱居之所）到黃土（墓地），只有咫尺之隔，只有它們相與交歡罷了。雖然我再度想淡忘世情，又哪能停止長長地歎息！君不見那蛟龍、蜃貝成城的地方，雖有璀璨明珠，卻都憑附在危險的湍流之中！末二句說自己想採擷明珠，卻要冒極大的風險，似比喻假如趨附清廷，將要付出沉重的代價。如果我們加以指實，那就是人格與節操代價。

船山有遊仙詞數闋，借遊仙來表達自己晚年相對平靜、追求超越的心態。如〔如夢令〕三首（春後寒雪不已）之其二、其三：

> 一色花飛鶯報，五色煙輕雲罩。夢裏屢騁鶩，只是今生未到。
> 誰道？誰道？只有人間春好。

> 天酒玉童斟送，秋水小鬟低誦。今日與他生，一徑瓊壺花動。
> 非夢，非夢，波動月原不動。

這些詞一看就知道是借仙家語言來寫自己的現實生活與超邁心境。

原載《中國文化研究》2011 年第 2 期

王船山詩文所昭顯的道家、道教心跡

　　對王船山的道家、道教思想，已有吳立民、徐蓀銘合著的《船山佛道思想研究》及諸多同行論文予以評析，本文不擬重複，只從最能昭顯其心靈情感軌跡的詩文當中加以鉤稽、尋繹，以揭示道家、道教對船山心靈的深層影響，這樣或有助於對船山為人及其作品的理解。

一、道家「以幾遠害」理念對船山早年選擇隱逸的影響

　　船山《讀通鑒論》云：「知天者，知天之幾也。……以幾遠害者，黃、老之道也。」〔註1〕所謂「幾」，《易傳·繫辭下》稱「幾者動之微」，指事物變化之初所呈現的隱微狀態。能看到變化中的隱微狀態，並及時採取規避措施，乃是為人機警之表現。道家最重明哲，長於遠害，見時局不利就往往及時全身而退，不願作無謂之犧牲。船山說「以幾遠害者，黃、老之道也」，深得道家壺奧。

　　據王之春《王夫之年譜》和船山詩題紀年，船山《五十自定稿》中的《初入府江》和《樂府·長歌行》均作於順治六年、明桂王永曆三年（1649），其時船山才三十一歲〔註2〕。細讀這兩首詩，我們可以瞭解道家的「以幾遠害」理念對船山早年選擇從紛亂中隱退有明顯的影響。

　　《初入府江》的「府江」，據《永曆實錄》「永曆元年正月癸卯朔，上（永曆帝）至梧州，遂自府江幸桂林」，可知是指從梧州府經平樂府到達桂林府的

〔註1〕《讀通鑒論》卷二，《船山全書》第 10 冊，嶽麓書社 1996 年版，第 117 頁。
〔註2〕王之春撰、汪茂和點校《王夫之年譜》，中華書局 1989 年版，第 39～40 頁。
　　　　樂府《長歌行》標為乙丑年，即 1649 年作。

桂江，與桂江相接至肇慶的江段稱為西江。所謂「初入府江」，即船山離開肇慶沿西江到達梧州，再由梧州入桂江北往桂林。頭年，即 1648 年，十月，船山與管嗣裘在家鄉衡陽舉兵，兵敗後遠走永曆帝之行在肇慶。1649 年年初，船山離開廣東肇慶經梧州、平樂到達桂林，《初入府江》當即作於此時。詩云：

> 粵草易春深，駛流知潮遠。樵火垂野雲，灘花媚絕巘。林於（當作於）委岸陰，木綿俯蘿偃。江介愛棲回，芳菲惜遲晚。昔來取慰莊，吾窮良悼阮。生事有幽棲，天遊恣冥返。〔註3〕

詩的開頭敘乘舟離粵情景，儘管時逢春深，沿途風物可愛，然而時局動盪，國勢日危，還是令他內心隱約產生了芳菲惜遲、江介隱淪之意。接著說自己昔日曾屢借《莊子》自慰，而今卻有阮籍窮途之哭。於是暗下決心，從此幽棲林泉。末句「天遊」語出《莊子‧外物》：「胞有重閬，心有天遊。室無空虛，則婦姑勃谿；心無天遊，則六鑿相攘。」意思是說：人胸中有空曠之地，則心有逍遙之遊；心中無空虛之地，則內心鬱悶憤激，好比房子沒有空隙之地，則婆媳爭吵不休一般；內心不能作逍遙之遊，則五官與心交相爭攘〔註4〕，不得安寧。從此詩可知船山才到永曆帝那裡便萌生了一種退隱自全、借《莊子》以自謀精神出路的想法。

同年所作樂府《長歌行》云：

> 榑桑無落景，瑤水無逝波。千歲有問津，微生遂經過。偶零玉露漿，聊弄素女蛾。不知人間秋，落葉紛已多。進酒白玉觴，侑之《緩聲歌》。長旦無凝雲，畢景皆頹霞。俯眄星火流，停歡待伊何！

以詩中「不知人間秋」推之，此詩當作於這年秋天。這年三月，清兵攻克衡州；夏季，船山自桂林返回南嶽故里，因衡州紛亂，奉母命逃離衡州，再度前往肇慶。這年秋天到達德慶州，與鄒統魯、管嗣裘在船上謁見當時的抗清名將堵允錫。時桂林留守大學士瞿式耜請求為船山等舉行閣試，船山以終喪（其父朝聘卒於永曆元年十一月，此時喪期未滿）辭。

此詩乃遊仙詩。前兩句寫仙界之寧靜。「微生」指自己。「偶零」以下寫想像之神仙生活。「侑之」句提到的《緩聲歌》，當即《緩歌》。劉勰《文心雕龍‧明詩》：「至於張衡《怨篇》，清典可味；《仙詩》、《緩歌》，雅有新聲。」

〔註3〕凡此文所引船山詩歌，均見《船山全書》第 15 冊《薑齋詩集》，不再出注。

〔註4〕王夫之《莊子解‧外物》解釋「六鑿相攘」：「六鑿，五官與心交相穿鑿。」中華書局 1981 年版，第 143 頁。

《緩歌》已佚，從劉勰將其與《仙詩》並列，可能與神仙有關。船山此處用指仙歌。蓋船山權衡當時形勢，已厭倦永曆朝內部爭權，知道天意難違，且恨人生短暫生命脆弱，故而萌生對道教仙界的嚮往，要借仙界的永恆來表達對人間秋風落葉、人生轉瞬即逝的悵恨與超越。

通過這兩首詩的細讀，我們可以看到，船山雖是民族主義者，積極抗清，實際上對抗清前途並不抱希望，受道家、道教「以幾遠害」思想影響，他很早就已產生厭倦紛爭之心與退避山林之志了。

船山是位儒士，儒家知其不可而為之的態度對他影響也是很深的，這是他之所以仍於次年接受永曆朝行人司行人職位的原因。據王敔《行述》，船山受任前慨歎說：「此非嚴光、魏野時也，違母遠出，以君為命，死生以爾！」就是這種知其不可為而為之精神的表露。然而永曆帝昏庸無術，朝廷黨爭日熾，內訌日烈，船山在內訌中為了挽救金堡諸人幾乎被王化澄等所害，幸賴高必正極力營救，才免於一死，永曆帝同意他休假，實則罷免了他的職務。順治九年（1652），他與兄長介之避居耶姜山（大雲山），其時反清名將李定國反攻到衡陽，派人來勸他出山，他再也不肯。他在這年所作的《章靈賦》明白地表達了自己的態度。賦注中說：「時上受孫可望之迎，實為所挾，既拂君臣之大義，首輔山陰嚴公（起恒），以正色立廷，不行可望之王封，為可望賊殺。君見挾，相受害，此豈可託足者哉！是以屏跡居幽，遁於蒸水之原。而可望別部大帥李定國，出粵楚，屢有克捷，兵威震耳。當斯時也，欲留則不得乾淨之土以藏身，欲往則不忍就竊柄之魁以受命，進退縈回，誰為吾所當崇事者哉？既素秉清虛之志，以內決於心，固非悠悠紛紛者能知余之所好也。」所謂「素秉清虛之志」，實際上就說自己早就抱道家「以幾遠害」之人生策略。賦末亂曰有「督非我經，雌不堪兮」句，船山自注云：「《莊子》：緣督以為經。督如人身之督脈，居中而行於虛。善不近名，惡不近刑，不凝滯而與物推移，所謂緣督也。」「與物推移而知雄守雌，以苟全其身而得利涉，既非所能為，則將退伏幽棲，俟曙而鳴。」〔註5〕儘管船山自稱退隱山林為了「俟曙而鳴」，體現著某種希冀，然而曙光在哪，何時能鳴，他心中是迷茫無底的。這時對他真正起作用的是他所秉持的道家退隱自全理念，正是這一理念促使他下決心再也不追隨永曆小朝廷而選擇退伏。

〔註5〕以上均見《章靈賦》及自注，《船山全書》第15冊，嶽麓書社1996年版，第189、195頁。

　　道家的幽棲理念同儒家的忠君思想常常發生牴觸。如果繼續跟隨永曆帝與之偕亡以盡名節，當然符合儒家的忠臣標準；在魯陽揮戈、天意難違的背景下，以道家的「以幾遠害」理念來保持自身人品之高潔，不見得就不可取。與船山形成參照的是管嗣裘。船山康熙二十年（1681）所作《分體詩·廣哀詩》中有《管中翰嗣裘》一首，其中說：「臨歧一執手，畢命成參差。君速沉芷駕，白日照幽思。秘計誓齏粉，吾君在憂危。子行固捐脰，吾聊忍攢眉。事左果致命，天壞難獨支。」管嗣裘乃船山至交，曾同船山一起在衡陽抗清，後又投奔永曆帝當了中書舍人。從此詩看，船山曾與管嗣裘共誓即使化為齏粉也要解君憂危。後來管嗣裘確實履行了自己的諾言，可算是「堅定」的忠臣，桂林失陷後他逃到靈川山中，李定國收復桂林後他受招追隨永曆帝，最終因同李定國發生分歧被害。此詩題下有注云：「說李定國迎蹕拒孫可望不果，甲午（順治十一年，1654）遇害於永安州。」船山《永曆實錄》說嗣裘「不知所終」，大概是諱言其事。船山講嗣裘「捐脰」，結果「致命」（斷送了生命），而自己卻「攢眉」，實是因為「天壞獨難支」之故。船山最終選擇道家式的全身遠害，說明他同管嗣裘這種知進而不知退的儒士是大不相同的。

二、莊子的任物自然、放達不羈是船山隱逸後灑落不拘、桀驁不馴的重要思想根源

　　道家特別是莊子講究任物自然，對人生之種種困苦採取「知其不可奈何而安之若命」的態度，以求得心靈的平和與恬適，船山也是如此。與一般受莊子影響的人不同的是，船山還常以莊子式的放達來表現自己不受清廷籠絡、桀驁不馴的倔強性格。

　　船山決意不再追隨永曆帝以後，不肯改事新朝，而出世又非本心，因而內心十分焦灼。這時他只有靠道家的「任物自然」等理念來排解、消弭內心的痛苦，以獲得片刻的愉悅與安寧。《小霽過楓木嶺，至白雲庵雨作，觀劉子參新亭紋石，留五宿，劉雲亭下石門石座似端州醉石，遂有次作》[註6] 其二就表現了這種心態：

　　　　　　三歲度嶺行，薄言觀世樞。壯心銷流丸，林泉聊據梧。歸心存

〔註6〕按此詩未標明創作時間，但排在《遊子怨哭劉母》（辛卯，順治八年，永曆五年，1651）與《春日書情》（乙未，順治十二年，永曆九年，1655）之間。王之春訂為壬辰（順治九年，1652）船山徙居耶姜山後春末夏初所作，可從。見王之春撰、汪茂和點校《王夫之年譜》，中華書局 1989 年版，第 49 頁。

醉石，取似在枌榆。江湖憂已亟，神尻夢可趨。漆吏稱昔至，周臣懷舊都。流止互相笑，外身理不殊。委形憑大化，中素故不渝。興感既有合，觸遇孰為拘。海塵無定變，聊崇芳蘭軀。

詩題中的劉子參，名惟贊，祁陽人，崇禎乙卯舉人。張獻忠陷湖南，率鄉勇扼險自固。明亡後隱於祁、邵之交，築白雲庵以居。船山與之交厚，故過而留宿五晚。此詩意為：近三年我度過湘粵分界嶺追隨永曆，觀察世事機樞。可壯心為流言所銷蝕，只好歸隱林泉，據梧而鳴。我心尚存留於端州醉石（指肇州，為永曆帝之行在）之中，所取的是它跟家鄉相似。江湖之憂患已急，以尻為輪、以神為馬的事情只能在夢中才可趨求。莊子說人不可能沒有成心，孔子懷念父母之邦，最終還是離開了魯國。莊、孔兩家或主流動或主靜止，互相訕笑，其實置身物外之理卻並無差異。只要將形體託付與大自然任其變化，內心的純素本來就不會改變。既然莊、孔的興感有相合之處，又怎能說兩人的觸物、遇物之情誰比誰拘束呢。滄海黃塵變化無定，我還是姑且看重這芳蘭之軀吧。

此詩用典較多，比較難懂，這裡順便解釋一下：「流丸」語出《荀子·大略》：「流丸止於甌臾，流言止於智者。」這裡應是指永曆朝中王化澄等人的造謠詆謗。「據梧」語出《莊子·齊物論》「惠子之據梧也」，指彈琴自娛。「神尻」語出《莊子·大宗師》：「浸假而化予之尻以為輪，以神為馬，予因以乘之，豈更駕哉！」意為因任自然，任其變化。「昔至」語出《莊子·齊物論》：「未有成心而有是非，是今日適越而昔至也。」意為是非皆出於成心，沒有成心卻有是非，那就像今天去越國昨天就已到達，是不可能的事。「周臣」，據《孟子·萬章上》，孔子曾為陳侯周之臣，因此「周臣」指孔子。「懷舊邦」典出《孟子·萬章下》，說孔子離開父母之邦，遲遲乎其行。這裡是說孔子雖懷念故國，卻仍然要周遊四方。莊子不執著於是非，孔子不忘天下，都屬「外身」，故船山說他們「理不殊」。從詩的最後兩句看，船山似乎已對世事的變幻無常充滿厭倦，因而以「聊崇芳蘭軀」，即道家之貴生理念，作為自己的人生取向。

隱居越久，船山內心的矛盾越深，莊子也因此而更加顯示出消解內心困苦的功用。這從他康熙五年（1665）46 歲時所作《秋陰》可見一斑：

徂夏氣未澄，滌暑期久誤。西爽歘浮雲，落暉難再駐。輕霄泊霏微，星影見回互。疏雨潤晨光，餘靄互日暮。冷吹不更惜，昭融

逝何遽！驚茲四序改，遭此百年遇。天物無宿留，吾生閱已屢。藏
舟壑誰在？流丸跡匪故。大力非我知，甌臾亦何措！但此欣蕭清，
遲回愜幽素。

前十句寫景，一覽便知；後十句抒發人生感慨，卻不太好懂，故略加詮釋：自
然界之萬物一宿都不停留，我已屢閱滄桑，又豈能不懂得這一道理。大自然
令一切都無處可藏，流言蜚語也會時時變幻花樣。自然的偉力非我所知，把
流水中的彈丸阻止在低窪之處又有何必要。想到這一點我面對這蕭瑟清曠的
秋景也會感到欣悅，徘徊於這幽靜的秋陰之中也會十分愜意。「藏舟」典出《莊
子‧大宗師》：「夫藏舟於壑，藏山於澤，謂之固矣，然而夜半有力者負之而
走，昧者不知也。」船山《莊子解》解釋為：「大化之推移，天運於上，地遊
於下。山之在澤，舟之在壑，俄頃已離其故處而人不知。」〔註7〕從這首詩我
們可以看出，當時船山仍不斷受到流言蜚語攻擊，而道家的曠達人生態度則
是他抵禦傷害的思想武器。

　　老莊同屬道家，但船山對他們的態度有所不同。他在《莊子解》中說老
子的「知雄守雌」易開啟申、韓「險側之機」〔註8〕，而在《莊子通‧序》中
則說莊子「皆可因以通君子之道」。從為人處世角度說，大抵老子尚存執著，
故未忘救世；莊子隨遇而安，故能內守天和。康熙九年（1670），他五十二歲
時所定《庚戌稿》中之《擬阮步兵敘懷（八十二首）》其三十六就是講老莊這
分野：

　　　柱下賤禮制，支流為《南華》。餔糟以自全，扣泥羞清波。馬牛
任所呼，食豕忘矜誇。取適無揀擇，俄頃乘天和。章甫非適越，裸
國隨經過。深旨通卮言，匠意自清遐。豈為浮沉子？導迷入流沙。

老子曾為柱下史，《老子》第38章稱「夫禮者，忠信之薄而亂之首也」，故船
山說「柱下賤禮制」。莊子為老子流裔，故云「支流為《南華》」。「餔糟」二句
出自《楚辭‧漁父》。漁父乃隱者之流，情願餔糟自全、與世同其波流。「馬
牛」以下十句均出《莊子》。「馬牛」出《莊子‧應帝王》：「泰氏其臥徐徐，其
覺於於，一以己為馬，一以己為牛，其知情信，其德甚真，而未始入於非人。」
是說上古時代人們真樸安閒，保存著自己的真性。「食豕忘矜誇」出自《莊子‧
應帝王》：「然後列子自以為未始學而歸，三年不出，為其妻爨，食豕如食人。」

〔註7〕《船山全書》第13冊《莊子解‧大宗師》，嶽麓書社1996年版，第65頁。
〔註8〕王夫之《莊子解‧天下》「寂寞無形」一節，中華書局1981年版，第284頁。

是說列子在其師壺子那裡受到教育後，回去後便有了萬物一齊之心，放棄矜
誇之心給妻子做飯，喂豬如同喂人。「取適」二句是說列子於物取其自適，不
加揀擇，內心和悅自然。「天和」出《莊子‧天道》：「夫明白於天地之德者，
此之謂大本大宗，與天和者也；所以均調天下，與人和者也。與人和者，謂之
人樂；與天和者，謂之天樂。」意謂人能做到與天地自然合一，便能內心和
樂。「章甫」兩句出《莊子‧逍遙遊》：「宋人資章甫而適諸越，越人斷髮文身，
無所用之。」船山這裡是說，莊子以適性自然為本，即使經過越國這種赤身
裸體的國度，也能隨意自適，不會感到不自然。「深旨」兩句概括《莊子》一
書的特點。「巵言」出《莊子‧寓言》：「巵言日出，和以天倪，因以曼衍，所
以窮年。」船山《莊子解》申說為：「尊則有酒，巵未有也。酌於尊而旋飲之，
相禪者故可以日出而不窮，本無而可有者也。」〔註9〕意為莊子用「巵言」來
表達他的思想，就像把酒從酒尊中倒入空酒杯一樣，源源不斷、相續相生，
巧妙的匠心中蘊含著深遠的意旨。

　　末兩句回到老子，認為老子是沉浮不定之人，為了把人們從迷惑中引導
出來，竟然遠赴流沙去教誨胡人。按：老子遠赴流沙之事《史記‧老莊申韓列
傳》並無記載，西晉時道士王浮作《老子化胡經》，才說老子遠赴西域化胡。
船山用這個傳說批評老子，說老子守不住自己的內心，所以忘不了教化他人，
缺乏自然平等之心。為什麼船山要批評老子的化胡之舉呢？如果聯繫當時的
政治背景看，可以找到某種解釋：其時康熙已親政三年，天下初定，一些前
明遺老見反清復明無濟於事，便轉而借化胡（清人為滿族，可統稱之為胡，
化胡即用中原文化去開化或同化滿族人）為名投靠清朝，船山有可能是在借
批評老子婉轉地批評這類人。

　　船山晚年總是從莊子中尋找精神支柱，以達成內心的寬裕與平和。如《七
十自定稿》中《南天窩授竹影題用徐天池香煙韻七首》云：

　　　　色借明緣還似幻，白生虛室不曾遮。老夫偶夢看成蝶，諸子忘
　　弓莫問蛇。月滿桂難虧玉魄，雷驚春已長花芽。何須玉版參離合，
　　丈室天空散碧霞。

作者自注：「時為先開訂《相宗》，並與諸子論《莊》。」先開為南嶽僧人，《絡
索》即船山所作《相宗絡索》。此詩論《莊》略有點佛家氣味，大概是因為剛
從佛學中出來之故。

────────────
〔註9〕王夫之《莊子解‧寓言》，中華書局1981年版，第248頁。

　　首聯上句「色借明緣還似幻」：佛家之所謂「色」，指一切可以感知之形質。僧肇《肇論·不真空論第二》：「不無者，夫無則湛然不動，可謂之無，萬物若無，則不應起，起則非無，以明緣起，故不無也。」〔註10〕是說萬物不可謂無，因為如果說它們無，它們應是湛然不動的，可是從緣起而言，萬物卻是變動不居的，故不能稱之為無。船山此處意為：客觀世界萬事萬物之形質似有似無，虛幻難定。下句「白生虛室」典出《莊子·人間世》：「虛室生白，吉祥止止。」虛室喻心。船山《莊子解》：「虛室之白，己養其和而物不得戾。」〔註11〕「不曾遮」乃「己養其和而物不得戾」（內心養其平和而外物不能干擾）的另一種法。此聯是說萬物皆在虛無與實有之間，重要的是要靜養心神，不使心靈為外物所遮蔽。頸聯上句典出《莊子·齊物論》（莊生夢蝶），下句典出《晉書·樂廣傳》（杯弓蛇影），是對諸生說：天下事勢已定，老夫我已看出了人生如莊生夢蝶，你等也不必再擔驚受怕、焦慮不安了。頷聯後句化用歐陽修《戲答元珍》「凍雷驚筍欲抽芽」。兩句意為月亮雖有圓缺，然而並不因圓缺而有所損益；驚雷一起，萬物開花萌芽，春天照樣到來。意為人生雖變幻無定，萬物卻亙古常新。尾聯，古人把文字刻於玉片之上，稱玉版，後泛指典籍；丈室本佛語，後泛指斗室。這兩句是說，諸君學習《莊子》，何必到書中去參悟人生與大道之離合，只要在這斗室之中體悟大道，就能看到滿天彩霞。意為學《莊子》不在於執著典籍文字，而當開拓心靈，得其精神旨趣，達成內心圓融。這是船山學莊既久的會心之言。

　　船山越到晚年，越像莊子那樣灑落不羈、冷嘲熱諷，〔玉連環〕詞二首可見其情。此詞題下自注：「述蒙莊大旨，答問者。」其一云：

　　　　生緣何在？被無情造化，推移萬態。縱盡力難與分疏，更有何閒心，為之傔保。百計思量，且交付天風吹籟。到鴻溝割後，楚漢局終，誰為疆界？

　　　　長空一絲煙靄，任翩翩蜨翅，泠泠花外。笑萬歲頃刻成虛，將鳩鶯鯤鵬，隨機支配。回首江南，看爛漫春光如海。向人間，到處逍遙，滄桑不改。

上片說：我塵世的緣分在哪裏？為什麼總是被無情的造化捉弄，使有生之年

〔註10〕《肇論略注》卷二《不真空論》，《憨山大師法彙初集》第七冊，香港佛經流通處印行 1997 年版，第 19～20 頁。

〔註11〕王夫之《莊子解·人間世》，中華書局 1981 年版，第 39～40 頁。

坎坷多舛，千變萬化，難以捉摸？縱然竭盡全力，也難以一一訴說，於今哪裏還有閒心，對這些加以理睬。想來想去，姑且把一切付諸自然之風吹出的天籟之音吧。當年楚漢相爭，到鴻溝劃界之後，項羽就大勢已去，何況如今楚漢相爭的大局已經終了，還有什麼此疆彼界可以紛爭的呢？這顯然表露的是康熙時代天下大定，抗清志士難以東山再起，已經徹底絕望的沉痛心情。

下片說：如今我只能仰望長空，任絲絲煙靄飄然而去；閒看花叢，任蚊蜻細翅在花外輕輕飛翔。可笑天地無情，頃刻間將千秋萬歲化作空虛，隨時隨刻將大鵬、學鳩玩於股掌。一切雖成過往，然而回首江南，卻只見一片春光爛漫，春意如海。如今我向人間望去，到處都可逍遙，儘管經歷過滄桑歲月，一切似乎又未曾改變什麼。這顯然是說既然無力回天，就當自求超越，含笑面對人生。「回首江南，看爛漫春光如海」幾句，是對《莊子・德充符》「與物為春」哲理的形象詮釋。

其二云：

> 彀中游羿，莫漫驚寵辱，浪生規避。原自有萬里清空，可無影而藏，不飛而至。黑白兩端，算都是龍泉輕試。但塗中曳尾，刃發新硎，全牛皆廢。

> 無涯有涯交累，唯餌香藥作，不黏滋味。消彼此百種聰明，向白日青天，鼾齁熟睡。側足焦原，弄玃虎不殊豚彘。笑弈秋，著著爭先，居然鈍置。

上片首句「彀中游羿」出自《莊子・德充符》：「遊於羿之彀中，中央者，中地也；然而不中者，命也。」意為人生處世，就像處於后羿的射程之內，被射中是命，沒有被射中也是命。既然人生的一切都在命運掌控之內，又何必隨便為寵辱所驚，隨便生出設法躲避之心。大自然本來就有長空萬里，可以藏得無影，來得無蹤。管它黑（惡）也好，白（善）也好，在我面前只不過如劍頭輕輕一挑。而今我只是學莊子如龜曳尾泥中，這樣就能像庖丁的刀子剛從型具中取出，鋒利無比，一入牛身，整個牛便如土委地。這是說只要能從命運中跳脫出來，就能無所拘局而所向披靡。

下片首句「無涯有涯」語出《莊子・養生主》。所謂「交累」，是說人的生命有限，而求知卻無止境，兩者都令人困惑，成為人生患累。既然如此，那我們就學道士餌食香藥，不接近美食聲色。還應消除種種自作聰明，學那陳摶在華山之上，面對青天白日，沉沉鼾睡。即使側足於傳說中的巨石焦原之間，

也能玩弄猿猴猛虎如同玩弄豬豵。可笑那善於下棋的弈秋，步步都想爭先，就是沒有想到居然一切都是在自我折騰。這是以揶揄的口吻說自己寧願像陳摶那樣鼾睡深山，冷觀世局，看世人怎麼自己折騰自己。末句似乎隱含著對當世統治者的暗諷：勝利者本身也未必真的就勝利。你雖然著著爭先，取得了勝利，到頭來還不是自己折磨自己。這話雖然有點揶揄調侃的味道，卻體現了莊子式的孤高傲世、桀驁不馴精神。龍榆生先生讀此類詞作，以「薑桂之性，老而愈辣」喻其倔強〔註12〕，確是的評。

三、道教方術是船山退居山林「愛身以全道」的重要方式

船山深研道教，一般論者都已注意到了。船山為什麼喜好道教？可以說出很多，但簡而言之，則是他在《楚辭通釋·離騷》注中所說的：「求賢自輔，而君德已非，風俗盡變；若委質他國，又心之所不忍為。惟退而閒居，忘憂養性，以自貴其生。」「君心已離，不可復合，則尊生自愛，疏遠而忘寵辱，修黃老之術，從巫咸之詔，所謂愛身以全道也。」〔註13〕「愛身以全道」，也就是通過珍愛生命來保全自己的文化理想與人格操守。明朝之滅亡已是大勢所趨，即使以死相殉也於事無補，頑強地活著就是最好的抗爭。道教的「愛身」理論與具體方術在船山看來實最為切用，所以他傾盡了許多心力來研究它、踐履它。

但儒者而好道往往會受到他人的攻擊和詆謗。這一點，從他康熙十年（1671），五十三歲時所作《愚鼓詞·夢授·鷓鴣天》小序可窺見其情：

> 抑余欠人間唯一字，疑與夢相筵楹。雖然，夢授余多矣，從來只有活人死，已死誰為受死身？緣未就，功不我報，未能為郭景純、顏清臣耳，奚守屍之足誚？

所謂「欠人間唯一字」的一字，即是死字。「奚守屍之足誚」的「誚」意味著有人譏誚他。按儒家道德，明朝滅亡，忠於明朝的舊臣應該為之殉死。可船山不是愚忠之士。他比較推崇的是郭璞、顏真卿的處世方式。這兩人平時都喜好道術，借道術以避世艱，可到了關鍵時刻，卻都能大節不虧。郭璞事見《晉書》，顏真卿好道術事見王讜《唐語林》卷六和王仁裕《玉堂閒話》卷五。

〔註12〕龍榆生《讀王船山詞記》，《詞學》第二輯，華東師範大學出版社1983年版，第115頁。
〔註13〕《船山全書》第14冊，嶽麓書社1996年版，第238、239頁。

船山《楚辭通釋‧離騷》注中說：「抑考郭景純不屈於王敦，顏清臣不容於盧杞，皆嘗學仙以求遠於險阻，而其究皆以身殉白刃，則遠遊之旨，固貞士所嘗問津。而既達生死之理，則益不昧其忠孝之心。」〔註14〕船山《遊仙詩》其三「郭生探月窟，旖旎試缺規。顏公沐秋仲，薜葉離枯枝」云云，也是借郭璞、顏真卿事來自寫其心。總之，船山之研究道術，首先是把它作為堅持文化理想與人格操守的生存方式。在不做無謂殉死的前提下，「愛身以全道」是他經過理智思考之後的人生選擇。

　　道教的內蘊是非常豐富、非常複雜的，船山所受道教的影響也是多方面的，僅就其詩文來看，約有兩端：一是船山晚年多病，道教的繕性理念、養生方術可為他解除疾患；二是道教徒為人灑落，獨往獨來，飄然方外，不受當權者羈絡，有助成船山倔強的一面。這裡不擬全面展開，只提一下他詩文中對某些道教徒的嚮慕與交往，以窺見他受道教影響之某些方面。

　　船山在作品中兩次提到唐代南嶽著名道士申泰芝。申泰芝，字廣祥，邵州人，遊南嶽於祝融峰頂遇異人傳金丹火龍之術，既而煉丹雲山之北。唐玄宗時曾被召到長安，言論稱旨，天寶十四載（755）八月十三日於雲山觀沖舉。見宋人陳田夫所著《南嶽總勝集》〔註15〕。申泰芝結庵之大雲山在今衡陽縣西百餘里，位於衡陽、祁東、邵東三縣交界處。清順治八年至十一年（1651～1654）船山與長兄介之曾隱居於此。船山《小雲山記》說：「或曰：『道士申泰芝者，修其養生之術於大雲，而以小雲為別館，故小之。』」據船山此文自敘，從康熙三年（1664）以後，每年都遊此山一次，可知申泰芝的隱居生活和修煉生涯對他有很大吸引力。《五十自定稿》中有《雲山妙峰庵云是申泰芝煉丹處》：「松陰合綠霧，木末飛空光。幽燭既云密，遙情歘已長。首夏積翠鮮，亭午條風涼。煙容澄嶽壑，水氣辨蒸湘。圓宇目所鏡，孤立心未央。寓形俄邂逅，仙遊昔迴翔。惻彼鸞鶴情，引茲邱海望。羽蛻固有待，仁樂詎無方！懷炎登天庭，悲憂陟首陽。繕性良有藉，終生胡弭忘。」此詩當作於康熙四年（1665）夏天，其時船山已四十七歲。從末八句可以看出，船山在清王朝政權逐漸鞏固之後，內心十分複雜：一方面要借登大雲山來發抒、消除內心伯夷叔齊般的憂憤與無奈，另一方面又想修習申泰芝的道教養生之術、繕性之道、卻老延年之方，使生命得以健全與延續。

〔註14〕《船山全書》第14冊，嶽麓書社1996年版，第242頁。
〔註15〕李元度《南嶽志》，中國書店1990年版，第292～293頁。

　　船山詩文中還提到兩個人：一個是熊畏齋，一個是熊男公。羅正鈞考證兩人都是衡陽人。又疑男公即熊榮祀，熊畏齋當是熊時幹（榮祀子）尊行（長輩），但缺乏顯證〔註16〕。從船山詩文看，這兩人都頗有點道士的味道。《薑齋詩賸稿》中有七言五古《大雲山歌》，原注：「為熊畏齋社戚翁六秩壽。」是為熊畏齋六十大壽所作：「湘山之高雲山高，朱鳥回翩蟠雲翱。群仙握符顧九宇，翩然來下揮旌旄。我聞石笈金扃在峰頂，綠苔不掩珠光炯。邇來六百四十六春秋，紫金液老三花鼎。鼎裏刀圭人不識，懸待其人烹太極。靜如止水暖如雲，即此春壺貯春色。我欲從之君許否，願酌紅泉為君壽。松雲蘿月數峰前，玉露凝香挹天酒。」船山又有《題熊畏齋先生小像》贊：「爐煙篆輕，茗碗香清。天歸綺閣，人在瑤京。談霏玉屑，度挹芝英。兼丹山之彩鳳，族麗景而飛鳴。」從詩、贊中提到的紫金液老、鼎裏刀圭、芝英丹山諸物象看，熊畏公是有道教信仰且精通道教醫理、方術的人，船山與之有道心之契。船山還多次提到熊男公，《七十自定稿·熊南公過訪》有句云：「百年如九秋，一意諧雙賞。我聞綏山桃，醞彼靈胎養。餐之逾萬春，握之在孤掌。下士原大笑，上士成獨享。君其遂方今，縹渺慰雲想。」《老子》第41章：「上士聞道，勤而行之；中士聞道，若存若亡；下士聞道，大笑之，不笑不足以為道。」船山這裡說「下士原大笑，上士成獨享」，是稱讚熊男公獨得大道，而不為淺見陋識之人所理解。船山晚年多病，熊男公常為他治病。《述病枕憶得》記錄了這麼一件事：「今年病垂死，得友人熊男公療之而蘇，因教予絕思慮，以任氣之去來。」熊男公教船山「絕思慮，以任氣之去來」，可見是一位精通道教醫術之人。船山又有〔浣溪沙〕（過熊南公夜話）詞一首，下片云：「魚計向春元得水，蝶魂入夢不驚霜，無勞濠上訊蒙莊。」以惠施、莊子濠梁觀魚比擬熊男公同自己的交往，可見他同熊男公也有道心之契。

原載《北京大學學報》哲學社會科學版 2011 年第 4 期

〔註16〕羅正鈞《船山師友記》卷八，嶽麓書社 1982 年版，第 125 頁。

王船山《正落花詩》分類細讀與研析

　　王船山的《落花詩》是一大型組詩，包括《正落花》十首、《續落花》三十首、《廣落花》三十首、《寄詠落花》十首、《落花諢體》十首、《補落花》九首，共計99首，數量雖次於其集中《和〈梅花百詠詩〉》，然全為七言律體，規模過之。據船山自序，《正落花》十首作於庚子冬初，即順治十七年、明桂王永曆十四年庚子（1660）船山四十二歲時。據王之春《船山公年譜》考實，順治十七年春，船山尚居於續夢庵，因第三子勿幕殂，遷徙至湘西金蘭鄉高節裏，卜築於茱萸塘，初造小屋，名「敗葉廬」〔註1〕。《續落花詩》、《廣落花詩》、《寄詠落花》、《落花諢體》、《補落花》等均作於次年，即順治十八年、永曆十五年（1661）。

　　《正落花》小序說：「庚子冬初，得些荓（庵）、大觀諸老詩，讀而和之，成十首。以嗣有眾什，尊所自始，命之以正。雅，正也，變，非正也。雅有變，變而仍雅，則當其變，正在變矣，是故得謂之正。」據此可知，《正落花》之所以稱「正」，是據《詩》之分正變，也由此可知《正落花》是作完所有《落花詩》之後才定的名。《正落花》為和些庵、大觀之作，其餘均為賈其餘勇而作。查《資江耆舊集》、《沅湘耆舊集》等，大觀、些庵所作《落花詩》均未收，無從知其原貌，只能根據相關材料作大致的推斷。些庵即郭都賢，益陽（今屬湖南）人，天啟戊辰（1628）進士，授行人，歷官吏部稽勳驗封司主事、文選司員外郎，出為四川參議、江西督學，分守嶺北道巡撫江西。鼎革（1644）後披薙入浮邱山，隱於僧，號頑石，又號些庵。行腳無定，初依尹民興於嘉魚，後客死江陵承天寺。大觀，劉敏崧《王船山先生年譜》考證即尹民

〔註1〕《船山全書》（第16冊），嶽麓書社1996年版，第327頁。

興，字洞庭，一字大觀〔註2〕。羅正鈞《船山師友記》載：民興字宣子，平陽（今湖北嘉魚）人，崇禎初進士，授寧國知縣，因為人所訐，謫為福建按察司檢校。後為周延儒從軍贊畫，周被譴，尹亦下吏除名，久之始釋。南渡起故官，旋謝病歸，流寓於涇，南都覆，據城堅守，後退走入閩，唐王授兵部郎中，行御史事，閩亡，卒於家。可知大觀、些庵俱為遺民，《沅湘耆舊集》卷二十九收有郭都賢所作《留別大觀》二首，其一云：「天壤孤行等索居，聲光落落定交初。大兒小兒外無數，青眼白眼中有餘。塊壘交空仍問石，肝腸傾盡尚留書。幾回寢處驚人句，搔首攜來盍去諸。」可見二人為人之節概，交誼之深篤。船山詩文集中有不少同郭都賢的和詩，同尹民興也有交往（《船山師友錄》），同他們的和詩體現著遺民間的同聲相應、同氣相求。

落花之篇，當始於齊梁蕭子範《落花詩》。然宋以前多名句，宋以後方漸多名篇。《庚溪詩話》云：「前人詠落花，世傳二宋兄弟元憲公庠公序、景文公祁詩為工。」〔註3〕二宋皆以工麗見長。邵雍《伊川擊壤集》中有《落花吟》、《落花長吟》、《落花短吟》之類，頗富理趣。明初沈周、唐寅、文徵明、徐禎卿、呂常等相互唱和《落花詩》，文詞淒婉，還配有書卷畫冊。徐渭、袁宏道等所作《落花詩》也曾名動一時。大觀、些庵、船山等以《落花詩》相互唱和，其後清人作《落花詩》者亦頗多，足見以落花為詩實乃淵源有自，風氣使然。

順治年間常寧知縣張芳在《與王而農書》中對船山《落花詩》曾有所評論，他很欣賞船山《落花詩》文詞的「綺繡嶙峋，瀏漓頓挫」而對詩中流露的道、釋傾向感到疑惑〔註4〕。近些年又有人討論這組詩，如臺灣《語言學報》

〔註2〕 《船山全書》（第16冊），嶽麓書社1996年版，第210頁。

〔註3〕 陳岩肖《庚溪詩話》（卷下），丁福保輯《歷代詩話續編》（上冊），中華書局1983年版，第180頁。

〔註4〕 張芳在信中說：「王先生芳名飛於大江南，某齪齪湖湘且十年，書簡未一相及，雖私心願言，難覯識面，而鄙人之不足與納屨結襪，固可知矣。頃褉被雁峰，有客持薑齋《落花詩》至。初不知薑齋何許人，展讀一終，見其綺繡嶙峋，瀏漓頓挫，中渾體十詩，尚在徐山陰、袁公安以上。掩卷長思，當非而農王子不能。已而又念王子妙解河上公單傳龐薀及第之旨，或不好為此種筆墨。此日遇君家愷六，乃諦知方平仙人不妨戲擲長爪姑丹砂也。落悴而花榮，落今而花昔，此龍樹論所千言未竟者耳，何必寓禪於詩乃為禪理哉！」張芳字菊人，號鹿傭，江蘇句容人，順治十一年（1654）以進士知常寧縣事。居官八年，以星誤去職。事蹟見嘉慶四年《常寧縣志》，《船山全書》第16冊，嶽麓書社1996年版，第512頁。

2007 年第 14 期刊有莊凱雯的《析探明末遺民王船山〈正落花詩〉中的隱喻效果》，從船山所用之抽象概念、動詞、典故、時空隔離等四個方面對船山《正落花詩》的藝術特色作了分析，能給人啟發，但對不少典故尚未深入考稽，而研讀船山詩的難度卻正在於此。2008 年湖南省船山學研討會《船山研究論文集》收有范連鳳《王船山〈落花詩〉思想內容初探》，只是根據船山的小序梳理了一下，基本上沒有涉及到《落花詩》的文本。《船山學刊》2010 年第 3 期載有劉利俠的《王夫之〈落花詩〉政治意識淺論》，研析船山思想和其他著述較多，對《落花詩》本身的分析似仍較粗廓。總之是以上研究均尚有進一步深入之空間。就《落花詩》的意趣來說，絕非政治一端。張芳提到的船山本人在《續落花詩序》所說的「落悴而花榮，落今而花昔」，就是不寓禪理而自有禪理；《寄詠落花》十首，據船山本人所注，包括玄理、禪宗、書品、繪事、坐隱（圍棋）、觸政、劍技、貨殖等八方面的內容。可見船山《落花詩》意趣指向非常複雜。像歷史上許多文人學者一樣，船山也有逞才的癖好，其詩文集中不少大型組詩，如《岸柳吟》、《遣興詩》、《和〈梅花百詠〉詩》、《洞庭秋詩》、《雁字詩》等等，動輒數十上百，就或多或少流露出這種傾向。99 首《落花詩》最大的特點是用典多且時有僻典，有些表達過於深晦，很是難懂。筆者認為，要真正搞清楚其內容，還是應該先加以細讀，在弄清作者本意的基礎上再加評議。上世紀八九十年代以來一些清詩選本對船山《落花詩》中的個別詩作有所詮釋，但總體上還需進一步用力。這裡姑且對《正落花詩》十首加以梳理，希望有裨於船山詩的解會。倘有未安之處，敬請批評指正。

《正落花詩》雖然每首都有不同的立意，全詩有多種指向，但合而觀之，卻大致可分為三大類：

一是借詠落花自寫心志，或直表倔強之品性，或追憶激越之懷抱，或狀寫不甘隱淪之心曲、肝膽如鐵之精神。如其一、其七、其十。

其一云：

> 弱羽殷勤亢谷風，息肩遲暮委牆東。銷魂萬里生前果，化血三
> 年死後功。香老但邀南國頌，青留長伴小山叢。堂堂背我隨餘子，
> 微許知音一葉桐。

首聯寫落花花瓣雖然脆弱，卻極力抵拒東風之掃拂，然而最終還是於暮春時節委落牆東。「牆東」可能暗用了《後漢書·逸民列傳·逢萌傳》「避世牆東王君公」的典故，有自喻避世之意。頷聯上句化用吳偉業《悲歌贈吳季子》

「人生千里與萬里，黯然銷魂別而已。君獨何為至於此，山非山兮水非水」詩意，說花兒凋落、離別枝椏乃生前勞碌奔波之果報。下句用《莊子・外物》「萇弘死於蜀，藏其血三年而化為碧」典故，言落花之枯死實如鳳凰涅槃，足見其不屈之功。頸聯上句講芬芳的花兒到老都只為邀屈原《橘頌》「受命不遷，生南國兮」之譽，下句取淮南小山《招隱士》「桂樹叢生兮山之幽」句意，講花兒尚留青枝綠葉隱棲於深山幽谷。尾聯取唐人薛能《春日使府寓》二首其一「青春背我堂堂去，白髮欺人故故生」和《秋題》「獨坐東南見曉星，白雲微透沈寥清。磷磷鏨石堪僧坐，一葉梧桐落半庭」詩意，言白髮欺我，歲月不待，我已垂垂將老，唯有一葉梧桐尚堪為我知音。此詩前兩聯是借落花寫自己倔強不屈之精神，後兩聯是寫自己雖有可歌可頌之節概，如今卻退居山野，坐待歲月流逝，缺少知音之境況。

其七是借史事暗喻平生往事，抒發當年寧死不願歸隱的激昂壯烈情懷：

> 賭命奔塵擲一緋，千秋何有大椿圍。爭天晴雨邯鄲幟，死地合離玉帳機。《周易》擊蒙凶不吝，《春秋》觺戰義無譏。朱殷十步秦臺血，恥向青陽賦《式微》。

首聯：上句「奔塵」，出《莊子・田子方》：「夫子奔逸絕塵，而回瞠若乎其後矣。」擲一緋，明郎瑛《七修類稿》卷三十五《詩文類》「白鷳駕象歌行」：「唐有舞馬，祿山使舞不就而戮之。昭宗時又有猿，賜以緋衣，謂之猴部頭；朱溫既篡，引坐側，猿忽擲號裂衣，溫叱殺之。」這句是說動物尚知不事叛逆，何況有血性之人。下句「大椿」出《莊子・逍遙遊》：「上古有大椿者，以八千歲為春，以八千歲為秋。」兩句意為：即使賭命奔塵，也要如猿猴那樣擲裂緋衣以拒叛逆，人生哪有如上古之椿數歷千年而不死的呢。

頷聯上句爭天晴雨事見《魏書・李沖傳》。孝文帝拓跋宏南伐，從平城出發至於洛陽，一路霖雨不霽，仍詔六軍挺進，李沖及群臣勸阻，拓跋宏說：「卿等正以水雨為難，然天時頗亦可知。何者？夏既炎旱，秋故雨多，玄冬之初，必當開爽。比後月十間，若雨猶不已，此乃天也，脫於此而晴，行則無害。古不伐喪，謂諸侯同軌之國，非王者統一之文。已至於此，何容停駕？」李沖以死請諫，拓跋宏大怒，於是群臣泣諫，但拓跋宏仍然堅持己見，要求「欲遷者左，不欲者右」，終於取得了南安王拓跋楨的支持。邯鄲幟，事見《史記・淮陰侯列傳》：「（韓信）選輕騎二千人，人持一赤幟，從間道萆山而望趙軍，誡曰：『趙見我走，必空壁逐我，若疾入趙壁，拔趙幟，立漢赤幟。』」邯

鄆乃趙之都城，故曰「邯鄲幟」。此句所用兩個典故都是講勇於堅持即能成功。下句「死地合離玉帳機」，《孫子‧九地》：「投之亡地而後存，陷之死地然後生。」唐人孫逖《長洲苑（吳黃武中此地校獵）》：「合離紛若電，馳逐溢成雷。」指隊形或合或離，變化不定。《新唐書》載李靖有《玉帳經》一卷，屬兵法類。機指軍機。此句承上句而來，言拓跋宏、韓信等皆能不畏艱危，置之死地而後生，故終能成就大功。

頸聯上句出《周易‧蒙卦》上九：「擊蒙，不利為寇，利禦寇。」言能主動出擊，即使有兇險，也無所恨惜。下句，《春秋》莊公九年（公元前 685 年）載：「八月庚申，及齊師戰於乾時，我師敗績。」《公羊傳》說：「內不言敗，此其言敗何？伐敗也。曷為伐敗？復仇也。此復仇乎大國，曷為使微者？公也。公則曷為不言公？不與公復仇也。曷為不與公復仇？復仇者在下也。」何休也認為《春秋》不諱言敗，是「以死敗為榮」。此聯兩句合起來是說主動出擊雖危無恨、雖敗猶榮。

尾聯，「朱殷」句，朱殷，《左傳》成公二年：「張侯曰：『自始合，而矢貫余手及肘，余折以御，左輪朱殷，豈敢言病。」杜預注：「朱，血色，血色久則殷。」「秦臺血」，《史記‧廉頗藺相如列傳》載秦趙會於澠池，秦王令趙王鼓瑟，藺相如則請秦王擊缶，秦王不肯，藺相如曰：「五步之內，相如請得以頸血濺大王矣。」下句青陽，《爾雅‧釋天》：「春為青陽。」郭璞注：「氣青而溫陽。」式微，《詩經‧鄘風‧式微》：「式微，式微，胡不歸？」後世以「歸」為歸隱。王維《渭川田家》「即此羨閒逸，悵然吟《式微》」，即是此意。此聯是說，即使血染戰車，血濺秦臺，也當奮起一戰，而不願含恥歸隱。

《正落花》十首當中，此首之情懷最為慷慨激越。聯繫船山《章靈賦》自注：「癸未（1643）冬，張獻忠陷衡州，捕人士為偽吏，時絕食傷肌，以脫其污」「甲申春（1644），李自成陷京師，思廟自靖。五行汨災，橫流滔天，禍嬰君上，普天無興勤王之師者。」「語曰：孤掌難鳴。《春秋》不諱乾時之戰，言能與讎戰，雖敗猶榮。……固將死生以之，豈徒遯世無悶，而終隱之為得哉？故涉歷險阻，涓戒同志，枕戈待旦，以有事焉。而孤掌之拊，自鳴自和，至於敗績，雖云與讎戰者，敗亦非辱，而志不遂，亦何榮耶？」「舉兵不利，遂繇郴、桂入粵。」足見此詩乃追述當年自己絕食傷肌、不肯屈仕張獻忠及甲申之變後在衡山方廣寺與管嗣裘、夏汝弼等組織抗清失敗諸事，抒發當時以隱遁為恥的憤激之情。

其十：

> 高枝第一蕊春寒，低亞窰（湘西草堂本作「迷」）藏了不安。作
> 色瞋風憑血勇，消心經雨夢形殘。三分國破棟心苦，六尺孤存梅豆
> 酸。薄命無愁聊嫵媚，東君別鑄鐵為肝。

前四句言落花於高枝之上，不願低藏，憑其血勇向春寒作色瞋目，然而暴雨過後，好夢難成，壯心消歇。頸聯上句「三分國破」，用杜甫《八陣圖》：「功蓋三分國，名成八陣圖。江流石不轉，遺恨失吞吳。」《春望》：「國破山河在，城春草木深。」下句「六尺」出《論語‧泰伯》：「曾子曰：『可以託六尺之孤，可以寄百里之命，臨大節而不可奪也。君子人與？君子人也。』」三分國破、六尺孤存實皆詠諸葛亮受遺命託孤事。「棟心苦」言忠臣心苦，「梅豆酸」喻遺孤尚小。梅豆，初生的小梅子。宋盧炳《謁金門》：「門巷寂，梅豆微酸怯食。」此聯或於當時之事有所喻指，但難以考實。尾聯「東君」，洪興祖《楚辭補注》：「《博雅》曰：『朱明、耀靈、東君，日也。』」末聯言落花姑作無愁之態，在陽光下倔強挺立，嫵媚中見出肝膽如鐵，以喻船山以及其友人當時之精神氣概。

二是於詠落花中插入史事，借敘史抒發興圖換稿、成敗興亡、世事滄桑之悲慨。如其二、其六、其九。

其二：

> 錦陣風雌奪葆幢，萬群荼火怯宵摐。燒殘梁殿緗千帙，擊碎鴻
> 門玉一雙。十里荷香消汴夢，三山芳草送吳降。揚州麑尾春猶在，
> 小住何妨眷此邦。

首聯寫百花盛開宛如錦陣，豪華超過羽葆幛幢，然而這如火如荼的群花卻最怕夜間風雨的摐擊。領聯說群花之敗令人想起歷史上侯景之亂時梁殿的千帙圖書付之一炬，又令人想起鴻門宴項羽放走劉邦後范增將一雙白璧忿然擊碎。頸聯說，柳永《望海潮》詞中所描寫的十里荷香，至汴梁滅亡時如夢消散；而文人常寫到的三山芳草，也不過是悲送吳王投降的徵兆而已。上述兩聯顯然是借歷史上的興亡成敗故事寄寓滄桑之感。尾聯：麑尾春乃芍藥別名，宋陶穀《清異錄‧百花門》：「胡嶠詩『餅里數枝麑尾春』，時人罔喻其意。桑維翰曰：『唐末文人有謂芍藥為麑尾春者。麑尾酒乃最後之杯，芍藥殿春，亦得是名。』」兩句是說，揚州的芍藥花如今尚有，我何不眷戀此地，小住一時呢。此聯可能暗用了姜夔《揚州慢》「念橋邊紅藥（即芍藥），年年知為誰生」

意，但面對輿圖換稿之現實，又轉而作強自勗勵之語。

其六：

> 卷得垂簾試捲簾，元來猶剩一枝尖。逗紅彷彿回塘遠，墜玉參
> 差曲岸添。泯泯春流愁畫鷁，娟娟疏影妒銀蟾。懸鈴買檻皆疇昔，
> 好護香鬚遠蝶嫌。

首聯寫自己捲起垂簾看花，見狀不喜，又再度試著捲簾看花，原來到頭只剩一枝殘花掛在枝尖。頷聯寫回塘曲岸到處逗紅墜玉，落英繽紛，其實春意已闌。泯泯、娟娟皆出杜詩。杜甫《漫成》之一：「野日荒荒白，春流泯泯清。」《寄韓諫議注》：「美人娟娟隔秋水，濯足洞庭望八荒。」頸聯講落花隨著清清流水使畫船更添愁情，其柔美的疏影令月兒產生嫉妒之心。這兩聯之逗紅、墜玉、愁畫鷁、妒銀蟾，隱含繁華易散、好景難再之意，令人想起杜牧《金谷園》詩：「繁華事散逐香塵，流水無情草自春。日暮東風怨啼鳥，落花猶似墜樓人。」尾聯上句「懸鈴」，本義為懸掛鈴鐺。關於懸鈴的典故甚多。如《南史・任昉傳》載任昉母晝夢五采旗蓋四角懸鈴，自天而墜，其一鈴落入懷中，心悸因而有孕。李肇《翰林志》說：唐德宗建中（780～783）以後，「並學士雜居之南北二廳，皆有懸鈴，以示呼召」。明汪珂玉《珊瑚網》收《高青丘書惜花歡》：「惜花不是愛花嬌，賴得花朝伴寂寥。樹樹長懸鈴索護，叢叢頻引鹿盧澆。幾回欲折花枝嗅，心恐花傷復停手。……」這些典故不知孰是。「買檻」事亦不詳，船山《寄詠落花》其七有「傾筐七子垂能幾，買檻千金墜可憐」句，此詩寫的是坐隱，即圍棋。此句大意是說，懸鈴買檻之事均成既往，說也無濟於事了。下句「香鬚」，魚玄機《暮春有感寄友人》：「濕觜銜泥燕，香鬚採蕊蜂。」香鬚，指蜂之觸鬚。尾聯說，如今要緊的是蜂兒當好好護理香鬚，遠離蝴蝶，不要讓它們猜忌。此詩前三聯是傷悼落花，尾聯以落花之孤芳自放、遭蜂蝶猜嫌來比喻自己清美而惹人猜忌（船山詩中屢屢寫到自己歸隱後被人猜忌）。

其九：

> 歌亦無聲哭亦狂，魂兮毋北夏飛霜。蛛絲冒跡迷千目，燕啄香
> 消冷一房。世少杜陵憐李白，印須唐玨葬姚黃。蓉城倘有華胥國，
> 半枕留仙我欲杭。

首聯下句用二典：「魂兮勿北。」用《招魂》：「魂兮歸來！北方不可以止些！」「夏飛霜」，用鄒衍蒙冤六月飛雪典。兩句是說落花歌亦無聲哭亦狂，即

使夏日飛霜，蒙受冤獄，靈魂也不願北去。頷聯上句「蛛絲」出杜甫《牽牛織女》：「蛛絲小人態，曲綴瓜果中。」言小人如同蛛絲，迷人眼目。「燕啄」見《漢書‧外戚傳下‧孝成趙皇后》：「燕飛來，啄皇孫。皇孫死，燕啄矢。」言趙飛燕入宮危害皇孫。冷一房，指漢成帝立趙飛燕為皇后而許皇后失寵。此聯總體上是說小人讒妃熒惑眾人、危害皇室之事，自古有之。頸聯上句「憐李白」用杜甫《不見（近無李白消息）》：「不見李生久，佯狂真可哀。世人皆欲殺，吾意獨憐才。敏捷詩千首，飄零酒一杯。匡山讀書處，頭白好歸來。」下句唐珏，字玉潛，會稽人，宋末遺民。曾與謝翱等安葬被蒙古僧人、江南總攝楊璉真伽所發之趙氏遺骸，上植冬青樹。事前唐氏曾夢見一人冕旒中坐，旁一人延上殿，又數黃衣進揖。事見《宋遺民錄‧唐鈺傳》。姚黃，牡丹名。唐鈺「葬姚黃」事不詳，但唐寅有葬牡丹事。大道書局 1925 年版《唐伯虎全集》附《唐伯虎佚事》卷三載：「唐子畏居桃花庵，軒前庭半畝，多種牡丹花。花開時，邀文徵明、祝枝山賦詩浮白其下，彌朝浹夕，有時大叫慟哭。至花落，遣小僮一一細拾，盛以錦囊，葬於藥欄東畔，作《落花詩》送之。」船山要麼可能是誤唐寅為唐鈺，要麼可能是因為唐鈺是遺民，故移花接木。此聯總體上講正直之士不得世俗憐惜，只能葬花自悼。尾聯上句蓉城指成都，華胥國典出《列子‧黃帝》，下句「留仙」用《趙飛燕外傳》典故，杭通航。兩句言我倘能在成都覓得華胥國，當隨人仙去，人間已給人太多傷痛，不值得眷念了。

三是詠落花以直抒情愫。或以落花宣洩孤獨無侶之鬱悶，或以落花昭顯獨行其道之志行，或借落花談禪說道，標示高蹈出世之玄想。如其三、其四、其五、其八。

其三：

> 蒸雲暄日盡淫威，小檻低簷判不肥。豐草但榮時則可，啼禽空絮是耶非。枝枝葉葉蘇君在，燕燕飛飛戴女歸。昨夢不成仙徑杳，盈盈一曲問津稀。

首聯寫花枝於蒸雲暄日、小檻低簷之下注定難以肥碩，頷聯講豐草依時令能榮則榮，啼禽於空絮中鳴叫著是耶非耶，花鳥都只是依時而動，並無他求。此聯或有寄意：「時則。」表假設不定之意。《漢書‧五行志中之上》：「每一事云『時則』以絕之，言非必俱至，或有或亡，或在前或在後也可。」「時則可」，這裡是倘得其時則可的意思。「是耶非」，《史記‧伯夷叔齊列傳》：「余甚惑焉，倘所謂天道，是邪非邪？」邪同耶。頸聯上句「枝枝葉葉」出晏幾道

《清平樂》:「渡頭楊柳青青,枝枝葉葉離情。此後錦書休寄,畫樓雲雨無憑。」蘇君,當指蘇軾。元陸友仁《研(一作硯)北雜誌》卷上:「元祐中,叔原(晏幾道字叔原)以長短句行,蘇子瞻因黃魯直欲見之,則謝曰:『今日政事堂中,半吾家舊客,亦未暇見也。』」這是說:當年晏幾道好為長短句,蘇軾欲通過黃庭堅見之,晏幾道婉言拒絕,其事至今猶有記載。此句重在以「枝枝葉葉」狀寫離情。下句出《詩經·鄁風·燕燕》。《毛詩序》:「《燕燕》,衛莊姜送歸妾也。」鄭箋認為歸妾指的是戴媯。這裡也是藉以體現離情。尾聯寫好夢難成、仙徑幽杳,盈盈一曲,問津者少,狀寫其孤獨而缺少知音的苦悶。

其四:

> 遊魂化〔密〕(蜜)故饒甘,怕扇蜂潮鬧不堪。憂寄上天埋下地,雲迷澤北夢江南。吾何隨爾累累子,我醉欲眠栩栩酣。時向天台親報佛,春愁癡在早除貪。

首聯說自己魂遊夢中,如同蜜汁融化,連靈魂都變得十分甜蜜,惹得蜜蜂如潮而至,以扇驅之仍叫鬧不已,令人不堪忍受。釋典《俱舍論記》有「小兒苦惱有志不從,仙化蜜雲為其掩障」語,可能為「化蜜」所出。頷聯繼續說夢,言我心迷茫,憂寄上天卻埋於地下,時而如雲迷澤北,時而又夢繞江南。內心之迷惘無處訴說。頸聯上句用兩典:宋人王明清《揮麈後錄》卷八:「蘇過字叔黨,東坡先生季子也。翰墨文章,能世其家。士大夫以小坡目之。靖康中,得倅真定。赴官次河北,道遇綠林,脅使相從。叔黨曰:『若曹知世有蘇內翰乎?吾即其子,肯隨爾輩求活草間邪?』通夕痛飲。翌日視之,卒矣。」宋黃人傑詞《驀山溪》:「持酒勸飛仙,似江梅、累累子滿。饒將風味,成就與東君,隨鼎鼐,著形鹽,早趁調羹便。」這兩個典故合起來就是不肯趨奉他人之意。下句也用兩典:《宋書·陶潛傳》「貴賤造之者,有酒輒設。潛若先醉,便語客:『我醉欲眠,卿可去。』其直率如此。」「栩栩」用《莊子·齊物論》莊生化蝶典,此聯講自己醉後逐客,獨入夢甜之鄉。尾聯:佛教天台宗認為佛有法身、報身、應身三身,報身即所謂報佛。天台之旨,在勸人去除貪、嗔、癡,故船山說自己願時時親近佛家,以消除內心的貪癡與春愁。

其五:

> 昔昔回頭黤已輕,苔情慾薄蘚相迎。香遮蟻徑迷柯郡,雨浥鶯聲唱渭城。傍砌可能別有主,依萍取次但懷清。陌桑曲柳空相識,我自非卿卿自卿。

首聯用樂府豔曲《昔昔鹽》意，講落花豔色已輕，只有薄情之苔蘚相迎。頷聯上句用唐李公佐傳奇小說《南柯太守傳》典，意謂世事如夢，下句講鶯兒卻依舊唱著王維《渭城曲》，在朝雨中低唱離情。頸聯講如果說落花傍著階砌可能別有所主，那麼落花依傍浮蘋就只能解釋為眷念水之清純了。「懷清」，《史記‧貨殖列傳》載秦始皇以巴之寡婦清為貞婦，為之築懷清臺，後因以懷清比喻婦女貞潔。尾聯言即使於桑陌曲柳間得遇落花，也我自我，卿自卿，彼此並無干係。末句用宋人敖陶孫《送別史友》中「諸人卿自卿法，今日吾用吾情」意，言彼此各行其志，互不相擾。此詩前三聯狀落花為世所薄、自在自為之處境，末句言落花與外物彼此無干，只求獨行其道之志行。

其八：

> 飄零無意反《離騷》，譜牒宜收倩謝翱。意北意南心自得，如鷗
> 如鶩卜何勞。三更露冷清同滴，片月天低影倍高。寂寞琴心傳《止
> 息》，花奴莫弄小兒豪。

首聯，《漢書‧揚雄傳》：「（雄）又怪屈原文過相如，至不容，作《離騷》，自投江而死，悲其文，讀之未嘗不流涕也。以為君子得時則大行，不得時則龍蛇，遇不遇命也，何必湛身哉！乃作書，往往摭《離騷》文而反之，自岷山投諸江流以弔屈原，名曰《反離騷》。」南宋遺民謝翱曾著《楚辭芳草譜》。兩句意為：落花即使飄零也無意象揚雄那樣作《反離騷》以抒發失意之情，唯其如此，故收入謝翱的《楚辭芳草譜》便是理所當然之事。頷聯講落花心意或南或北始終悠然自得，人生如鷗如鶩又何須卜問前途。令人想起蘇軾《和子由澠池懷舊》詩：「人生到處知何似，應似飛鴻踏雪泥。泥上偶然留指爪，鴻飛那復計東西。」頸聯講落花三更時候與清露同滴，而在片月天低之時影兒倍顯清高。尾聯「止息」，琴曲名。嵇康《琴賦》：「若次其曲引所宜，則《廣陵》、《止息》……」「花奴」，李璡善擊羯鼓，小名花奴。唐南卓《羯鼓錄》載：「上（玄宗）性俊邁，酷不好琴。曾聽彈琴，正弄未及畢，叱琴者出，曰：『待詔出去！』謂內官曰：『速召花奴將羯鼓來，為我解穢！』」兩句是說，落花正當寂寞之時聽到了傳來的嵇康琴曲《止息》，那善擊羯鼓的花奴就不要來逞弄小兒般的豪氣了。此詩寫落花始終保持一種平和寧靜心態，即使飄零、孤獨，也不肯接受塵俗喧囂。

原載《湖湘論壇》2014 年 4 期

附錄一　紀念文章

懷念李生龍兄

曹石珠*

2018 年 1 月 16 日傍晚，突然收到羅映輝從北京發來的短信：李生龍兄去世了。我真的不敢相信。好好的一個人，怎麼突然就羽化登仙了呢？我趕緊給長沙的肖堅強打電話，得到的回答是肯定的。

第二天清早，我專程趕往長沙，去參加 1 月 18 日為生龍兄舉行的追悼會。聽同學說，2017 年 8 月，生龍兄被診斷為胃癌晚期。此後的幾個月，生龍兄一直在住院治療。為了讓生龍兄安心養病，其家人並未向他本人說明真實病情，只說是胃病。並一再囑咐知情者，不讓同學們去看望他。

人生本來就是開往墳墓的單向列車，雖然各人下車的車站不同，但沒有一個人能夠不下車。正如某殯儀館的對聯寫的那樣：早來晚來早晚都得來，先到後到先後全都到。只是在全國男性平均壽命接近 80 歲的今天，雖已年過花甲、卻遠未接近古稀的生龍兄，永別妻子兒女，離開他尚未畢業的博士研究生，放棄他酷愛的古代文學研究，令人心生萬分的遺憾！

我與生龍兄相識，是在「有一位老人在中國的南海邊畫了一個圈」的那年秋天。那年孟秋，我與生龍兄都考入湖南師範學院，同時就讀於漢語言文學專業，並且同在一個班，所住的宿舍也只相隔兩三米遠。至於我倆是哪一天相識的，已無法考證。

我與生龍兄同齡，都是在最後一次有資格參加考試的年齡段考上大學的。我們都來自農村，都曾以主要勞力的身份幹過農活。我們都已告別中學時代

*曹石珠，原湘南學院院長、教授。

多年，渴望讀書的願望非常強烈。因此，我們特別珍惜上大學的機會，把一切可用的時間都用在讀書上。我們也注重讀書方法，常常交流學習心得。有時，還邀上陳孝平、肖堅強兩位小學弟來到愛晚亭等地，交流讀書的感悟，彷彿一個小小的學習沙龍。後來，生龍兄的興趣偏向古代文學，我則偏好外國文學，但這並未影響我們的相互學習。在嶽麓山上讀書，我們也偶而奢侈一下，點一杯清茶。我與生龍兄還有一個嗜好，就是抽煙。時隔30多年，在嶽麓山上品茗、抽煙和讀書的情境，歷歷在目，如同昨日。

畢業時，生龍兄考上了古代文學碩士研究生，在湖南師範學院繼續深造；我被分配到郴州師專當教師。分別後的前兩年，我們沒有任何聯繫，沒有書信往來，沒有打過電話，更沒有見過面。1985年上期，我到北京大學進修俄蘇文學。返回郴州時，我特意在長沙下車，專程去看望生龍兄。那時，生龍兄碩士尚未畢業，他與妻子、兒女一起住在研究生宿舍裏。條件極差，生活太難。為了糊口，生龍兄常到附中去講授一塊把錢一節的課。見我突然到來，生龍兄喜形於色，趕忙遞煙。他妻子笑容滿面，親切地稱我為曹叔。她熱情地招呼我，並遞上一杯茶。沒過多久，就炒好了菜，備好了酒。我和生龍兄邊喝酒邊抽煙邊聊天，一直到深夜。與生龍兄聊天，我再次感受了他默默承受艱難、憂道不憂貧、執著於學術的巨大魅力。只是那天聊得太晚，喝得暈暈乎乎，以致睡得太深，連我那裝著衣物、資料的行李袋被賊人偷走了也不知道。吃完早餐，生龍兄帶我到附近的山上去尋找，我倆有說有笑，彷彿遊山玩水，終是空手而歸。

畢業後的幾十年裏，我們生活在不同的城市，在不同的高校教學不同的課程，研究不同的學問；雖然相互關心，相互牽掛，但是，我們無事決不聯繫。不會因為問候而打電話，不會因為祝福而發短信。他寫的書寄給我，我出的書寄給他，這就是聯繫。評省級科研成果獎時，我倆的成果在一個文件上，晉升二級教授時，我倆的姓名也在一個文件上，看到對方的姓名，默默地為對方祝賀，默默地為對方高興，這也是聯繫。偶而我倆同時到省裏擔任評委，意外相逢，自然是喜出望外。

參加工作後的幾十年裏，當然也有過一起喝酒抽煙的機會。上世紀80年代後期，陳孝平賢弟結婚，生龍兄專程到郴州來賀喜，我們一起喝了幾次酒，每次都很開心。上世紀90年代中期，郴州師專中文系與湖南師大中文系合作開辦本科自考班，生龍兄來校授課，作為中文系主任的我，少不得要盡地主

之誼。那時，我在郴江河邊找個小店，上幾壺土酒，點幾碗土菜，很隨意地喝起來，頗有「相逢拌酩酊，何必備芳鮮」之意。生龍兄酒量一般，好抽幾口，但他喝酒抽煙都很爽快，庶幾可用「來者不拒」來形容。喝得來了興致，他會唱幾曲京劇，有板有眼，博得一片掌聲、喝彩聲。1996 年 9 月，我調離了中文系，生龍兄幾次來授課，我都沒有得到信息，當然無法陪他喝酒。後來，我曾為此事責問過他，他卻說你太忙了，所以沒有打擾你。2006 年我應邀為湖南師大文學院漢語言文字學碩士研究生講授《漢字修辭學》，住在楓林賓館，生龍兄到賓館來看我。我們邊喝茶邊抽煙邊聊天，不知不覺就到了用餐的時間。這一次，我倆都喝得頭重腳輕。

2014 年上期，我邀請生龍兄來講學，他在女兒李華博士的陪同下來到我校。晚上陪他用餐時，我知道生龍兄早兩年做了腦瘤摘除手術，特意問他，能不能喝點白酒？生龍兄說，雖已無大礙，但這幾年都沒有喝白酒了，煙也戒了。當我舉起酒杯，看著手端紅酒杯、已不能抽煙的生龍兄時，突然感到一種莫名的悲涼！我準備第二天再陪陪他。不幸的是，第二天上午我父親突發心梗，中午就做心臟搭橋手術。不僅中午無法陪他，連他返回師大時我都沒能送送他。以後的幾年裏，我再也沒有跟生龍兄見過面。不曾想，那一次喝酒竟成為我們此生的最後一次喝酒，著實令人唏噓不已。以後想要跟生龍兄一起喝酒抽煙，唯一的可能便是在夢中。

生龍兄是一位才子。琴棋書畫，都有較好的功底，頗有古代高士的儒雅之風。他長期從事於古代文學的教學工作，是一位深受學生愛戴的教師。作為一位資深教授、博士生導師，他一直堅持給本科學生授課；即使擔任文學院副院長、中文系主任、兼任省政府參事期間，也是如此。他帶出來的碩士研究生、博士研究生達數十人之多。2009 年，他被評為湖南省優秀教師。

生龍兄長期致力於古代文學研究，尤其是在道家文化與中國古代文學、儒家文化與中國古代文學等方面的探索，可謂著作等身。他的學術著作《無為論》第一次把「無為」概括為相互聯繫的兩種含義：一是沒有做什麼，表示一種存在狀態，二是不要做什麼，表示一種行為禁忌。該書被認為「高屋建瓴」，「探驪龍而得其珠」，「確實有以傑出於學術之林」。他的學術著作《道家及其對文學的影響》獲得省委省政府頒發的省級優秀科研成果二等獎。他的《隱士與中國古代文學》、《儒家文化與中國古代文學》等學術著作，皆發前人所未發，多有創見。他的《墨子譯注》、《傳習錄譯注》等，探幽發微，用力

甚勤。他還參與多項國家社科重點項目，在「辭賦」、「方輿」等方面完成了幾百萬字的古籍整理，也在「中國道教科技史」的撰寫方面花費了大量的心血，為保證高質量地完成這些國家重點項目付了出艱苦卓絕的努力。令人稱奇的是，他還獨著了 30 多萬字的《占星術》。追悼會上，唐賢清教授在悼詞中引用馬積高教授的話「當教授易，成學者難」，稱讚李生龍教授是「真正的學者」。此言的確不虛。

生龍兄嘔心瀝血，歷時多年，數易其稿，精心創作了長篇歷史文化小說《道家演義》，該書包括《精魂》、《丹血》和《仙問》三部長篇，內容獨特，長達 1600 多頁，可謂皇皇巨帙。有評論者撰文稱，這部小說是思想文化史小說創作的成功探索，開拓了歷史文化小說表現浩瀚豐富的民族歷史文化的新局面。在中國文學史上，研究文學與創作文學兼顧者有之，但二者皆有突出成就者並不多見，生龍兄當屬其中；而象生龍兄這樣把與自己的研究專長相關的內容演繹成鴻篇巨製者，就我的視野所及，可以說寥若晨星。

以生龍兄的年齡論，他當屬於中青年學者，正是厚積多發的學術黃金時期。惜天不假年，讓他三魂離體，令人扼腕歎息。但是，學者不朽，生龍兄必將以其獨特的著述而長久地留在人們的視野中。

紀念李生龍教授

石衡潭*

按：中國民主同盟盟員、湖南師範大學文學院博士生導師李生龍教授，積勞成疾，患胃癌晚期，2017 年 8 月手術，術後在湖南中醫藥研究院附屬醫院中醫治療無效，於 2018 年 1 月 16 日下午 17：40 不幸去世，享年 64 歲。

李生龍教授是我大學同學，老班長，老大哥。大學畢業後，一直在湖南師大文學院留校任教。學識淵博，著作等身，桃李滿天下。為人忠厚，重情尚義，有古君子風。我每次回家鄉，首先想到的就是要拜訪他。他和嫂子不管多忙，總是非常熱情地招待我，請我在家吃飯。從最初路邊搭建的簡陋臨時小屋，到後來老校區的景德村教工宿舍。最後他住的教授樓，我就沒有去過了。他還請我在文學院做過一次名為《電影之光》的報告，事先他組織了同學們，所以，那天晚上，文學院大教室座無虛席，效果很好。

近些年，自我父母去世後，我就很少回長沙老家，與生龍教授也失去聯繫了。總以為來日方長，等有機會再與他交流。沒有想到突然傳來了噩耗。他 1 月 16 日去世，我 17 日 23 點才在微信群中得知，他的遺體告別儀式在 18 日上午，我都趕不上了。我連他患病的事都不知道，要早知道，無論如何要回去看他，給他講生命的真諦。

17 日 23：03，我在同學群中留言表達了遺憾和歉意：

> 生龍兄走了！太難以相信了。這兩天忙，剛剛才看到。請各位到長沙的同學代向龍嫂和其他家人表示慰問！生龍大哥風範長存。

* 石衡潭，中國社會科學院世界宗教研究所研究員。

好多年沒有聯繫了。連他生病我都不知道。太遺憾了！

在我們班群裏，另一位同學劉贇大哥回覆我說：

石衡潭老弟，不要遺憾，我們剛才才回家，我們大家都代你向生龍鞠躬表達哀思，生龍在天國一樣都能感受到你這小弟的深情的。

18 日 9：05，我才看到，回了一段話：

人的塵世生命有限，望大家多加珍惜。我曾與生龍兄交流思想，但他當時未能完全理解與接受。我以為以後還有時間、有機會，後來我很少回長沙了，也與他失去了聯繫。沒有想到我再也沒有機會了。生龍兄於我，情深義重，以前每次回長沙，多去拜訪他，他還邀請我在文學院做過一場講座……望各位同學明白我的意思，勿使後人復哀後人也。

陳文河同學說要看淡生死，我也回了一下：

生死是看不淡的。死生亦大矣。

不是看淡，而是要看透……

好多事情、思緒、情懷、想法，當時不記錄下來，就隨風而逝了。我現在越來越感到這樣。跟生龍教授很多次的交往、談話，現在都記不起來了。

好在我們另外一個同班同寢室的同學曹清富的記憶力驚人，他寫了一篇細節清晰、內容詳實、感人至深的文章。我也將過去的二則與生龍教授相關的日記也呈現出來，作為對好友、老同學李生龍教授的紀念。

逝者已矣，生者如斯，善待後來者吧！

附：石衡潭日記二則

2005 年 2 月 12 日（六）初四

給謝長安和胡海鷹打電話，終於得到了李生龍的號碼。與李聯繫上了，隨後就帶敬宇去他們家。他們還沒有遷入新家，還在景德村 3 棟 603 住。5 點鐘，我們坐這裡的班車出去，在桃子湖下車。這裡早已經不是泥濘小路，而是康莊大道了，旁邊也都是湖南師大的校區。經過我們原來的宿舍，好像還沒有重建，只是裝修了一下。老校區的風景也有些變化。還隔老遠，就聽到有人叫我的名字，李生龍已經等在樓門口了，也不知道等了多長時間。

上得樓來，發現他們家還有其他客人，是他的妻弟、妻妹和一個司機。難怪他電話裏說過幾天來。他還是認為所有的宗教都是勸人為善的，其核心在於道德，我說不是這樣，他也還是能夠繞回到他的觀點上去。他的妻弟倒

是認為我講的很有道理，聽得十分認真，也不時提問題。那個司機倒是不以為然地笑笑。李生龍的女兒李華也比較關注。她被保送到北京師範大學讀古代文學的碩士生，她表示希望以後來我們家拜訪。8點半，我們走的時候，天下起了大雨。幸好他妻弟是開車過來的，所以我搭乘他們的車回來。

我原來對此大雨一點預料和預備都沒有，都沒有帶雨傘，卻有人安全地帶我們回家⋯⋯

2013 年 10 月 5 日星期六

10 點多，快到家時，在地鐵站口看到了呂小寶的電話，打了過去。原來湖南師大中文系一班的同學在聚會。李生龍、劉緒甲等人表示了問候。

生龍兄瑣記

曹清富*

　　生龍兄、經建兄、張躍兄、劉贇兄、顏昌海、石衡潭、向智勇和我，大學四年一直是一個寢室，譚又陽、劉曉東原來也是，後來分到別的寢室去了。生龍兄一直和經建兄是上下鋪。同窗四年，一室起居四年，點點滴滴，因生龍兄的溘然長逝而清晰真切，彌足珍貴。

　　生龍兄和劉贇兄是老鄉，經常用家鄉話交談，我也慢慢聽懂了他們在說什麼。他們年紀比我們都大，我基本就叫他們劉兄、生龍兄，叫生龍兄時有時候也簡化為龍兄，因諧音隆胸，多了一層搞笑與打趣，生龍兄也毫不介意，他本來就和善寬厚。

　　他非常節儉，衣服都沒有什麼值錢的亮色的，他買了一件削價處理的軍棉大衣，開始還比較挺刮，後來就皺巴巴，又有些油漬，再後來，估計沒有怎麼洗（棉襖也不好洗），就顯得不大得體了。我勸他扔了，不再穿了。他說那怎麼行，扔了我穿什麼嘛？我激他，說，你穿這個，正面和背後看還是可以的，就是不能側面看。生龍兄說，我知道你的意思了，說我像企鵝，企鵝就企鵝，企鵝不怕冷，我的第一要著，就是能解決寒冷的問題，兄弟啊，你懂不懂？

　　生龍兄學問很好，剛進大學時他就能背四書五經上的一些內容，讓我非常吃驚和羨慕。他非常有耐心，有位教授的書稿印刷前要抄正，生龍兄硬是一筆一畫地抄了一遍。並且，發現了需要修改調整的，他還和教授提出來，

*曹清富，深圳市龍崗區教研室高級教師。

生龍兄說，抄一本書比讀一本書學得更細更深，他得了大便宜了。

生龍兄學問好，又平和通透，我們年級其他寢室的同學經常來我們寢室找生龍兄談學問。印象中陳卓兄來得最多。女同學中某某也不時前來。

有位室友說，龍兄和某某好般配啊。生龍兄笑了笑，未置可否。

大約是大三之後，一天下午回到寢室，發現寢多了一位女士，農村女子模樣，神情有些拘束和害羞。她說，生龍不要我了。我們問怎麼回事，才知道，她姓龍，是生龍兄未婚妻。原來生龍兄考了大學，還沒有收到錄取通知書時，與她訂了婚。她估計生龍兄可能不會娶她了。不一會，生龍兄來了，我們問生龍，是不是做了不仁不義之事，是不是不要龍妹子了。生龍兄說，誰說我不要你了，還與龍妹子挨了挨摟了摟，龍妹子流了淚，我們使勁喝彩和鼓掌。有人提議，嫂子來了，我們全寢室的人請客，給龍妹子接駕洗塵，大家紛紛拿出餐票，到食堂買了豐盛的飯菜，端到寢室裏來，吃著說著玩笑著，好開心。我們寢室這次的聚餐，只有昌海大師發表處女作之後的請客聚餐可比。總之，氣氛很熱烈又很莊重，大家覺得，為了讓龍兄龍嫂歡樂團圓就應該這樣。這個晚上，為了讓龍兄龍妹子有個洞房，我們幾個都在班上其他寢室借宿。龍妹子在這裡只住了一晚，就住到女同學那邊的寢室了。

龍妹子的一隻手患肌肉萎縮症，生龍兄買了針灸書籍和銀針，學起針灸來。先在自己手上扎，為了找準穴位，還得反覆地試，後來生龍兄就給龍妹子扎針了。

畢業後，只見過生龍兄不到十次，兩次畢業年慶，兩次高考閱卷，這是肯定要見的。印象特別深的有幾次。一次是我未婚妻在省委黨校讀書我去長沙看她，我帶她到了生龍兄家，快晚餐了，到了師大教師集體宿舍的筒子樓，中間是走廊，兩邊是房子，走廊上有媒爐子汽爐子。找到了生龍兄的住房，有兩間，龍妹子還認得我，她說生龍正睡覺呢。我們在另外一間房裏看到生龍兄睡得正酣正沉。龍妹子搖他，不得醒。他們的兒子搖他，捏他鼻子，扯他耳朵，都沒有把他搞醒。我的情況是，我睡得再沉，如果有人喊我姓名，我就可以立刻醒來。我就只好對生龍兄直呼姓名了。我一與生龍兄接觸，就覺著，他比我哥哥還年長，尤其是學問，本來就可做我的老師，我稱呼他是不宜直呼姓名的。在筒子樓生龍兄家，想與他說說話，也顧不了那麼多，喊李生龍李生龍，喊了十多聲，都無半點反應。龍妹子說生龍中午喝酒了。

有一年開車回家過年，路上堵車很厲害，只有在長沙住一晚了。在株洲

時與劉贇兄聯繫了，劉兄說我再和生龍聯繫，我們一起吃晚飯。誰知道，過了株洲就一直堵，進了長沙城也堵，我妻子打電話給劉兄，讓他們不要等我們了，劉兄說不行，一定把我們等到。我們趕到二里半時，已經是晚上十一點。生龍兄劉贇兄還等在一家路邊餐館前。那天下著小雨，好冷。他們兩個居然還空著肚子等著和我們一起吃晚飯！天吶！如此的兄長如此的同學！我們好內疚好感動。妻子幾欲垂淚。吃了飯，生龍兄劉贇兄又爭著買單，是誰買的，已經記不得了。現在，想起來這次的見面，我又好情難自禁。

　　五六年前，我請生龍兄來我們龍崗區給高中語文老師講了「道家與中國古典文學」，特別棒！我把龍妹子一起請來了。在深圳市市區由卜公曉東行長張羅著請了市裏的同學一起聚聚，住了一晚。第二天中午松崗中學劉向紅校長請他們去一個農莊吃了午飯，後來在龍崗住了兩晚。生龍兄講完課後，我把龍崗區的湖南師大中文系的校友一大幫，都邀起來，喝酒，唱歌，跳舞，不亦樂乎。生龍兄的京劇是業餘愛好者中的專家水平。大家都佩服得很。

　　我本來還約好請他講「儒家與中國古典文學」，後來，聽說他病了，是腦部毛病，病稍好後，我又約他，他愉快地答應了。前幾天，我還打算下學期請他再過來，誰知傳來的竟然是噩耗！

　　得知生龍兄去世，我幾次流淚。真是非常非常心痛生龍兄以及他的家人。他是我母校的老師、博導，擔任過文學院副院長、中文系主任，在中國古典文學尤其是道家研究方面蜚聲海內外。但是，他才 64 歲，64 啊！就早早離開了他熱愛的講臺和親人師友，離開了熱愛他的親人和師友，離開了一個寢室住了 4 年的無話不談的情同手足的哥兄老弟。他為什麼過早辭世？天妒英才？好人命短？蒼天沒長眼睛？……我哪裏知道？我知道，他是病死的。先是有腦部腫瘤，開了刀。後來，胃痛，忍著，別人勸他去醫院檢查一下，也不聽。堅持不了了，一檢查，是胃癌！做了手術，有了一些轉機。誰知癌魔又轉移到了肺上！這些個病啊，你們一定要把我的生龍兄弄死才住手嗎？我知道，他是窮死的。生龍兄劉贇兄大學 4 年，墊被上一直用的是他們縣生產的草席，熱天冷天都是如此。如果家境稍微好一點，誰會這樣？生龍兄龍妹子來深圳講學時，我們有過深入細緻的交談。他們小孩讀書、接濟老鄉、贍養父母等等，花費都很大，家裏又只有生龍兄一個人的工資，就是系主任加博導吧，收入跟縣一中的把關教師高不了多少。就是生龍兄著述較豐，但他的那些書有多少人讀得懂有多少人買？所以，他們的日子過得還是比較緊迫的。生龍

兄還是累死的。89 年高考閱卷，和生龍兄散步，他說，清富兄你一次講課不要講太長。我問他何出此言。他說他在某地連續講課 7 天 7 夜，白天講晚上講，幾個單位接著講。回家後，連續睡了 7 天 7 晚，起不得床。連續講課真是傷元氣要老命啊。我問他何必這樣拼命，他說，人家請嚛，為了錢嚛，一天100 塊呢。病，窮，累，互為因果，綜合效應，整體施壓，是壓在生龍兄身上的三座大山，是勒在生龍兄脖子上的三條繩索，我的生龍兄，龍兄，就如此早早地告別了這個冬天這個世界。真痛心啊！

後記：李生龍兄，於 2018 年 1 月 16 日不幸逝世，昨天發出的此文，無最後一段，因為實在太傷心，寫不下去。今天（18 日）湖南師大為生龍兄開了追悼會，我也就補寫出了最後一段。生龍兄，我無法到會場給你送行，我以上面的文字跟你道別請安。寫得不好，見笑了。不知你的墳墓葬在哪裏？我一定問到找到，我會給你叩頭膜拜敬煙敬酒。

道隱無名
——李生龍老師給我開啟的學術門徑

楊　賽*

　　李生龍老師是我的諸子學啟蒙老師。我上中學的時候，只是零零碎碎讀一些諸子語錄；上大學的時候，背過《老子》和《孫子兵法》；碩士研究生還沒正式開學，陳戌國老師要求熟讀《四書》，我順帶讀了《易經》和《莊子》。我慢慢地就喜歡上了諸子，為古人的智慧和氣象所折服。我爺爺輩在楊家祠堂念私塾的時候，背誦默寫《五子干》是最主要的功課。諸子學是中華文化入門的經典，是研究中國學問的基石。

　　李生龍老師給碩士研究生開設《中國古代思想研究》課程，講授諸子學。李老師對道家、儒家、墨家、理學、辭賦學都有深入的研究。我雖然功底淺薄，但在李老師的引導下系統地讀了一些書，也算是漸開門徑。我讀了胡適的《先秦名學史》、郭沫若的《十批判書》、李澤厚的《中國古代思想史論》等著作，《先秦名學史》對我的影響尤其大。這本書以名學為主線，把我以前泛讀過的諸子都連起來了。我覺得，背誦、泛讀、通讀諸子固然能增加一個人的學養，但很難打通和深入。如果能抓住某個問題細讀，用一條線索將諸子繫連起來，對於提高思辨能力是很有好處的。先秦諸子大多都要談到名學，有的是零星談幾句，有的是集中談一段，更有甚者，是用專門的篇章來論述名學。我們不應該只關注名學問題本身，還要把名學放在整個學術體系與學術發展歷程中加以研究。

*楊賽，上海音樂學院研究員。

　　按規定，我們得交一篇小論文作為課程作業。當時，我並不知道要怎樣寫中國思想史、哲學史的論文。我選的題目是《孔子正名說》。我把《論語》拿出來，一句一句地細讀，把注解盡量收集起來，考訂本事，弄懂句意，再分門別類，系統闡述孔子的名學思想，然後說明孔子名學思想產生的原因，再論證孔子名學思想的影響。我的第一篇諸子學論文總算成形了。後來，我又反覆修改了多遍。2013 年，我碩士畢業 10 年後，在母院湖南師範大學文學院舉辦中外文藝理論學會年年會，我宣讀了拙文《孔子的名學與文學》，向與會專家請教。

　　《荀子》收有《正名》篇，專門談儒家的名學。荀子與孔子的名學有什麼異同？我把有關《荀子‧正名》的書籍和論文都找來看，還是不能解答我心中的疑惑，決定寫一篇《荀子正名體系》。荀子針對戰國時期聖王沒，名實亂的新情況，將孔子的正名學說充分拓展，制定一整套名學體系，包括形、心、術、道、名四個部分。荀子的名學體系不僅是語言體系，也是思維體系、價值體系和行為引導，極大的豐富了儒家名學。

　　2003 年，我在上海師範大學人文與傳播學院念博士研究生，選修了柳延延老師的哲學課。我結合符號學，對中國的名學做整體的思考。中國古代的語言哲學很早就注意到由符號、解釋者、對象三者構成的語義三角並非一個完滿自足的表達體系，符號一旦脫離了解釋者、脫離了感知對象的物理屬性，就不能完全指示對象，「道」、「玄」等一些本體的普遍性、超時性特徵也很難被符號所指示。儒家、道家、墨家、法家、名家、雜家、佛家都提出了本學派的符號理論。魏晉玄學提出象的理論，力圖在符號、解釋者、對象之間找到一個交集，形成一個語義圈，將對象所蘊含的普遍性與超時性全部表達出來，以解決中國符號理論非完滿自足的困境，進入詩性表達的境界。我寫成《符號的困境與突圍──對中國古代符號理論的整體考察》，發表在《中國文學研究》2006 年第 1 期。

　　2011 年，我在比利時根特大學藝術哲學學院從事博士後研究工作，將語言哲學作為研修重點，我對《符號的困境與突圍──對中國古代符號理論的整體考察》做了大量的修訂與補充，寫成《從語義三角到語義圈》，提出語義圈的範疇。我還請同在根特大學留學的張蕙瑩博士翻譯成英文。回國後，我在內蒙古師範大學舉行的中國古代文學理論年會上宣讀此文。嶺南大學汪春泓教授還給予肯定與鼓勵。這篇習作在《符號與傳媒》2015 年第 10 期發表了。

　　由於向《符號與傳媒》投稿的緣故，2015 年，我受邀到四川大學參加首屆符號與傳播國際學術會議，宣讀了《荀子的名學體系》。趙毅衡教授專門從其他會場趕過來審聽了我的發言，說是很好，還說讀過我的論文《從語義三角到語義圈》，也很不錯。2015 年 7 月 20 日，趙老師給我寫了一份電子郵件：「讀你的文章已經很久。這次會上見到，非常高興。只是會務匆匆，未能深談，十分遺憾。只是聽說你的演講十分精彩，我趕過來看了一次，名不虛傳。希望保持聯繫，你們是中國學術的前途。」趙老師錯愛，我受寵若驚。他約我為他主編的《中外文化與文論》寫一篇稿子。我十分榮幸地接受了這項任務，立即對《荀子的名學體系》進行修訂，差不多花了兩個多月的時間才基本完工。可惜，我錯過了交稿的期限，《中外文化與文論》全稿已經交付出版了。我將拙稿投給孔子研究院主辦的《孔子學刊》編輯部。承蒙主編楊朝明老師錯愛，發表在 2017 年《孔子學刊》上。

　　上古時期，先民把語言看成一種神秘的力量，語言與已經世界和未知世界之間存在微妙的對應關係。對應的法則由巫覡掌握並解釋。隨著智識的提升，人們要求自主掌握語言規律。到了周代，語言符號成了各個學派研究的重點。儒家認為語言在維護社會秩序方面有重大作用，儒家的正名學與政治倫理相關。孔子正名是三層次的體系：名正—言順—事行。道家有無名學。正名與無名，都是圍繞著名做文章。雙方的分歧集中在對道的體認上。道家沿著語言與宇宙對就關係思考，發現了語言對應宇宙規律的侷限性，形成了無名論。名辯家就語言符號本身作了思考，發現了語言內部的邏輯規律，語言邏輯學得到發展，形成了辨名論。我想把我的名學思考湊成一個系列，就叫《先秦名學》。有點像哲學，有點像邏輯學，也有點像符號學。或者，什麼都不像，就是名學。哲學、邏輯學、符號學都是從外國引進的名詞，而名學是中國古代思想家固有的概念，不必強行歸入西方的學科體系。

　　我是做文學研究出身的，後來輾轉到音樂學，又做了一點藝術哲學，根底既淺，所學又雜，本不應該涉足名學領域。但現在看來，這樣做的意義很大。中國的文學、音樂與藝術，很少是獨立的，甚至長期附在經學、子學、史學裏。文字發明以前，人類用聲音表情與表意。文字發明以後，絕大多數沒有掌握文字的中國人，仍用聲音來表情與表意。聲音是音符，文字是文符。音符訴諸於聽覺，文符訴諸於視覺。音符側重於表現情感，文符側重於表現理性。音符是中國人掌握最早，應用最廣泛，影響最深的符號。從音符過渡

到文符，從以聽覺為主過渡到以視覺為主。人類的表達體系，最開始是用聲音，然後是用文字。從聲音發展到文字，可能走過了幾百萬年的進化歷程。我後來做《中國音樂美學原範疇研究》，做《樂記集校集注》，主編《中國歷代樂論選》，都從名學中受到啟發。我對諸子 20 多年長期、反覆的研習，不斷夯實知識基礎，不斷尋找新的知識增長點，也算是溫故知新、日新其德吧。

很可惜，我的諸子學啟蒙老師李生龍教授 2018 年 1 月辭世了。他是湖南祁東縣人，湖南師大文學院教授，博士生導師，主要從事中國古典文獻學、中國古代文學的教學與研究。著有《無為論》、《道家及其對文學的影響》、《隱士與中國古代文學》、《儒家文化與中國古代文學》、《墨子譯注》、《傳習錄譯注》、《占星術》、《道家演義》、《白話史記》等，參加馬積高教授主持《歷代辭賦總匯》的編纂工作，任唐宋分冊副主編，點校辭賦 150 萬字。參加《歷代方輿紀要》，完成雲南省、貴州省的點校工作。參加《中國道教科技史》的編纂，撰寫《六朝道教天學》。兼任過湖南省古代文學學會副會長、湖南省屈原學會副會長、湖南省孔子學會副會長、湖南省炎黃學會副會長等職。我沒有機會向他彙報我的這些粗淺的想法，求得他的指教。當年，彭昊學長在李老師門下念碩士，他非常關照我這個半途向學的小同鄉，經常給我說起李老師坐在簡易教工宿舍的床沿上給他授課，而當時的他，卻對學術的前途充滿了迷惑。那真是一副道隱無名的生動畫面。我曾經去過李老師家，只見牆上貼著他寫的字和畫的畫，雖然沒有裝裱，但我實在佩服他的才華。我覺得，讀書、教書、做學問之間，弄一點琴棋書畫怡養性情，是完全有必要的。我一直都在向李老師學習。他曾領著我們頂著酷暑批閱全省的自學考試的試卷。老人家堅持原則，寬厚善良，通達灑脫，給我留下深刻印象。

李老師已經過世三年了，大家都很懷念他，擬出一本紀念文集。李老師的女兒李華學長輾轉找到我，說是看到我當年寫過一段回憶文字和一副輓聯，想收到這個集子裏。真是慚愧，我碩士畢業後，很少回母校，也沒有去拜見過李老師。碩士論文答辯後會餐，他那天好像心情不錯，喝了幾杯小酒，一個人搖搖晃晃地走回家。這個場景，居然成了我們師生倆的永訣。我無法回憶更豐富的內容，只好報告李生龍老師給我開啟的學術門徑，以告慰老人家上天之靈。我當年還擬了一副輓聯深切悼念他老人家，附在文尾：學宗儒道無為不當賢人失志，文備詩騷衡嶽又有高士遊仙。

李生龍教授二三事

張素聞*

　　賢友近日發來廈門大學鄔大光教授與鄒振東教授的大文，從文章中讀到名師們的風采，想像他們的弟子從遊於他們的情境，大概就如夫子「浴乎沂，風乎舞雩，詠而歸」那般愜意吧。

　　鄔大光教授的《火坑屋的薰味與大學》令人有驚豔之感：作者深得教育之道，文章精微有致，條分縷析，猶善比類取相，還帶著濃濃的年味，湘西火炕屋里正在薰著的煙火與美味竟然像是教學一樣充滿了豐富的寓意⋯⋯這樣行文，為教，為學，才能使學問高度融入生活，讓人感到一切事物皆可取之自然，發之自然，縱橫開闊，和合生活與人情，深入淺出，在低處起承轉合⋯⋯且字字帶煙火味臘肉香。

　　許多年不曾讀過這麼好的散文！

　　鄒振東教授亦妙語連珠，他在 2016 年廈門大學畢業典禮致辭時，對「最好的老師」做了一個分類界定：

　　　　最好的老師有三種，第一種是遞錘子的，你想要釘釘子，你的老師遞給你一把錘子——多好的老師；

　　　　第二種是變手指的，你的人生需要好多黃金，老師讓你的手指頭變得可以點鐵成金——多好的老師；

　　　　第三種是開窗子的，你以為看到了風景的全部，老師幫你打開一扇窗，你豁然開朗，啊，原來還有另外一個世界——這是最好老

*張素聞，崇賢書院國學通識師資培育教師。

師中的最好老師。

鄒振東教授還有一個讖語一般的祝福：

你會發現，你遇到什麼樣的老師，你就會有什麼樣的人生。一
切似乎早就在你遇見老師的那時候開始改變。

我忽然又開始失眠，因為想起了您。

是的，整個大學時代，我在湖南師範大學文學院裏最大的幸運就是遇到
您——李生龍教授。

再過幾天，就是您的週年祭。

2018 年 1 月 17 日，驚聞噩耗，竟然是胃癌，當我告訴中南大學的譚忠
誠教授的時候，老師還不敢相信這個消息……次日，遠在帝都的我忽然像個
孩子一樣嚎啕大哭，與我同哭的還有在常德在潮州在廣州的其他同學……我
們都曾經是在你班上被你所感動的學生。

您於我有知遇之恩。

您有誨人不倦的教學熱情與有目共睹的科研能力。慚愧我總是後來才慢
慢體會您，慚愧人們總是只容易記住那幾件與 TA 直接相關的事。

我記得，在中國思想史的大課堂上，在我敘述完孟子思想之時，您當著
全年級兩百多位選修課的同學們說：「有的同學已經遠遠地超過了同齡人，我
以有這樣的學生而感到自豪。」我是個家世清貧的寒門子弟，非一般清寒。
您這樣一句話給予我的不僅僅是學業與智識的肯定，而是我整個大學時代的
生命支持。

您不僅是遞錘子的老師，您還是變手指的老師，您更是開窗子的老師。

您給予我個人的教學時間比其他學生多出一倍以上。原因是我總是去請
教您，問您各種各樣的問題。

如果要為我後來特別喜歡哲學以及特別喜歡中國哲學尋找原因的話，我
想，這一世的因緣中，與您對我的善待有莫大的關係。您總是慈和地解答我
的問題，以至於總是耽誤了午飯的時間。

老師您竟然是胃癌去世的，我再也不願意耽誤我生命中所有老師的吃飯
時間了，我情願在門外立雪。

我們喜歡您，最早都是因為您的德行。

您真正做到了糟糠之妻不下堂。師母是您尚未考大學之前的訂婚對象，
且有一隻手患肌肉萎縮症，您考上大學之後，並沒有覺得不般配，而是繼續

著你們的婚約，和師母結婚生女，且買來針灸書籍和銀針，學起了針灸，您先在自己手上扎，為了找準穴位，反覆地試，後來給師母扎針……

您的研究熱情也曾經非常震撼我。那一年正月初三，我折下化學系樓前的臘梅花去給您拜年。您正在剪輯陽明先生的文章，從電腦裏打印出來的文字，一條條剪好，黏貼在紙質稿上，那本書就是《新譯〈傳習錄〉》。

這是我最早接觸《傳習錄》，今天去想，您的身影與您當日在做的事，尤其像是電影裏的特寫鏡頭，老師您那時就是在以身傳教，時時，處處。

我去過樓宇烈先生家，去過歐陽中石先生家，去過葉嘉瑩先生在天津的家，去過很多其他教授的家，卻再也沒有哪個教授的家能夠像您的家那樣震撼我，是的，那時候您已經是副教授，還住在筒子樓裏，家徒四壁，但是您在那樣的房間裏卻使得房間充滿了光……

今天我想起這個情景，忽然記得余英時有一次去看望生病的錢穆先生，錢先生當時因病躺在地板上，余英時問先生想看什麼書？錢穆先生那時說，想看陽明。這樣的場景，似乎是代代學人薪火相傳的精神內蘊，是的，我想說的是，我透過您看到了錢穆先生與陽明先生，也看到孔子絃歌不輟的真實面貌。

後來，畢業六年之後的夏天，我回到長沙，在校園裏遇到您，滿面紅光的您，慈和溫厚的您，親切平易的您，使我突然童心大發，故意地蹦到您跟前，問：「老師，您還記得我是誰嗎？」

您準確地說出我的名字。中文系每年畢業的學生好幾百，畢業也已經六年，感恩您，還記得我……

2011年，我從廣州到人民教育出版社，創辦全國第一家少兒國學刊，為一個哲學問題請教您，那個問題是：「您怎樣看待中國人的感應學說？」您還像以前那樣，把三教的觀點都告訴我……此時想來，我多麼幸運，從最早的時候遇到您，最早遇到中國哲學，您給我打開的就是三教同開的視野……

是的，您不僅是遞錘子的老師，您還是變手指的老師，您更是開窗子的老師，同時開好幾扇窗子，使我看到成片的風光，如嶽麓山群峰迭起，如湘江水滔滔北去……

在您走後的那段時間，我重新讀您的研究，才知道您曾如何深入道家……您確實既有儒家之仁與敬，又有道家之柔靜與慈儉。

您的遺訓：不收一切禮金。一生辛苦，走時您也不願意擾人。您一輩子

淡泊名利，與人言語，常是菩薩低眉。師者，慧命之始。若不是師長恩重，真不知今夕何夕，那時的我，一上午嚎啕大哭數次，明白古人所謂肝腸寸斷是何等痛苦。

南京師範大學譚桂林教授這樣挽您：

道家風骨，性情文墨，一腔京韻引吭高歌，唱出胸中塊壘，高山流水音容宛在；

儒者懷抱，仁厚宅心，滿腹詩書傾囊盡授，化育天下學子，李豔桃紅惠澤長流。

湖南師範大學文學院李維琦教授如此挽您：

僻壤莽莽不斷生，竹山灣里竹常青。重重災難唐僧度，處處妖魔大聖清。

師父志堅天地動，徒兒棒重鬼神驚。師徒合一何曾見？殿號靈官豈有靈？

如今我也是一個老師，一個教國學的老師，一個和國學教師們切磋教法的老師。我一直想請您吃一頓飯，感恩您曾經那樣用心地培育我，竟然，無常如此迅猛，我只能這樣挽您：

桃李蒼蒼，痛悼先生孔孟其德堪配天地，

雲山淼淼，深期後學陸王之力可移乾坤。

再挽您：

道隆德盛授業解惑芳菲匝地，

薪盡火傳師表世範光芒燭天。

每一次聚散

鄒軍誠[*]

前日，恩師李生龍先生仙逝。今日，在殯儀館與恩師作別，止不住淚雨滂沱。

這種壓抑不住要哭的情緒久未有了。兩年前，我奶奶逝世，我也沒有這種強烈的情緒。因為我奶奶享年九十有七，奶奶去世時，村人都說是喜喪。辦喪事時，每個兒孫後輩的手臂上，都繫上了一條紅綢帶。

可恩師仙逝，實在是太早了！

六十四歲，在現在普遍高壽的年代，恩師實在走得太早了，以至於我們這些弟子，沒有任何思想準備！

前晚，當妻子在微信群裏看到恩師駕鶴而去的信息，趕緊大聲告訴我時，我簡直不敢相信自己的耳朵。在與師妹確認之後，宛如一個晴天霹靂，炸響在我心頭，讓我好一陣呆若木雞，又好一陣手忙腳亂！這時，心裏頭只有一個念想，馬上去長沙！

我人已屆中年，做事本應從容。可當此大事，心裏卻紊亂如麻。在往長沙的路上，與恩師相處的點滴湧上心來，臉上惟有清淚兩行。

時光飛逝，年輕時總以為這四個字是文人們抒情用的！可恍惚之間，時光真的就飛逝去了！一年又一年，接著又是一年飛快的過去，才知道這是一種十分真實的感覺。

從進大學之門起，上古代文學課的老師，就是恩師。恩師上課，語調從

*鄒軍誠，湖南省株洲市財政局幹部。

容平和，講解透徹平易，絕無膚淺的闡述與發揮。現在想來，這種課才是讓學生有所得的課。當年有些課程，雖然能一時間引得眾生雲集，似乎很熱鬧，可過後在學生們的腦海中，惟留下「這老師上課有趣」的印象，至於學到了什麼，回想之間，卻茫然無知，這反而糟糕。歸根到底，學生還是要學到些知識才行啊！

與恩師再次交集，那是到了一九九八年。那年，我們去常德一中實習，恩師是帶隊老師，我在實習隊中負責聯絡。這一個月，與恩師朝夕相處，在一起的時間最多。

恩師以他淵深的知識、平和的性情，讓每一位學生都願意都喜歡追隨。恩師曾說，他每到一個地方，都要去這個地方的小街小巷中走走，既熟悉地形，又瞭解民風，而且鍛鍊了身體，一舉三得。

那段時間，常德一中附近的小街小巷上，每到下午五六點多，就會有一群人穿行於其中。

被學生擁簇在中間的，就是衣著素樸、臉帶笑容的恩師。年輕人不知天高地厚，難免在言語間對恩師的說法表達不同意見，可恩師卻總是神態安詳，悉心講解之餘，從不把自己的觀點強加於人。有時說到會心之處，恩師似有古時老先生的模樣，甚而又哈哈大笑幾聲。那份豁達與安詳，是可以感染眾生的。

實習的日子雖然短暫，可恩師的形象卻在我的心裏紮下了根。

拜在恩師門下讀研，已是二〇一三年。正式為入室弟子，感情就更加深厚。三年間，恩師人格之高尚、學識之淵深、誨我之諄諄，那仙風、那道骨，作為弟子，我惟有景仰萬分。

恩師教我等弟子，要求讀原著、實根本，不為浮華之論，不人云亦云，讓我受益匪淺。我於古代文學乃至古代文化，此時才算稍稍有些見識。三年讀研，恩師於我，形同再造。

畢業以來，我一直認為，恩師學貫天人、性情平和、豁達開朗，定是長壽之人。

先前也知恩師曾受病痛折磨，可他絕不與眾弟子言說。我每次打電話問候，恩師總是爽朗地笑著說「沒什麼大礙、不要來看、不要來！」於是我也就在掛了電話之餘，心裏安慰。

殊不知今年八月以來，恩師卻遭此大患，而我們這些分散於各地的弟子，

卻分毫不知。直至晴空霹靂，已是與恩師陰陽兩分。

唉！弟子心中之悲痛，惟有讓淚水流淌，才能稍微緩解心中的悔意。

年青時不信命，不相信冥冥之中似有天意。可十四號晚上，我接女兒回家時，女兒忽然問我：

「爸爸，你怎麼在你寫的小說中成了個小道士？」

我答：「爸爸的老師是湖南省道教協會的永遠顧問，我當然也就成了小道士啦！」

女兒又問：「永遠顧問？是什麼意思？」

「道家講長生講成仙，在今世是顧問，以後師爺爺得道成仙了，還是顧問，那不就是永遠的顧問了！」我回答的語氣雖然帶有點父女之間對話的輕鬆，可解釋時還是認真思慮過的。

沒想到，就隔了一天，恩師就真得仙去！一語成讖，難道就是指的這類情形？

唉——人生的每一次聚散，便是一次生離！而恩師仙逝，卻是一場死別！人生天地間，心無掛礙，我看是絕少人能做到的。就因為有了掛礙，才有了人之為人的「情」。沒有了一點感情，何談為人呢？

與恩師之死別，惟黯然銷魂矣！

回憶恩師李生龍先生

張四連*

一月的霜雪竟如此寒冷，風雷相加。佇窗北望，嗚咽的湘江逝水依稀仍在腳下，悵然西顧，我敬仰的恩師李生龍先生羽化凋零，再也回不到我們身邊了。這一切，如夢如幻，令我傷悲難抑。這漆黑的夜，它無力地緘默著，這樣的時刻，我不再相信它能囊括世間所有的深刻內涵。歲月的火勢彷彿已熄滅，時間變得更加稀薄，誰又能聽得到那深山清寂的聲響？一切就這麼輕輕地放開了，沉入黑暗的海洋。

1月18日中午，送完李老師最後一程，我和康師兄從陽明山殯儀館同路回來。天色陰沉，愁雲在天邊怒卷千堆雪浪，一路上，我們沉默、悲痛，沒有更多言語。康師兄唯有不斷地歎息，說命運這個東西，就是個偽命題。要我看，神話即謊言。神既創造了萬物，如果真有清濁之分，那好人為什麼沒有好報？一連串「天問」在我們心頭無法驅散，我們有滿腔的憤懣，卻不知道向何處申述命運對您的不公道。說命運，休論公道。罷了，罷了。

我們的李老師，才64歲呀，多麼年輕呵，正是桑榆未晚，微霞尚滿天的年紀，他還沒來得及從容地告別他所熱愛的，執教三十多年的菁菁校園，過一過歸田園居的恬淡晚年生活⋯⋯

這最後的相見，一悲一泣，竟成永別。古人云：「死生亦大矣。」豈不痛哉！

綠樹倚天，蒼松巍巍，俱已成萬壑煙雲。我又依稀憶起，當年課堂上，您給我們講《論語》，講到：「天何言哉！四時行焉，百物生焉，天何言哉！」

*張四連，湖南省圖書館館員。

時，曾有過短暫的靜默，您說，孔子是真正的仁者呀！現在想來，您才是真正地深深懂得孔子的人啊。您不僅是我們敬仰的好師長，也是真正的仁者呀！而當時的情景，仍歷歷在目。

一

2017年9月初，得知恩師李老師身患頑症，我和大師兄、大師姐三人，借著教師節的名義，第一次去醫院去看望他。他總是怕麻煩大家，不讓我們去醫院。甚至好多「桃李堂」的弟子都不知道李老師竟病得這麼重，因為，每次給他打電話，他都囑咐家人，說是去鄉下了，說自己好著呢。他說，我們背負著生活沉重的營生，工作、家庭都需全力以赴，分身乏術，都很不容易。在病榻上，李老師裝作自己跟沒事的人一樣，反過來安慰我們。我強笑著說，我們的李老師從前一百多斤，現在可瘦了不少呢（其實腿都瘦成皮包骨了）。「沒事的，只要能吃飯了，肉很快就能長回來嘛，這都不是大問題，你們莫擔心。」他笑呵呵地，如是回應我。他還說，等出院之後，還得由他來請大家吃飯……李老師一貫堅強的毅力與韌性，令在場的我們既歎服又難過。

我們小心翼翼地掩飾著內心的悲傷，生怕他瞧出異樣。唉，走出醫院，我們又在想，以李老師的睿智通達，又有什麼是可以瞞得過他的呢？當時，大師姐正要參加博士論文答辯，李老師靠著枕頭，現場提點、指導起來，只是講一小會，就十分疲乏，疼痛難忍，難以支撐下去，但思維還很活躍，完全不輸當年課堂的風采。他布滿針眼的雙手、床頭白得慘亮的輸液瓶、床挨著床，形銷骨立的病友，才提醒著我們回到現實。多麼希望，奇蹟能出現，我們的李老師能逐漸康復，我們還能有更多的機會，聆聽他對世事的看法，或者隨便跟我們聊聊家常也好呢。

第一次，在醫院，我們互相「輕描淡寫」地聊天，滿腹心酸。我們去看望他，實則多半是打擾他，給他增添麻煩，他多累啊！他忍著疼痛，還要對我們報以歡笑！可我們的私心，又盼著能給他帶來一絲安慰。後來，我總是在夜深的時候，想起醫院那扇幽冷的窗，窗外月色蒼涼，我們所敬所愛的李老師，氣息微弱地躺在窗內病床上，直至漸漸不能出戶，漸漸地，我們再也觸不到他溫熱的氣息。我不止一次地跟師兄弟們一起追問，我們如師如父的李老師，他躺在病床上的最後時光，是不是還有好多未了的心願？又或者他早已視死生為虛誕……我們不敢問他，我們未能知曉，不知道這算不算遺憾。

我想他一定思索過的，而我們活著的時候，對於冥府幽界，死後的事，考慮和安排實在是太少。佛教裏有「三生三世」，因果流轉之說，肉身會以新的生命載體在輪迴中重複出現。這讓生命有了廣闊的由來和去處，想來必是令人安慰的。

北冥有魚，其名為鯤。鯤之大，不知其幾千里也；化而為鳥，其名為鵬，鵬之背，不知其幾千里也。

願我們的李老師，大鵬展翅，翩翩逍遙在有無之鄉。

二

第一次見到李生龍老師，是 2009 年 4 月 18 日，湖南師大文學院，復試。我記得他當時和古代文學幾個老頭，在走廊上抽煙，他穿著樸素，言談溫和，看上去自有一種威嚴感，我當時即以為，學識淵博的學者都是這幅模樣吧，畢竟，像魯迅那樣，身板瘦削，留著隸書「一字形」鬍鬚的先生，並不多見。還有一個原因，也許是因為我當時心裏比較緊張，我懵懵懂懂來參加復試，以為迎接我的是一場慘烈的博戰，我甚至都不抱希望。

我不敢上前跟李老師說哪怕是一句話，第一次見面，我們保持著遠遠的距離感。在復試環節，我聽身邊的同學說，李生龍老師可是我們文學院學問和人品最好的老師之一。在這之前，我對文學院幾乎一無所知。文學院的一切，對我來說，都是新奇的。我選擇師大，完全是出於離家近的考慮，但古代文學這個專業，是我所喜歡的。那時，我作為一個非科班出身的學生，復試後被分配到李老師的門下。我心裏暗暗高興了很久。

在日後的相處中，李老師為人謙和，但話不多，始終給人一種莊重感，這跟我第一次見到他時的印象，始終吻合。後來，我明白了，這就是子夏所言的，「君子有三變，望之儼然；即之也溫；聽其言也厲。」這樣的古君子之風，說的就是他吧。

李老師生活十分簡樸，冬天常常穿著一件很有年代感灰色的毛線衣（大概是師母手工編織的）給我們上課。我見他唯一一次西裝革履，是在他兒子的婚禮上。那天，我去得較早，李老師開懷大笑，打量著自己，跟我說起了玩笑話：「四連，你看我穿西裝是不是很帥？我年輕的時候可是很英俊瀟灑的呢！哈哈哈。」我答道：「那當然，您今天和您新郎兒子一樣帥呢。」那天，李老師春風滿面，彷彿年輕了好多歲。

　　我的恩師李生龍先生，他畢生勤奮、淡泊名利、學貫古今，一生致力於儒道文化的研究。除教學、學術研究之外，據說他是個「業餘的專業京劇愛好者」，還是一個「業餘的專業畫家」，這些，都是我後來才知道的。

　　我不敢說，李老師的教學是一流的。因為他不喜歡他人過譽，是實事求是的人。但他的課堂，是極其受學生歡迎的，這是師大文學院絕大部分學生公認的。評價起李老師的課，大家總喜歡用「貨真價實」來形容，他的課，大家做筆記最多，最認真。他上課從來不點名，但從來都是濟濟一堂，甚至有外專業的學生來聽課。

　　他上課不用帶講義，諸子百家信手拈來、優游縱橫於唐詩宋詞、漢大賦之間，觸類旁通，往往就一個小問題，做細緻而深入的分析，從無泛泛而談。李老師學養深厚，十分重視教學的系統性，亦十分重視吃透文本，他告誡我們，少讀「二手書」，這一點，對我影響深遠。少讀「二手書」，我們才能形成自己的思考，才能沿著前人開創的道路，生發出一點點自己的獨見，不至於人云亦云。

　　記得那時，《論語》、《道德經》、《文選》都分別開了一個學期的課，李老師的課，講得「慢」，慢中不斷地發展、深化、總結，他教我們如何學習和吸收傳統文化的精華，他帶著我們走進儒釋道，又以「走出」的視角來闡釋、觀察，融情感、心靈、藝術、感悟於一體。文學院樓前，古樹蒼翠，旁有灌木叢生，春光懶困，濛濛細雨欲濕衣。在二樓會議室，我們聽李老師授課，如深柳讀書，跟隨他，於咫尺之間求得萬里之遠。而如今，都成弦上之音，嫋嫋已絕。我們再也沒有機會聽李老師為我們講一曲《折楊柳》，再也沒有機會聽他跟我們聊聊人生。

　　秋風沾灑，腸斷憶仙宮。

三

　　驚聞李老師逝世的噩耗，我們 09 級古代文學研究生群，沉默了半晌，隨之便是如潮水般，對他的追憶與哀悼，都為文學院失去這樣一位滿腹經綸，為人寬厚的好師長而悲慟。許多同學都找出了當年在李老師課堂上做的讀書筆記，回憶起與他在一起的點點滴滴，溫馨感人的場景。

　　有人說，「萬物都有有限之自由，萬物都有無限之自由，萬物皆逍遙，萬物皆不逍遙。」這是當年李老師講莊子的第一課，印象深刻。

有人說，古籍上做筆記最多的，基本上都是李老師的課。

有人說，李老師坐在會議室給我們上課，他常常擺手示意我們坐下的動作、神態，還在眼前。

有人說，李老師真是一位好老師！好學者！有大家風範又和善負責任！

……

我們宿舍有個同學回憶，本科基地班的時候，每週星期天晚上，她都固定去網吧通宵，週一早上直接去教室上第一節課——李老師的課。有一次，她實在太困，趴在桌上會起了周公。朦朧中，李老師輕輕敲了敲她的課桌：「同學，你感冒不舒服嗎？」睡得竟迷迷糊糊的她，抬起頭看著李老師關切的眼神，心虛地點點頭。李老師又輕聲示意她繼續趴著休息。如今，她說起這些細小的往事，總覺得自己心存愧疚，對不住李老師。

李老師對學生的關心愛護，實則首先體現在他對學生的呵護上。研二的時候，我們班一同學得了重病。聽到這個消息，李老師十分著急，帶領同學們組織募捐，拿出自己一部分微薄的薪水，交到她手中，並囑咐她保持良好的心態——活著就有希望！對於她的病情，如何才能得到妥善的治療，包括長遠的救治計劃，他都一一與我們分析、討論，迫切想要得到一個行之有效的辦法。可是，病魔的肆虐排山倒海，它是不容我們思索的，也是我們所參不透的，如果它就發生在我們身邊的話，那種切膚之痛，非有親歷之後，才知道它是茫茫一片，沒有盡頭的。不幸接二連三，不久，我們可敬的李老師，自己也病倒了，這場大病將他折磨得不輕，曾經一度，連說話都十分費力。

秋盡每聞霜杵搗，年深不受雨侵苔。不知道時間，從前在哪裏有過秩序，要失去的，大概總是容易。

四

每屆研究生論文答辯前後，李老師照例，要把附近的李門弟子都請過來，大家聚一聚，算是為即將畢業的弟子送行。但每年，都是李老師請客，從不讓學生掏錢。2014 年，我參加了他們的畢業歡送宴，偷偷給買了單。後來，李老師非讓師母把錢退還給我。我說，我們都畢業工作了，還讓老師買單，該何等的慚愧，總要給我們表現的機會嘛。李老師說，他是老師，他來買單的規矩怎能破壞。最後，他老人家還是贏了，他臉上有種滿足的開心。

每次學生去看望他，只能去人，其他的東西最好不帶，否則下次就不好

進門了。孔子收徒,執弟子之禮,至少都得帶一塊臘肉什麼的,而我們的李老師,真正做到了視學生為己出,只考慮他們的困難,從來不求任何回報。所有的學生,都是他的孩子。

那天,在老師的靈堂,一些從海南、深圳、廣西趕回來的師兄師姐們,一夜之間,憔悴了許多。大家跪拜弔泣,悲慟不已。我從來沒有在一個葬禮上,見過那麼多大男人嚎啕大哭,驚心動魄的悲傷,淌不乾的眼淚,道不盡的悠悠往事,誰又不是腸斷蓬山?我們從前睥睨萬物的李老師啊,這回,他要真的放下一切,休息去了。這回,他真正乘了閒雲野鶴,獨與天地精神往來了罷。

在校的師弟,至情至性。他說,生,敬之以禮;死,祭之以禮。他拿出自己所有兼職的錢,租來一輛大巴,組織了李老師生前教授過的研二、研三年級的學生 40 餘人(包括還在讀的五名弟子),一起前往陽明山弔唁。師母說,李老師生前最喜歡的是扣肉和乾魚塊,便拿了教職工餐卡給師弟,看食堂有沒有賣。師弟與一師妹一早去了附近的新大新酒店,直接買了兩盤,並把盤子也買了帶去,他還帶上一束黃色的菊花,祭奠在他的靈前。

五

李老師待我,如待其他許多李門弟子一樣,是當做自己的兒女一般。一來,是因為我們 09 級四個弟子,獨我一個人留在長沙,常常代表她們幾個去看望他,這樣,我們有了更多的相處的機會。二來,我和他的女兒年齡相仿,他似乎對我們這個年齡階段的事情特別熟悉。

記得第一次,我帶著先生一起去給李老師拜年(快過年了),他和師母十分高興。一定要留著我們倆吃飯,李老師親自下廚,還搬出了自釀的葡萄酒,滿滿一大缸,呈琥珀色。我們開懷暢飲,跟李老師聊天,簡直是一種「享受」,都捨不得結束。那個時候的他,還能抽煙,還能喝酒,還能跟我們這些年輕人,愉快地聊天。我現在還記得他當時的話,「像你們倆個這樣,看了真叫人高興,很好。」很欣慰的樣子。

李老師每次見到我,總要問起我的父母,我的家人,我的工作和生活,一切是否安好,有沒有什麼難處。再後來,我有了女兒,他又多了一個關心的對象。他和師母多次要求我帶上女兒,去給他們瞧一瞧。那時,我想著來日方長,女兒還小,或許會麻煩到他們,竟就這樣耽擱了。

　　我先生再次見到李老師，已經是 2016 年 6 月 26 日，中午一點多的時候，我們倆開車，去李老師家接他，來湖南圖書館作講座。當時，我先生偷偷地跟我說，沒有想到幾年沒有見到李老師，竟蒼老了這麼多，這種變化真讓人難以接受啊，不勝感慨。當時，李老師的身體算恢復得較好了，只是頭髮全白了。

　　記得那天，天氣十分炎熱。師母執意不肯一起前來（怕影響我們），因為她相信，以後還會有許多這樣的機會。但我倆勸師母一起來聽李老師講座，最後得以一起同行。那天，李老師見到我先生，他很高興，像招呼老朋友一樣招呼他，匆忙的逗留之間，他還返回書房，贈送給我先生他自己的著作：《隱士與中國古代文學》、《儒家文化與中國古代文學》等。那天的講座我主持，那也是今生我們師生唯一一次同臺，互相配合。

　　那天，李老師的講座主題是：《莊子》——人生困境與審美應對。現場講座足足兩小時，再加上現場自由提問環節，長達兩個半小時。李老師一直站著，侃侃而談，現場氣氛十分熱烈。他帶領大家盡情領略莊子的魅力與風采。現場座無虛席，讀者乘興而來，滿載而歸。

　　那天，師母和我先生坐在臺下聽李老師的講座。她說，可惜她讀書太少，李老師那些娓娓道來的典故，好多她還是第一次聽說呢。我則在一邊，忙裏偷閒旁聽，那也是除了在課堂上，我第一次聽李老師的講座。

　　李老師做的課件 PPT 至今還在我的電腦裏，可筵席已散，斯人已逝。

　　晚上，我們四人在圖書館旁邊的「升斗小廚」吃晚飯。我到現在，還記得那個包廂很大，桌子也很大，我們四人只坐了一小半。那晚，我倆聽師母和老師聊起了他們的歷歷往事，大有物是人非之感，故當時的氣氛也摻入了些孤清冷寂之意。當李老師得知我先生已經回長沙工作，且將要穩定下來，他仍和第一次見到我倆那樣，欣慰地笑了，「你們這樣，就很好。」然而，相比多年前的那次見面，此時的李老師，已經不能抽煙，也不能喝酒了。頭髮鬍子都花白了，精力也大不如從前了。那天晚上，我們將師母和李老師送回家，李老師執意要目送我們離開，才肯上樓。

　　在學習古代文學的路上，典籍浩如煙海，如果我在這條路上有那麼一點收穫的話，這都要歸功於我的李老師。我還記得，當初畢業論文選題時，他建議我向縱深處挖掘一些不太為學界所重視的個體作家，但他們的作品又具有文史研究的價值，然後再反覆斟酌，鎖定選題範圍。他的意思是，如果大家的論文都熱衷於熱點爭鳴，常常會造成低水平、低層次的重複。後來，經

過我與李老師反覆討論，選定潘岳這個有爭議的太康文學家做個體研究。

他建議我細讀潘岳所有的詩文，於是，我買回了一整套《全上古漢魏六朝文》，十分厚重。說來慚愧，除了寫論文時我用過此套書，後來幾乎沒怎麼翻閱。而我現在重讀當年所寫的畢業論文《潘岳的儒道價值取向》，覺得觀點和內容都十分屛弱，根本不能算一篇像樣的論文。現在想來，當時答辯時，各位評審老師給我提出許多的修改意見，自然在情理之中。畢業論文答辯那天，我抽籤抽到第一個，在問題被指出後，我感到十分惶恐，急忙將這個壞消息告訴了李老師，向他求助。從文學院到他居住的長塘山小區，不過十來分鐘的距離，卻讓我有前路漫漫之感，並且，我很快就後悔自己這樣的舉動。因為當時李老師剛做完腦部手術不久，尚在康復休養之中。

李老師見到我，聽我說明原因後，沒有絲毫的指責與貶斥，並安慰我說，不要緊，答辯時被指出問題實屬正常，再說文章還沒有最後定稿嘛。接著，他跟我分析問題所在，並教我如何修改。聽了李老師的話，我才如吃了一顆定心丸，安心回到文學院二樓會議室，細聽其他同學的答辯。正如李老師所言，其他同學，或多或少，幾乎都被指出了一些不足。原來，這是文學院的老嗲嗲們，在畢業之際，給我們上最後難忘的一課。他們希望，從師大文學院走出的學子，日後能謹慎地對待學問文章，哪怕是做一個基礎教育工作者，也要精益求精，做人要厚道，做學問更要厚道。

李老師常常勸我們，要珍惜時間。他說：「人生小成就，也是成就。」無論是教學、做學問研究，還是立身處世，他都立足現實，從不談論虛幻。在他的鼓勵下，我曾兩度報考博士研究生。最初，李老師勸我換個學校，並推薦我去澳門大學讀博，他說，去向不同的老師取經，學習不同的治學路徑，這樣日後學養方能更加廣博。但他聽我說明不想離開長沙的原因後，又積極地將我推薦給在校的其他博導。

2015 年，我倉促參加入學考試，連專業線也沒過。李老師仍然只是安慰我，「不要緊的，一次考試不能說明問題。再說你現在讀博也不是為了找工作或評職稱，為了興趣愛好而讀書，隨時都可以再重來。」在一旁的師母，則覺得女人讀博太辛苦，要兼顧家庭和工作，便安慰道：「生活清閒一點也挺好的。」李老師卻不這麼認為，他鼓勵我，有想法，就趁年輕努力搏一把，他說，人適應輕鬆的環境，總比適應艱難的環境要容易得多。如果不能跳脫出舒服的環境，年與時馳，意與日去，遂成枯落，又將復何及呢？

2017 年，我再次報考，並參加入學考試。成績出來後，李老師第一時間打電話給我，詢問成績。我告訴他各科均已過線，但不知道結果會怎樣，因為沒有公布其他考生的成績。李老師囑咐我，再等等復試的消息。結果，仍然是鎩羽而歸。這一次，李老師無不遺憾地在電話裏跟我說：「我已經得知，XX 博導招了一個天津的學生⋯⋯」其時，我內心釋然，覺得自己已盡力，在考試中，已發揮出自己最高的水平了，並打算以後都不再考博了。世界這麼大，可做的美好事情太多，我又何必給自己畫地為牢。我反過來安慰李老師，說我以後有機會再慢慢考呢，而且一定要等他招學生的時候再報名。他笑呵呵地說，好。其實，他當時並不知道我真的不打算再考了。而當時，我卻怎麼也沒有想到，我真的永遠都沒有機會讀他的博士了。我漫長的考博路，永遠畫上了一個句號。

六

我的恩師李生龍先生，是個為人寬厚、傳統文人氣息十分濃厚的人，他卻從不好為人師，這一點，尤其值得我欽佩，也深深影響了我。我以為，好為人師的人，常常自以為是，多半是令人生厭的罷。後來，我也偶而走上聖神的講臺，給學生上課，我常常提醒自己，不要做一個「好為人師」的老師，學生是我們的鏡子，一起成長才是我們共同的歸途。我時常想起，對我人生有深刻影響的李老師，他的心是熱的，他的面容是雍容溫文的，他的語言卻常常是平緩的，他的一言一行，無不是春風化雨，時時感化著我們。

最後一次和李老師歡聚在一起，是 2017 年 4 月 9 日。說來有意思，那天講座請來的嘉賓，是我的大師兄彭昊副教授，在這之前，我竟毫不知情，直到他走向講臺，叫出了我的名字（在這之前，我只見過他一次，在李老師兒子的婚禮上）。趁著講座還有兩分鐘開始，我趕緊打個電話給李老師，「李老師，我真的有一個叫彭昊的大師兄嗎？好像在商學院⋯⋯」李老師在電話裏哈哈大笑，「這不會有假啦，可他去你那講座，你怎麼不知道的啊⋯⋯」並囑咐我，事後跟他說說，講座效果如何等等。當時，我感到挺不好意思的。那天，真是糊塗透頂的感覺。好在大師兄大人有大量，不計前嫌，等講座結束後，他提議不如藉此機會，一起去看望李老師和師母，大家一起聚聚。

那天傍晚，李老師出門沒帶手機，在湘江邊散步，興致好，跟路人聊天去了，所以回來晚了。看到我和大師兄、大師姐三人在家等他，他略帶歉意

地跟我們解釋。但我們很為他高興,看到他身體又變得硬朗了,又回到了從前健談爽朗的樣子。我們都相信,塞翁失馬焉知非福,我們的李老師經歷一次病痛的折磨之後,必然會老來得福。哪裏會想到,病魔如猛虎惡狼,還在暗中一直窺視著呢。

那天晚上,我們相聚在嶽麓山上的「潤澤園」,有李老師和師母、大師姐夫婦、大師兄和我六人。大師姐說,這次聚會主要為慶祝大師兄「官途高升」,李老師也為有這樣的高足而欣慰。末了,李老師不忘關切地叮囑大師兄,還是要以帶學生為天職,早日晉升教授。這是一次圓滿的聚會。彷彿春天將接著一個春天,大家都在可愛的鄉間,感受春風拂面的愉悅。

薤上露,何易稀!……

半個月前,「桃李堂」的李門弟子,相約今天去瀟湘陵園祭拜李老師,算提前給他老人家拜年,我因瑣事纏身,竟不得同行,深感慚愧與不安。在此,寫下以上文字,是為悼念,是以為記。

先生之風 山高水長
——追憶恩師李生龍教授

段祖青*

時間真是無情，轉眼之間，李師離開我們已經四年了。身為李師的學生，其實早在他去世之時就有寫點東西的念頭，但幾年過去了，一直未能提筆。期間好幾次嘗試動筆，卻又一次次停了下來。每當憶及在李師門下受業的情形，我心裏就湧起千頭萬緒，千言萬語不知從何說起，以致耽擱至今。現在想來，不過是逃避的託詞罷了。

一

2005 年 6 月，我本科畢業，考研時最終被調劑到湖南師範大學文學院攻讀古代文學專業碩士研究生。李生龍教授作為我的專業授課老師，先後給我們主講過《楚辭》、《莊子》等課。在我心目中，屈原、莊子好像只有他來講最適合，相較於中文系其他老師，李師的形象與氣度似有更多的「夫子氣」，溫潤寬厚，望之儼然，即之也溫，既具有「大知閒閒」的那種曠達和勤謹，又有著質樸堅韌的定力和濃厚的平民情結。由於我們那一屆古代文學招的人數比較少，總共不到十人，因此我們大多是與研二或研三的同學們一起在位於文學院一樓的中文系教研室上李師的課。

我記得教研室內有一張很大的橢圓形木桌，上課時，我們圍著它坐成兩圈，李師則坐在靠近大門偏尖的一頭，桌前放著水杯和授課專業書。通常書只

*段祖青，江西農業大學人文學院中文系講師。

是擺設而已，因為重要的材料，李師早已達到熟讀能誦的程度。在我記憶中，李師講起課來旁徵博引，滔滔不絕，脫口而出的原典太多，以至粗淺不學如我者，根本不可能記下完整的筆記。課堂上時常會開展討論，大多是李師講課過程中涉及到的問題，李師偶而還會請人發言，繼而由他根據討論的情況作概括性的歸納闡述，這種互動的授課方式一度使我的學習處於緊張之中。

為了避免被李師點名而一問三不知的情況，我經常搶著坐遠離主講席的座位。這也只是妄自徒勞而已，因為教研室不大，人又不多，被叫到的概率還是很大。於是我便提前做些功課以備不時之需，為此，我成了圖書館教師研究生閱覽室的常客，只要沒課，大部分時間泡在閱覽室裏。此後我逐漸習慣了在圖書館看書學習，時至今日，仍然非常懷念讀書期間在湖南師大圖書館度過的美好時光。

像我這樣基礎較為薄弱的學生，充分的課前準備是適應李師課上互動的必修功課，也是最有效的方式之一。如此持之以恆，我慢慢地從一開始的緊張害怕而唯恐避之不及到後來的積極主動地參與其中，偶而還會舉手發言，膽子變大了，自信心也增強了。李師課上也不再稱呼我全名，而是親切地簡稱「祖青」，真是倍感榮幸，著實滿足了我小小的虛榮心。因為李師在課上的這種點人方式被我們私下視為其對某人學習上的一種肯定和認可，頗有點青眼相加的意味。

不過說實話，我在湖南師大讀研的三年，只聽過李師的課，相互間的見面交流，大多是在課堂上，與李師的私人交往並不多。2008年，我研究生畢業，簽約洛陽市第一高級中學，後毀約，又通過人才引進的方式成為老家的一名公務員。離校前的某一天中午，在文學院一樓的走廊上，我與李師不期而遇。當時的談話內容，我已記不清了，好像他問到我的工作去向，我如實相告，似乎還說了些鼓勵的話。這算是我們於課堂之外僅有的一次單獨交流。

二

直到2010年，我如願以償地成了李師的博士研究生，才與李師有了較多的接觸。李師為人嚴謹，日常生活平淡而簡樸。與李師閒坐聊天的經歷，讓我印象十分深刻。李師似乎有意將師生之間的閒聊作為其傳道授業解惑的路徑之一，這是我與張辟辟師姐的共識。我每每在聊天過程中提出疑惑，學識淵博的李師總是知無不言言無不盡，他常常以簡潔的點撥或簡短的提問瞬間

便引領我深入到問題的核心與本質，那種潤物細無聲的力量總會讓我肅然起敬。有時候即使我無言晤對，也能夠從他那靜穆澹泊的神情中獲得一種寧靜和深邃的力量，讓人蒙受智慧的啟迪和人格的薰陶。張師姐曾跟我說過，若非生活所迫，不得不畢業找工作，她願意一直在學校跟隨李師讀書問學，對此，我深以為然。

　　大概是 2011 年上半年，李師生病住院。原來他腦內長了一顆腫瘤，正是這顆腫瘤擠壓著一部分大腦神經，使得李師的精力受到影響，於是在湘雅附一醫院動了手術。當時，老師的兒女不在身邊，而師母一個人根本照看不過來，所以有幾天我就在醫院陪護。師母則每天從河西做好飯後，親自送到位於河東的醫院，來回奔波甚是辛苦。剛開始的時候，李師說話都不怎麼清晰，有時候忍著劇痛跟我交流，還不忘說些耽誤我學習了，非常抱歉之類的話。這期間，我與老師距離相處，才發現李師原來如此堅強，表現出了令人震撼的頑強的生命意志力。面對術後的各種疼痛，李師沒有一絲驚恐慌亂，也沒有流露出半點痛苦憂戚的情緒，讓我不由得心生敬意，也深受啟發，不禁對人生有了更深刻的感悟。

　　出院時，李師身體尚未完全康復，之後一直在家休養，但仍時時關注我的論文。為不打擾老師康復訓練，我與其他同門一樣，很少登門請益。記得有次過節，老師把我叫到家裏吃飯，從飯菜的精心準備和整個用餐過程中，我能感受到李師和師母的良苦用心和對我的關愛。師母做了滿桌豐盛的飯菜，席間，師母不停地給我夾菜，說學校食堂吃不好，多吃點。李師則笑眯眯地邊吃飯邊跟我聊論文的事，還談到手術後他說話不如從前流利，記憶力也可能下降，為此他每天除誦讀詩詞外（剛進門時我就看到有本胡雲翼的《宋詞選》攤開在沙發上），還堅持畫畫，並讓我自己去陽臺挑一幅帶走。那時老師尚在恢復之中，手微微顫抖，因而我想著等到我畢業時老師畫得肯定比現在更精進，到時再求贈豈不更好？可臨到畢業時，諸事纏身，早就忘記索畫之事了。現在想來怎一個「悔」字了得！當初若隨意選一副也好，也算給自己留個念想啊！李師病後不再抽煙、喝酒，我們就以飲料代酒，互相碰杯，其樂融融。坐在餐桌邊，我宛若坐在自己家裏一般，至今回想起來，心裏仍然十分溫暖。

　　在這裡，我想追憶一下李師批改我論文的情況。按照李師的要求，論文完成初稿後，即送呈他審閱修改，然後再交還給我，根據老師的意見改定完

稿。如此三易其稿，凝聚了李師悉心指導的無數心血和精力。每次從李師處拿回初稿，但見丹黃滿紙，謬誤之處，老師都用蠅頭小字一一標出。據以改正的同時，我自慚淺陋。正是在這樣往復修改的過程中，使我獲得了許多課堂上得不到的學問和經驗。李師治學的嚴謹不苟，由此可見一斑，也為我樹立了為學與為人的典範。我的室友牟方磊看到稿上密密麻麻的批語，不無羨慕地說，你導師對你也忒認真了。這件事使我意識到，李師不僅教我學問，更教我治學該有的態度，不僅授之以魚，而且授之以漁。同時，亦讓我真正明白了學問一途，唯有絜穩基本功，而後才能在理論上有所生發和建樹。

三

日居月諸，難以忘懷的三年苦讀猶如白駒過隙，此後雖離李師遠了，但仍同過去一樣時刻感受到他的親切關懷。我在工作、學習或生活中遇到難題，也仍然習慣發微信或郵件去向李師求教。2014 年 1 月我為申報課題的事徵詢李師意見。李師很快回信說：

> 小段好！你那個課題做到什麼時候為止，完全在於你自己的選擇決定，你覺得有什麼可做就做，沒有什麼可做，硬撐下去有什麼意思呢？至於做天師道、道教抑或農業與文學的關係，應該都是可以的，只要能做出東西來就好。重要的是不斷培植根基，要確有想法、見地了才能動手，否則想做也做不成。
>
> 李生龍 2014 年 1 月 13 日

後來我寫好了項目申請書，又發給李師征求意見，不久即收到老師的回覆：

> 祖青好！論證報告我已經看過，覺得選題還可以，但表述還可斟酌，提了些意見在上面，供你參考。
>
> 李生龍 2014 年 3 月 20 日

李師審閱一如以往地細緻嚴謹，我按照他的意見做了修改之後，才交上去。在治學的道路上，每當我重溫李師發給我的這些文字，讀到他那語重心長的勉勵，便增添了繼續跋涉的勇氣，不敢有絲毫懈怠。我總覺得，讀書、研究抑或是育人，對於李師而言，與其說是他的職責，倒不如說是他的樂趣所在，是他的生命價值所在。

2017 年 8 月左右，我得知李師再次生病住院後，總想去看望，但一直沒有回長沙。我當時天真地以為，李師的身體完全可以恢復，之後再去家裏看

望也是一樣，想來他也不會見怪，因而直到國慶放假，我才去醫院探望。當時，李師躺在一張特置的可調節升降的病床上，明顯消瘦、憔悴了很多，見之令人頗感不安。老師看到我，露出欣慰的微笑，並未起身，也未說話，不久就昏沉地睡著了。趁他睡著的時候，我便與師母、李華低聲說話，詢問李師病情。師母久久無語，看得出，她心情很沉重，然後告訴我李師患了「胃癌」，但未告知李師真實病情。聽此，我不免一怔，內心更是五味雜陳，有種欲哭無淚的感覺，卻希冀如夫子「天之未喪斯文」一般而有奇蹟發生。不過我還是儘量裝著很輕鬆的樣子寬慰師母，除此之外我好像別無他法。本想多陪陪李師，但當天要趕回南昌，我這才戀戀不捨地離開。臨別時，我告訴李師——應該是第一次「騙」老師——下次等他好了再來聆聽教誨，還請他身體康復後與師母一起來南昌走走。師母和李華送我至電梯口，又互道珍重，無語凝噎大概就是這般滋味吧。

萬萬沒有想到，2018 年 1 月 16 日，我接到張辟辟師姐的電話說李師「沒了」。其時我午睡剛起，迷迷糊糊之中竟反應不過來，追問她說什麼，她重複說李老師「沒了」，就是今天的事，問我何時動身去長沙。放下電話，我瞬時醒了，愕然復又發懵，這是真的嗎？我不願相信這是真的，但這畢竟是事實。我不由思緒起伏，與老師問學相處的一些零零碎碎的片段不斷在心頭閃現和交疊，內心無限沉痛，沉痛得麻木無淚。第二天，我便趕往長沙，參加 18 日在陽明山殯儀館為老師舉行的追悼會。當我猶豫給多少帛金較為合適的時候，同門已經傳開了，李師生前立有「不收帛金」的遺訓。想不到，李師在生命的最後時刻，依然拈花而笑，開悟弟子方便法門。先生之風，山高水長。

如今，李師已逝，但我相信，他的學問與品格的馨香無時無刻不浸潤著我們這班弟子，直至永遠。

憶先生

張記忠*

先生的呼吸逐漸弱了下來，嘴也不再那麼張得很大，師姐突然就哭了起來，看著我說，人活在這個世上這一輩子到底什麼意義。先生重老、莊道家，又兼治儒家心學，我也素重老、莊、孔、孟，卻不知如何作答，只是一再說著「應該是有意義的」的言不由衷的話。後一晚上，師弟也是像小孩兒一樣哭著問我同樣的問題，我說「先生能令我們感動不禁為之落淚而惋惜」，其精神永在你我他人之中，大概就是其意義所在吧，師弟沒有說太多的話。父親過世的時候我剛過 12 歲，彼時縈繞在心頭的一個問題即是生死的問題，大概經過不到兩年的時間似乎知道了一點點，大概死就是死了。母親去世時我剛過而立之年，知道了人應該面對真實的自己，而不應該去逃避，戴著面具生活。然而，死亡對於我來說卻不得確解。莊子是齊一生死萬物相化相生的，按道理說我應該對生死有更為深刻的理解，然而我卻非常恐懼死亡。

一次，先生講「山氣日夕佳，飛鳥相與還」之意，因為先生害怕我耽誤當時臨時代課而教的學生，呵呵。當時論文各項事情已經不再焦慮，覺得先生是小題大做，先生卻問：「『飛鳥相與還』之處為何？」「應該是它的家吧。」「是的，那鳥的家在樹上，萬物的家在何處呢？」「應該是天地？」「那天地萬物的家為何呢？」說完之後，老師自顧自地吃起飯來，把我這個自以為是的傢伙晾在了一邊。老師大概早已悟得萬物初生之時的境界，卻從未責教於我，這次可能不忍我之頑鈍吧。

*張記忠，安陽師範學院文學院講師。

　　先生在我入門之前做了一個很大的手術，很多時候我都很忌諱說這個事，不想有次老師不知為何略顯得意地說當時做手術之時醫生誇他，嗯，這是真正的知識人，略記得老師像個小孩一樣晃著花白的腦袋，先生恐是早已把萬物生成之念融進了他的生命認知當中了吧。那麼，生命的意義到底是什麼？我某天睡覺的時候還在問自己。我現在的理解雖與先生不同，鳥兒的家可謂之其本質，物是自己成為自己，這雖與黑格爾有一定關係，卻也是老子哲學中的應有之意，卻不知道我們即便理解了這個有什麼意義。難道死亡就是我們的家，我們耗盡一生的精力和時光就是為了回歸到我們的這個家，因為在死亡之時我們才是完美的，然而莊生卻說是物我之相化。

　　因為我資質魯鈍，畢業論文寫起來橫寫豎寫如散落之線團，往往令先生難以下手。一次我的一篇小論文改過之後發給先生，先生責備甚疾，不由得使我有放棄之思，而後發現是我疏忽而發錯了，連忙與先生解釋，言之再三，先生卻只是淡淡地回了句「哦，是發錯了」，再無他言，我也打消了放棄的念頭。先生雖不言，卻已言。

　　某次代課，行於文學院上面的小路之上，至化工學院旁邊，正在思考這節課講什麼，如何講，忽然肩膀上被輕輕地拍了一下，驚嚇之餘忙回頭，卻只見先生似笑未笑望著我，不是很深切，好像也不是很淡然，我趕緊說一會兒上課，先生只是「哦」了一下，說了一句，「我順著前面繞一下，走遠一些」，就兀自地提著他的那個應該用了好久提攜處易之為線繩的水杯向前走去，我卻著急趕路順著學院邊上的小路下去了。按理說，學生應該執弟子禮，隨先生而行，而先生似無此意，我也未悟此理，很是慚愧。

　　先生考進師大中文系之前專攻嶺南畫，並參加過師大的美術系的高招，遺憾沒有被錄取，先生說可能是因為畫作的主題與當時的政治意識形態關係不大。先生在說這個事之前曾經讓我看一下他畫的畫如何，不過，先生問的是「你看這個畫怎樣」，我從老師的神情之中卻未感知到這個畫出自老師之時，按理說，先生會拿著誰的畫問他的弟子呢，我真是愚笨之極，我隨口說到意境未至散淡，先生還聽得非常仔細，且絕無慍怒之色。唉，人不知而不慍，不亦君子乎？

　　先生作文，思辨深，條理清，卻以詩歌之情語出之。讀之，初不覺深，久之，其出入哲學思想與文學鑒賞之中，且見其情理，為之感動，為之折服。先生並不是簡單地比附文學與思想，而是了悟二者之間的融合之處。錢鍾書解

放後在清華大學開設文學與哲學課程，其《管錐編》論《老子》王注可以看出他在這個方面的努力，而限於文體，並未系統地展開，或者說這也是他的系統，開創出了文學哲學或者說哲學文學的典範。順此以往，南開大學羅宗強、張毅等諸賢開創「中國文學思想史」，學術界也並有多部以思想與文學研究的著作面世。關於思想與文學之間的關係，從魏晉文意之辨開始，韓愈言文道之辨，南宋言文道為一等都是在說思想與文學之間的關係。治思想與文學者，最難在二者的融合，畢竟文學之核心為情志，嚴格意義上的文學本質就是思想的表達，即便是吟詠風月者，也往往有在。而近現代以來西方開始出現了文學藝術的哲學或者說哲學的藝術文學創作風潮。先生所注意者與西方的潮流類似，不過他關注的主要是老、莊、孔、孟思想的文化的文學化，即是自由、平等思想文化的文學表現。比如，先生認為歐陽修作《醉翁亭記》的「樂」為山水草木自得其樂，是老子無為之治政治理想的表現，所謂自得，自然有平等、自由之思想在其中。老師所謂的無為之治與《老子》的「無為之治」根本上是不同的，因為《老子》中的無為之治的基礎是承認君主宰制天下的合理性，而老子又有否認「天命」、「聖人」之觀念，歐陽修的「無為之治」的根本也在否定聖人觀念的基礎之上，他並不認為某位聖人君主統御著是非，先生所論「無為」大概也是此意。這大概可以看作是先生的理想所在。

　　先生無憾於世也。

師大往事——憶李生龍師

劉碧波*

    2012 年本科畢業時，曾動念寫一寫在師大四年的一些人和事，只是生性憊懶，又因為思路一向主觀，不擅長散文寫作，大一時就曾被寫作學老師批評過，始終惴惴不安，終於擱置。曾經以為，以後還有很漫長的歲月，隔得久一點，可以更理性地去看待昔日之我和昔日之師大，直到年初驚聞龍爺的去世，才發現原來以為的來日方長，竟會變成猝不及防。

    而我隔了很久竟沒有寫一點追憶的文字，是不肖，更是不安。近幾年學術與文字都荒廢，很擔心今日所有的文字，遠遠不足以表達自己真實的心情。而今天突然看到的一篇文章，提及本科教學應當注重「涵詠」，李老師當年上課時的音容笑貌，一時間便浮上眼前。飯間跟新明談及，被教訓說「忘本」，深為慚愧。而隨之次第清晰的記憶，也在促使我寫下這些遠不足以表現李師學術人格全貌的小事。李師的其他碩士和博士是否早有撰文紀念，我不知道。他們所知道的應該比我要多得多，然而，他人的輓歌且傳說他人的故事，於我，需要銘記的是，龍爺是怎樣帶我推開古代文學的門，領我遇見最初的風景。

    從 08 年至今十年，無論師大還是南大，經常在集體場合被提問：你們有多少人是因為喜歡文學而選擇中文系的？設問的前提，似乎就是今天很多學生被「綁架」學中文後的消極狀態。我應該比較幸運，大學讀的就是我的第一志願專業，所以一開始也比較聽話。2008 年 9 月底，應該是軍訓後的第一個星期二，文學院的第一堂專業課，便是龍爺的古代文學。龍爺當時五十多

*劉碧波，南京大學文學院博士研究生。

歲，儀態端詳，精神健朗。初次見面，龍爺的形象很溫和，大概類似今天流行的「佛系」的說法，印象中很多時候看到他都是笑眯眯的，也不知道是誰安的稱呼，後來我們全班都習慣叫他龍爺。我一般在下午 2 點左右總是非自己可以控制地會瞌睡，所以錯過了龍爺第一次課程的開始。去年冬天，跟 09 級同學談及龍爺，聽他追憶第一節課龍爺講的文學起源時，我幾乎是沒有記憶的，非常遺憾。

我們第一年上課的方式是，第一節課講文學史，第二節課講作品選，每一首詩，每一篇文章，逐字逐字地講，每個字每句話的意思，都會清清楚楚。文義暢通後，再談作品的價值和文學地位，有時候老師講，有時候老師會提問討論。我印象比較深的是讀《詩經·伯兮》（不記得是不是第一篇作品了），龍爺讓我們各自談了自己喜歡的詩句，我最喜歡的是「自伯之東，首如飛蓬。豈無膏沐，誰適為容」，因為這讓我想到了我很喜歡的《紅樓夢》中的「花容月貌為誰妍」，這也是我當時讀書比較幼稚的真實狀態吧。而講《載馳》那次，我對女性文學的執念大概就萌芽了，周末在宿舍寫了一篇很抒情的《美人如玉劍如虹》。總之，我當時應該是懷著一種很文學的心態在學習文學吧。再後來讀《山鬼》，無論是龍爺讀的山鬼的天真爛漫和後來的寂寞憂傷，還是講解時說到這首詩整體上情感曲折變化在先秦文學中的少見，都深深感動著我。

循著一堂堂先秦文學的課，我們讀過《國語》、《戰國策》、《論語》、《莊子》，而花時間最多的，是讀《離騷》。現在回想起來，這可能是龍爺自己某種深沉的情懷所在。我們讀得極慢，花的時間極長，課堂效果應該也極不好——對於大一新生的我們來說，讀《離騷》全文，還是一字一句的翻譯都必須認真理解，真不容易。記憶中講了很多次課，而其他的作品，一般都是一節課講一節課的。為了跟得上進度，我每次上課前都得先自己把文後的注釋看了，有的還注到正文旁邊。不認識的字也成片成片地出現。而龍爺不僅帶著我們讀完了，還始終帶著深沉而豐滿的感情。至今猶記，讀到「高余冠之岌岌兮，長余佩之陸離」時，龍爺的聲情與手勢，讓我在那一瞬間彷彿看見了一道理想的光。

龍爺講的文學史，也常常會講到更多文學史教材所沒有的內容。有的當時懂了，也有的沒懂。對我來說最重要的，是那個學期之後，我真正愛上了古代文學，我喜歡那些文字裏或真實而熱烈的女子、或偉大而倔強如屈原如孔子。我們當時有個讓同學們抱怨不已但其實對讀書治學非常有益的學習要

求，比較重要的先秦文學作品都要背誦，而若背不出來，考試時的論述題也就基本沒法做，就會掛科。記得當時要背的，除了《詩經》、《楚辭》，還有如《國語·邵公諫弭謗》、《戰國策·馮諼客孟嘗君》之類的全文。當時的四門專業課號稱「四大名補」，而先秦文學又是其中最難的。

第二學期的很多時間在講《史記》，沒背過書。辭賦太長，講了《歸田賦》和《刺世疾邪賦》，也要背。漢樂府中印象深刻的是講《有所思》的時候，龍爺說「今天我們來講講漢樂府裏面一個非常有意思的小女孩」龍爺會唱京劇，所以他課上讀的每一首詩或文，都會很有抑揚頓挫、迴環悠遠的味道，至今還記得他讀「雙珠玳瑁簪，用玉紹繚之」時，那樣一往情深；而讀到「摧燒之」後還要「當風揚其灰」時，他又停下來說了一句，你們看，這小姑娘很有意思吧。而到最後，他又會提醒我們關注主人公情感的曲折反覆，更顯出漢樂府寫作切近心理真實的功力。

「涵詠」是第二個學期的課上，龍爺講陶詩的時候說的。以前的詩文，他一直給我們翻譯，非常注意細讀，而一次讀完陶詩之後，他說，我把每句詩都翻譯給你們聽，這樣不是理解詩的方法，你們要自己去涵詠，去體悟回味，才會真正懂得詩。我的《作品選》中陶詩那一塊的空白處，應該還寫著「涵詠」二字，而且後來讀所有的詩詞，也總將這兩個字念念於心。

十年回首，學習最踏實的應該就是大一的這一年，後來再也沒有耐心去背那麼多的詩文了，很多時候，也來不及涵詠，更沒有再像當年那樣背《離騷》背到失聲痛哭。後來聽張伯偉老師第一次古代文論碩士課時，曾聽他問過，「如果文學不再是夢、是酒、是音樂，你還會那樣愛它嗎？」當然會吧，因為在曾經最好的年華里，看見過它是夢、是酒、是音樂的最純粹的模樣。而這樣的記憶，最多的，是在龍爺的課堂上。

然而當我後來試圖去瞭解學術時，卻也懷疑過我們曾經那種更多只有理解和感動，而沒有問題和學術意識的學習，是不是有問題。特別是讀研之後，發現周邊的同學在學術上已經初窺門徑時，更是有些焦慮。然而，隨著後來心態的變化，以及慢慢意識到原始的基礎對於聯繫與拓展的意義，我更多地不再是懷疑，而是懊悔沒能一直堅持曾經的好習慣。大一經劉悠翔學長推薦認識的龍爺帶的一位碩士王章全學長，曾鼓勵我多背書，也問過我「你知道每天早上七點的樟園是什麼樣子的嗎」，現在，真懷念樟園那些寧靜的清晨。

龍爺的課在大一就結束了，文學院有一年一度的「古典詩詞大賽精英表

演賽」，每次龍爺都會去。08 年我背的《西洲曲》和《西廂記》很煽情，好像還被表揚過，不過 07 級周偉平學長能背《洛神賦》，龍爺更高興。每一屆比賽的壓軸節目，便是龍爺即興唱京劇。09 年好像添了選手現場賦詩的環節，點評時龍爺還談了曾經論作詩的一首《鷓鴣天》，現在只記得其中兩句「平仄陰陽實堪傷，此中滋味我曾嘗」。

大一以來，我一般還是比較怕龍爺，先秦文學仰之彌高，總不敢像其他課程一樣什麼問題都問。不過我僅僅問過一次的還是個很傻的問題，當時剛背完《離騷》，覺得屈原總是喜歡用女性化的意象或者以女性的心理寫作，很是奇怪。其實我當時沒看任何談論屈原的書，但龍爺登時便非常嚴肅憤怒，大概是批評我被一些歪理邪說引導之類。後來不知道怎麼還問到了我很魔障的古代女性生存和寫作的問題，龍爺說了一句「中國古代女性沒有經濟獨立，就談不上其他的獨立」。從那以後我就更怕龍爺，很少接觸。

大三的學年論文，我很固執地選了先秦文學方向，當時是愛極了楚辭。於是，龍爺成了我的指導老師。定題目的時候，因為我堅持一定要寫跟屈原相關的，自己想了一個有點神神道道的題目，被斃了。龍爺就讓我去比較一下《離騷》和《思玄賦》。當時龍爺特別認真地強調了兩點，一是絕對不可以抄襲，哪怕是跟別人大同小異也儘量不要寫。二是一定要細讀再細讀，一切從文本出發。

我很悲摧地發現，竟然有人寫了一篇專門比較這兩篇文章的論文，還有一篇屈原和張衡文學比較的碩士論文。本來想去換題目，不過既然還沒讀，那就先讀吧。佶屈聱牙地讀了一周之後，卻也發現了一些跟以往不一樣的問題，於是就不用換題目了。論文忐忑地寫完，修改意見很快就返回來了：正文刪到六千字。其他都很順利，大概是學年論文確實要求不高，這次也沒再跟龍爺聊論文的事。

畢業論文還是先秦文學，還是龍爺指導。聊題目的時候，龍爺說，你之前那個《思玄賦》比較的寫得還不錯，再寫個《離騷》和漢代辭賦比較的吧。我比較糾結，年少時眼高手低，覺得擬作比較似乎沒什麼價值，就不想寫。然後我想了一個比之前《離騷》更不靠譜的題目，龍爺說這個題目你三年都寫不出來。在差點要接受擬騷體的時候，新明給了個《飲馬長城窟行》的建議，最後我寫了兩個開題報告，龍爺看了之後說，那你就寫《飲馬長城窟》吧。

開題那天，因為自己身體的問題，我不能正常參加開題答辯。本來，報

告還是可以的，但不知道是我寫給龍爺的請假條表述有問題，或者是因為他對我這個不肖學生的特別照拂，輪到我做開題報告的時候，龍爺說我當時有點交流不便，便代替我念了我的開題報告，聽取回答了老師們的問題。後來聽一起去的朋友說，龍爺還提到了我保研的事情，似乎很開心很欣慰。當時和開題結束後我一直很想哭，也感覺到一份沉甸甸的期許與責任。當天的情形，成為了我如今記憶裏跟龍爺最後一次見面。

論文的初稿寫得比較快，中規中矩，但是也沒什麼意思。我開始意識到需要讀更多的書、從更廣泛的詩歌史視角去談它的價值，但當時眼界既淺，時間又緊，學習不夠努力，龍爺大概對本科生也很寬容，也沒讓我大改，只是修改了其中許多小毛病。不過我自己改二稿時，為了讓論文顯得不那麼平淡，自作主張地又調節了結構，龍爺回信說章節秩序被我弄得混亂，不成體統，於是又改了回去。最後的論文答辯前夕，龍爺卻突然生病了。我們幾個跟他做畢業論文的學生，曾想過去看望他，也被拒絕了。最後，我們答辯，拍畢業照，熱熱鬧鬧畢業，都沒能見著他。

後來聽 09 級過來的學妹說，龍爺有個學期不上課了，有些擔心。再過了一年，10 級的學妹來南京時，又聽說龍爺重新去上課了。最後在跟龍爺讀研的學妹的朋友圈裏，看到她畢業時跟龍爺的合影。當時龍爺的頭髮比起教我們時的花白，已經變成全白了。但他站在文學院前的陽光下，一如從前的神采奕奕，慈眉善目，他還是那麼溫和地微笑著，眼角笑出彎彎的皺紋，讓我想起曾經很多次課上腦海裏冒出的一個詞：仙風道骨，我還想著等我終於考上博的那一天再回去看他。那時，學妹還跟我說，龍爺的身體依然挺好的。

所以，今年年初，聽到龍爺去世的消息，突然間有點難以相信。而直到今天，還常常有種錯覺，等我重回師大的時候，龍爺還是會在那裡的。其實，當我看到許多我依然熱愛的文字時，龍爺當年那溫和希冀的目光，也還是一樣真實地，存在於這個世界。

憶李生龍師

周偉平*

　　大概是大一下學期的某個晚上，我做了一個夢，說出來自己都覺得奇怪，我夢到了當時教我們先秦兩漢魏晉南北朝文學史課的李生龍老師。

　　夢裏當時下著濛濛細雨，李老師在一個臨江的閣樓上憑欄獨眺，望著遠處的蒼茫正在發呆，這好像是《岳陽樓記》裏的情景。過了好一會兒，他回過頭來，好像是看著我，又好像是看著別處。沒想到的是，他眼中竟含著淚說：「淫雨霏霏，君子見之，焉能不感慨悲歌，為之涕下。」這又完全是六朝人物的風範。他那時正在給我們講六朝文學，我可能是受了薰陶，就做了這麼一個怪夢，也有可能李老師在我心目中就是一個具有真性情的人吧！

　　我當然知道這個情景是假的，但又希望它是真的。總之，我在大學時候沒有好好向老師請教，上課之外跟他幾乎沒有任何接觸，導致現在回想起來，只有一點點斷簡殘篇式的片段，而無法暸解他更多，這將是一個永久的遺憾了。

一

　　老師第一次給我們上課，講中國文學的起源，講到神話傳說的時候，先給我們來了一個下馬威。他說：「別看你們都是大學生了，有個成語我考考你們，你們可能都不知道。」我等當然不服，他就在黑板上寫下「啼饑」兩個字，然後問我們後面兩個字是什麼。我一看，傻眼了，真的不知道這是個啥成語。全場也鴉雀無聲，大家面面相覷，敗下陣來。李老師又在後面加了「號

*周偉平，中茶湖南安化第一茶廠有限公司運營拓展部文案。

寒」兩個字。哦，原來是「啼饑號寒」，早期的文學就是從這「啼饑號寒」中來的！從那時起，這個成語在我腦海裏就一直忘不掉。

李老師講《詩經》時，由於有些字句比較難懂，他就講了幾個別人講錯的例子，講完後停了一下說：「你們看看，這沒師承怎麼行，靠自己閉門造車，不知道要出多大的亂子。」

講《論語》的「長沮桀溺耦而耕」一章，講到「鳥獸不可與同群，吾非斯人之徒與而誰與」，李老師問我們這是什麼意思，教室裏又是鴉雀無聲。後來他叫陳穎兄回答，陳兄胸有成竹，侃侃而談。老師很高興，說：「還是有人讀懂了啊！」我後來才知道，當時老師正在寫《儒家文化與中國古代文學》，這幾句體現了孔子的人本主義思想，可惜當時我確實沒有讀懂。

講《孟子》的「充實之謂美，充實而有光輝之謂大，大而化之之謂聖」，李老師說：「你們看看，《孟子》文章裏面的訓詁是他的一大特色，我們要注意。」

講荀子的《勸學》，講到某個句子的時候，老師說：「這句話我一直不知道是什麼意思，想了很多年了，到現在還是不知道，不知道就不知道！」

講《韓非子》時說：「我當年讀書的時候特別喜歡《韓非子》，覺得他的文筆特別好，讀入了迷，連飯都忘了吃，趕到食堂的時候食堂已經關門了。」

講宋玉的賦，裏面有不少古奧難懂的字，李老師對每個字的精確解釋讓當時對訓詁學很感興趣的我佩服得五體投地！

講賈誼的文章，說：「我一直想整理賈誼的文集，搞了好多年了，還是有很多存疑的地方，還不能拿出來。」

講《漢書·蘇武李陵傳》，講得真是迴腸盪氣，我到現在還記得清清楚楚。李陵這個人物形象太深厚飽滿了，很容易讓人引發感慨，加上跟蘇武安排在一起，兩個人一對比，更叫人悲歡時勢命運弄人。李老師講這篇文章的時候感情很深，一句一句地講，講一句，分析一下內心活動，再講一句，再分析一下內心活動。最後講到李陵給蘇武送別的話，這是全篇情緒的頂峰，老師更是講一句，停一下，發一聲歎息感慨，再講一句，再停一下，再發一句歎息感慨，幾乎要流下淚來。老師說這個時候李陵心裏肯定是「百感交集」，我也被老師的講解帶到那個情境裏面幾乎無法自拔。這堂課給我的感覺真是「如泣如訴，如怨如慕」，講得實在太好了！

有一回上課講著講著，老師突然說：「有時候讀書也靠運氣，我讀某個人的詩，有一句裏面的一個詞我一直不知道是什麼意思，問了好多人，也問了

我的老師馬積高先生，他也不知道。後來有天午休，我躺在椅子上看姚合的詩，突然看到了這個詞，兩句詩一比較，多年來的疑惑終於解開了。」

講左思的《招隱》時問：「你們學過音韻學嗎？講詩不講音韻是講不通的，這首詩押的是『侵』韻。」那時完全不知音韻為何物的我們在臺下彷彿聽天書。

講陶淵明的詩時說：「這句詩裏有個典故，你們當中將來有些人要當老師，要給學生講課，我來給你們講一個出彩的地方，這裡的『虛室』用了一個典故，《莊子》裏面的『虛室生白』，虛室就是心啊。」

講謝靈運的詩時提問：「『池塘生春草，園柳變鳴禽。』千古名句，寫得好！好在哪裏大家知道嗎？」無人應答，老師便叫了侯哥。侯哥不愧為文學院才子，一通修辭講下來竟然滴水不漏。老師不由得稱讚：「你講得不錯，但是這句詩的好處不是那樣，沒有那麼多可以講的，它好就好在直白，自然，沒什麼修辭。」

講樂府詩時說：「我認為，樂府詩最大的價值就是存真，『隴頭流水，流離山下。念吾一身，飄然曠野。朝發欣城，暮宿隴頭，寒不能語，舌捲入喉……』你們看看，冷得舌頭打卷，真不真實？」

講鮑照的七言詩時說：「同學們，你們要讀懂啊，要做作者的知音，我覺得我們讀古人文章，就是要做作者的知音！」

就這樣，一年的時光，我們跟著李老師從神話傳說學到楚辭，從先秦散文學到庾信的詩，知識會忘，但當年大家心無旁騖地在教室裏聽老師講書的那種感覺，老師給我們傳道授業的情境是怎麼也忘不了的。

二

好像是大二的時候，李老師給我們開了關於道家與文學的選修課（老師有這方面的專門著作）。

「我對道家和道教還是比較瞭解的，講這些可以講三天三夜不停也不重複。」老師講課的時候不無得意地說。我們當時也只是姑妄聽之，現在看老師的著作，才知道老師對道家和道教乃至諸子百家的研究有多麼精深！

「現在的學生基本功太差了，我們那時候像韓愈的《進學解》、白居易的《與元九書》，那都是要全文背誦的啊！」老師有時候感歎道。

再後來老師又專門給我們基地班的同學開了一門《文選學》的選修課。講文體的時候，他說：「文體很重要，不同的體裁有不同的功能，千萬不要搞

錯了，弄出笑話。你們當中很多人將來保研，要寫自薦信，也要注意文體，有些人連自薦信都不會寫，這傳出去不是丟湖南師大的臉嗎？」

講《文選》中具體作品的時候，老師讓我們自己講，體驗一把當老師的感覺。我分到的是揚雄的《解嘲》（部分段落）。無奈我板書一塌糊塗，連文中的人名都念錯了，老師說：「你也太不注意儀表了，哪有你這樣叉著腰上課的，你以為你是原來那些老先生？我們以前老先生，不修邊幅，在黑板上寫完字，沒找到黑板擦，直接就用袖子擦黑板，你現在不能這樣。講還是講得蠻好，不過最好是和前面那個東方朔的《答客難》對比著講就更好了。你想想是不是？」

上完《文選學》，我從此再也沒有上過李老師的課，最後一次見到他是在文學院畢業晚會上。當晚人很多，亂糟糟的。我平日跟其他班的同學很少接觸，這會兒就更想走，突然見李老師和賴力行老師上臺，原來是要唱京戲！我從來不知道李老師還有這一手！只見李老師在臺上站著唱，賴老師坐著拉琴，兩位先生都是文學院耆宿，德高望重，波瀾老成。但除了那晚的遠遠一瞥，我再也沒有跟李老師見過面了。這個情境對我來說，就是絕唱了。

三

記得最開始跟李老師見面，還是在剛進大學時基地班學生選拔面試上。教授們在我們對面一字排開坐著，正對著我的就是李老師。老師慈眉善目，問我讀過什麼書，喜歡誰的著作。我回答說讀了一本章太炎的《國學講義》、王國維的《人間詞話》，喜歡陳寅恪先生的著作。旁邊賴力行老師聽後馬上問我讀過陳寅恪先生的什麼書，可當時我只看過別人介紹陳先生的幾篇文章而已，陳先生的著作卻是一部都沒有看過……

有一回李老師講完課，我戰戰兢兢走到講臺邊上問：「老師，這個『交賖相傾』是什麼意思？」「噢，嵇康的文章。」「對對對，嵇康的《養生論》。」老師給我講解了一下，可我忘了他當時講的內容了。

還有一回我在學校圖書館碰到他，見他來來回回找書，我仗著自己經常泡在圖書館，對館裏藏書的位置比較瞭解，就斗膽上前問他找什麼書，得知是找《中國古文獻學史》。這本書我當時聞所未聞，真是羞愧死了。

那時我的興趣不在古代文學而在古漢語，李老師的課我通常是不求甚解，但求過關，課堂上怕他提問，課後當然更少主動求教。現在想來，悔之晚矣！

　　李老師是文學院各位老師中我覺得最有教授風範的一位，有時候聽他上課，上著上著，我感覺在大學教育史上備受推崇的西南聯大里上課，其光景也不過如此吧。

　　畢業之後，我與文學院再無交集，跟李老師亦未嘗一見。有時聽到同學們說李老師身體不好，我老是想著：「老師，您可千萬不要有什麼閃失啊，不然文學院人文去矣！」哪裏知道今年（2018 年）剛開年就聽到噩耗，李老師遽歸道山，他那本賈誼的文集，不知道什麼時候能夠出版了。

　　一天晚上，我在網上搜李老師的消息，看到了他同輩好友紀念他的文章，也看到了我學姐學妹紀念他的文章，我一下子回想起大學四年的那些時光，感覺就好像在夢裏。搜著搜著，我突然看到師大文學院網站上一則 2014 年的新聞，那是李老師在師大至善樓給從湖南其他縣、市來師大培訓的教師們講課，題目叫《儒、儒家與儒家之人生精神》。2014 年，我畢業不過三年光景，照片中李老師卻已是滿頭白髮，跟我上學的時候幾乎判若兩人，光陰何其無情！培訓教室的黑板上寫著：「善唱者，使人和其聲；善教者，使人繼其志。」看到這句話，我想到了李老師的良苦用心。老師真是在講臺上耗盡了他全部的心力啊！

憶李生龍師

谷雨芹*

    2018 年 1 月份，我當時在準備考博，每天都會在圖書館看書看到很晚，一天晚上回到宿舍，翻閱微信，收到好幾條本科同學的群消息，大家在群裏互相詢問生龍哥是不是去世了——李老師竟去了？我初而有些詫異，跟在李老師門下讀研的本科同學鄧嬋確認消息之後，我繼而感到了一陣發自內心的悲慟。中學時代我是一個小說愛好者，高考完選擇讀中文系，本有一半的原因是為了盡覽古今中外小說。然而最後卻因為認識了李老師，仰慕李老師的學識風采，而改弦更張，轉而投身古代文學的學習。當年考研時自己心氣仍比較高，沒想到考了兩年沒考上自己當時心儀的南京大學，調劑去了西安，心裏曾經盤算著，等考上博士，一定要回校見一見李老師，傾吐自己這些年的心曲，這個簡單的心願，現在也成為了自己一個永遠的遺憾。

    上李老師的古代文學史課，也許是本科四年裏最難忘的回憶。我們是 2010 年下半年入學的學生，那個時候，本科生裏只有基地班的學生才能上李老師的古代文學課，像是一種殊榮。大一時，每週課程表上有三節李老師的課，但他每次總能興致飽滿地講滿一整個下午，從下午 2 點半講到 5 點半、6 點……剛進入校園的我們，如饑似渴地吸收著複雜的文學史知識，但李老師的講述總是引人入勝的，我們很快發現，李老師講的東西，很多是課本上沒有的。我像一個工整的記事官，筆記爬滿了教科書的邊邊角角，生怕錯漏了精彩內容。湖南師範大學的文學院坐落在嶽麓山腳，冬天那棟老教學樓的

*谷雨芹，湖南科學技術出版社編輯。

大教室裏空曠又陰冷，我們念書的時候，沒有空調也沒有暖氣，坐著坐著，縮在毛靴子裏的腳也常常凍得冰涼，課間我們都要起來活動一下，搓搓手，再跺跺腳，教室木地板下面有空心的層高，伴隨安靜的空氣生出悠遠的迴響。但李老師卻一站就是一個小時，彷彿一點也不怕冷，汪洋恣肆地傳述著《詩經》、屈原、《春秋》……一個下課鈴響完，又是一個上課鈴，他好像總是不那麼在意，一定要等到講完再下課，也始終是一副樂在其中的樣子。那樣深沉、厚重，甚至讓人有些陶醉的課堂，是我此生難忘的場景。

李老師也是個很有「儀式感」的人，大學老師往往不拘小節，上臺開講，下課走人。但李老師上第一節課時，便給我們定下了一個「規矩」，要求我們像中學生上課那樣，由班長或學委叫起立、敬禮，師生間互相敬禮後，他再開始上課。很多年後，老師上課時講述的內容，不借助筆記課本，我已經記不起來了，但李老師摘下自己的小帽，與我們侃侃而談的樣子，在記憶裏卻籠罩著一層宗教儀式式的肅穆光輝。中國古代文學史本來就是漢語言文學專業的重頭課，在我們這所傳統的師範院校，我們要扎扎實實地學上三年的古代文學史。李老師負責的是先唐文學史，本專業的人都知道，這部分內容延續的時間在古代文學史的三個斷代裏是最長的，但李老師在教書方面確實有過人之處，一年的時間裏，他不僅把課本裏的內容都講完了，還帶我們精讀了朱東潤《中國歷代文學作品選》中許多重點篇目。長篇重要如《離騷》，他甚至額外加了很多課時帶我們細讀了一遍。在很多學校，這種細讀是另外加一門課的工作量。這固然是辛苦的學法，但對於初入古代文學大門的年輕學生而言，除此之外哪有什麼終南捷徑呢？一位學識淵博又認真負責的長者年復一年地、如此誠懇耐心地帶領學生讀書，讓我們好好背誦詩文打好基礎，在後來求學的道路上，終究是再也沒有了。

印象深刻的事，還有李老師出的期末試卷。大學的期末考試無非兩種，一種是老師劃重點學生背好皆大歡喜，一種是題目開放怎麼答都答不到掛科的地步。但李老師卻總是非常認真地出期末考試試卷。有詩文的默寫，有課本填空，有上課時強調要考查的名詞解釋，也有課本知識與開放經驗結合的大題。即使自以為準備得非常充分，李老師也會想辦法難住你，比如大家都知道《搜神記》是干寶作的，李老師偏偏會問你《搜神後記》是誰寫的。這是讓成績拉開距離的手段，大家心裏也都清楚，李老師課程的考試沒法敷衍。李老師給分也很嚴，考這樣的試，那時候大家都對第一名心服口服。

　　大一時，我還是一個懵懵懂懂的中文系新生，因為李老師而喜歡古代文學，經常晚上坐在文學院的教室裏，伴著夜裏山上的蟲聲看書背書，有一次晚上回宿舍，在走廊上碰到了李老師，我跟他打招呼，他笑著對我說，「這麼晚還在學習啊，加油！」老師一句不經意的鼓勵讓我有了努力學習的動力，第一學期因為學不得法，我的古代文學史只有 70 多分，在班上大概屬於差生行列，第二學期開頭我跟李老師交流，他鼓勵我要享受學習的過程，不要太在意成績，他當年是門門優秀的學生，要訣大概也正在這享受二字。用功了一學期之後，我也總算上了 80 分，達到了平均水平。

　　之所以因為一句鼓勵而開心，是因為知道李老師並不是實行那種愛心教育法的新式老師。我是被他批評過的，記得是上《木蘭詩》時，他問我們，木蘭最值得人讚賞的點是什麼，隨手點我起來回答了問題。我當時沒做好心理準備，隨口就說了一句中學課本裏教的「替父從軍」，李老師聽到很生氣，說這也能算美德，那課本裏就根本不必選這篇文章了。我為自己的脫口而出沮喪，整節課大概都悶悶不樂。下課後李老師卻主動跑來找我，安慰了幾句，具體的話我已經不記得，但總是明白了老師的苦心。李老師一直也從事著學院裏的管理工作，明白「恩威並重」的道理，而我由此盡力迴避自己思維上的惰性，學到不應人云亦云。而印象中還有一次，在班上，李老師隨口念了一句王粲的《登樓賦》，我脫口對了下一句，他也是很快在同學面前表揚了我的用功，李老師的表揚，因為難得，對喜愛他的學生如我，簡直如同金子一般珍貴。後來研究生畢業前，我與朋友相約去湖北旅遊，我特地將王粲寫作《登樓賦》的當陽作為其中一站，也算是借著《登樓賦》，抒發自己對當年這段師生之情的一點點感懷。

　　過去，李老師給本科生上三門課，有一門是「文選學」，承他的老師馬積高而下。選學此一脈，可追至選學大家、《文選學》的作者駱鴻凱，我們在校時，這一門課便因為李老師事務纏身而停上了。但十年前我怎麼也不會想到，我們 2010 級基地班竟然也成為了生龍哥帶古代文學課的最後一屆基地班（我們下一屆，李老師去臺灣訪問一年，這個課由其他老師代課。而再下一年，李老師身體每況愈下，因為中風停課，也卸下了管理崗）。我總是覺得我們這屆基地班如此幸運，大三下學期，中風後李老師身體初癒，又強烈要求為我們班補上他另一門「儒家思想與中國古代文學」的選修課。因為早已與我們熟悉，老師一上講臺就跟我們開玩笑，說自從中風後，他面部一部分肌肉還

是僵硬的，說著對我們一笑，指著只能向上提半邊的嘴角，笑著說自己另一半是「皮笑肉不笑」。李老師成功地用這樣的手段把我們底下的學生逗笑，為我們帶來了歡樂與知識的火，而我們卻永遠無從得知他前半年面對疾病的苦楚。那時候，我已經是個放任自己隨性上課的本科高年級學生，只聽自己覺得最有乾貨的幾個老師的課，李老師的課自然名列其中，還記得在這堂課上我做的筆記，在考試前還被班上的其他同學拿去複印備考，而我內心的想法是很純粹的：本科即將畢業，我一定要珍惜著這來之不易的與李老師學習的機會。這其中是懷有幾分惴惴不安的心思的：有一次課李老師臨時出差，教務忘了通知班委，李老師是不會遲到的老師，我坐在教室裏，心裏暗暗憂心，生怕李老師再次生病。直到貼心的學委問清情況通知大家，我一顆懸著的心才悄悄放了下來。

生龍哥的健康讓人牽掛。讀李老師好友寫的追憶文章，訴說李老師英年早逝是為生計壓垮。我想，生計固然沉重，但李老師對教育，對學生晚輩那種負責任的態度，與生計、乃至名利這些外物的關係都不大，是帶有某種內在使命感的。還記得大一時有一場全院的學習指導大會，前面說過，李老師上課很少遲到，但那次他少見的晚到了半個小時，我們一幫大一新生都坐在報告廳等著他。好不容易到場了，他摸著頭笑嘻嘻地告訴大家，自己晚上回家了，才知道被安排做這場報告，趕著晚飯都沒吃就跑出來了。而李老師這一輩子，還做過那麼多場報告，指導過那麼多學生，古人說「周公吐哺」、「倒屣相迎」，人在投入到自己命定的事業中時，大概真的會像李老師這樣無暇自顧，從這個角度上來說，我們絕大多數學生，甚至是老師，這輩子都沒達到李老師的境界和高度。

李老師也是少數我認為真正配得上「為人師表」這幾個字的老師，子曰：「必也正名乎？」本科輔導員燦姐跟我說，李老師循循善誘的本事真是一流，就算不是古代文學的學生，李老師也能耐心地跟你把一個專業問題認認真真地解釋一遍，讓你在懂得了道理的同時感受到他的誠意。師範師範，學為人師，行為世範。大三李老師病癒後在課堂上輕描淡寫地告訴我們如何面對人生困苦，在黑板上寫下了杜牧那句：「塵世難逢開口笑，菊花須插滿頭歸。」我讓善書的朋友將這句詩為我題寫在扇上，至今時時反顧。李老師教會我的一切，早已超越了知識書本，他是用自己的人生境界來感染自己的學生。

他何嘗不知道學術是一條苦路呢？大三他大病初愈，甫一開課，便要我

們解釋「高山仰止，景行行止」中兩個「行」分別是什麼意思，又接著講「雖不能至，心嚮往之」。他告訴我們：「你們知道為什麼嶽麓山前面有一座自卑亭嗎？因為古人說，登山必先自卑。在無窮盡的學問面前，我們永遠只是一個小學生，但是一定要保持『心嚮往之』的態度。這才是最重要的。」

　　李老師對道家老、莊也有很深的研究，與我們如數家珍地講述過自己的一整套《道藏》，書本工作，是老師永遠的愛好。又回到大一的某個下午，我們坐在文學院的教室裏，聽李老師為我們講解《莊子‧天地》篇中的抱甕老人典故──這個典故我曾經聽很多老師講過，但都沒有李老師說得好，這個故事講，孔子的學生子貢在漢陰遇見一個抱著整個甕去澆水的老人，效率很低，就建議他用機械引水去澆灌，不料老人卻說：「有機事者必有機心，機心存於胸中，則純白不備。」狠狠諷刺了一把子貢。當時李老師雙手拱起，為我們演示抱甕是個什麼姿勢，憨態可掬，而現在想起來，其實李老師自己何嘗不是高校校園裏的抱甕老人呢？李老師是師大最早的研究生之一，卻一直沒有讀博士，然而因為他的勤奮與淵博，沒有人敢質疑他的水平。他早早地躋身管理層，但一直心繫教學，寒暑不移地堅持著為本科一年級的學生授課，感染著一代又一代的文院人。一直堅守在師大這個陣地，幾十年如一日，如果不是有著抱甕老人的倔強和純白，又怎麼能做得到呢？而我又何其有幸，遇上了李老師這樣執著的專業啟蒙老師。

　　謹以此紀念李生龍師。

附錄二　唁電、輓聯

湖南師範大學文學院：

驚悉貴院李生龍教授不幸辭世，同儕等曷深震悼！李生龍教授為我國著名老莊研究及辭賦研究專家，上承馬積高、周秉鈞、宋祚胤等湖湘諸老緒餘，下開湖南師範大學文學院文學、文化研究之新局面，為湖湘文化的發展和傳承寫下了嶄新的篇章，作出了巨大的貢獻。他的道德文章，值得我們永遠學習和懷念！

在此，謹向貴院並通過貴院向李生龍教授家屬表示最誠摯之慰問。尚祈節哀順變，化悲痛為力量，完成先生未竟之事業，以慰李生龍教授在天之靈。

湖南理工學院中文學院全體同仁敬叩

敬挽李生龍教授

寒凝大地，節近新年，造物太無情，忽報上庠樑柱折；

寢饋老莊，精研辭賦，遺文堪壽世，長留教澤後昆懷。

湖南理工學院中文學院敬挽

故影存湘江，曾有情把臂談賦學；

悲吟起嶽麓，竟無為棄智隱仙鄉。

中國賦學會會長、南京大學教授許結敬挽

痛悼生龍教授

道家風骨，性情文墨，一腔京韻引吭高歌，唱出胸中塊壘，高山流水音容宛在；

儒者懷抱，仁厚宅心，滿腹詩書傾囊盡授，化育天下學子，李豔桃紅惠

— 541 —

澤長流。

南京師範大學教授譚桂林泣挽

李生龍教授千古

學宗儒道無為不當賢人失志；

文備詩騷衡嶽又有高士遊仙。

上海音樂學院後學楊賽敬挽

驚聞李生龍教授逝世

僻壤茫茫不斷生，竹山灣里竹常青。重重災難唐僧度，處處妖魔大聖清。

師父志堅天地動，徒兒棒重鬼神驚。師徒合一何曾見？殿號靈官豈有靈？

湖南師大文學院教授李維琦敬挽

悼生龍教授

年中常累故舊親朋多憐命薄；

歲尾重寒麓雲湘水也怯生難。

湖南師大文學院教授張文初挽

李老師千古

學有堂廡危乎高哉老莊著論真名世；

天不憖遺啜其泣矣精爽不知何處邊。

湖南師大文學院後學陳松青敬挽

李生龍老師千古

通六經明佛道學兼文藝碩果累累伴君永生；

融八德並賢明盡懷仁智名師在在恒是真龍。

湖南師大文學院韓學君敬挽

李生龍先生千古

焚膏繼晷，守靜尚無為，老莊高論傳後世，是亦足矣；

樹蕙滋蘭，處仁尊德性，辭賦壯懷紹前賢，何其恨哉！

湖南師範大學中國辭賦研究中心後學呂雙偉泣上

挽宗兄生龍同學（一）

一世垂帷嶽麓峰，潛光隱德，培才雅韻高，惜哉，君之絕學；

幾懷化蝶莊周夢，得道成仙，抱璞蓬萊遠，別了，我的同窗！

挽宗兄生龍同學（二）

儒道至尊，黌門垂範，世德靈章昭日月；

陰陽永隔，嶽麓凝寒，淒風苦雨哭瀟湘。

　　　　　　　　湖南師大文學院 79 級校友李浩輝敬挽

痛悼恩師

通儒道注老莊縱橫文史達學竟成絕響；

履仁德蘊精誠馳騁藝苑齎志含恨九泉。

　　　　　　　　　　　　　　愚生周悅泣挽

生龍老師千古

先生其猶龍乎乘雲直上重霄九；

小子何所述也把卷悲吟永夜時。

研深黃老非夷非惠御風而去人間世；

並治玄儒亦精亦博乘化以歸寥天一。

　　　　　　　　　　　　學生唐志遠敬挽

編後記

去年年初，父親的博士段祖青兄找到我，邀我同編父親的論文集。我起初有些猶疑，因為時光如水，消逝無痕，恍然之間父親離開我們已四載有餘，四年之間，生活逐漸回歸常態，彷彿一切未曾改變，但每次不經意的回想仍會令我泫然淚下，悲痛難抑。正如越劇《紅樓夢》中「寶玉哭靈」一段的唱詞：「天缺一角有女媧，心缺一塊難再補。」父親的離去似乎把我與這個世界最深的羈絆一併帶走了。

我與父親起初並不親密。我出生時父親尚在長沙求學，迫不得已只能將我寄放在衡陽老家。聽母親說，父親每次回去探視我，臨別之際必在背人之處偷偷落淚。父親在世時，我鮮少見他流淚，面對失意之悲或離喪之痛，他總是強抑情緒，假裝淡然。然而，在面對與年幼女兒的別離時，他卻時常不能自己。待我六歲時，父親一力堅持，將我接到長沙讀書，此後竭力為我提供最優質的教育保障。如是種種，消解了因長期分離帶來的陌生與怨懟，讓我對父親有了更多的理解與依賴。

父親一生常為現實所難，艱苦異常。他自幼聰穎，小學時因遇饑荒，隨讀隨輟，中間尚跳了一級。升入初中不久，湖南道縣殺人事件發生，波及廣西桂北，祖父因成分問題遇害，祖母帶著一兒四女倉皇逃難，改嫁至湖南省祁東縣。父親作為家中長子，勤力務農外一心苦讀，力學不倦。1977 年恢復高考後，他三度高考均上國家線，卻屢遭打壓，直至 1979 年才正式考上湖南師範學院（今湖南師範大學）。

去長沙讀書時，父親的全部財產是一床破棉絮和一雙舊解放鞋，沒有換洗的床單、被套，也沒有洗澡的拖鞋，平素吃的無外乎白菜、豆腐。但他很少因物質困頓而苦惱，而是將全部心力投入學習之中。每每學到深夜，頭痛難

忍時，便以冷水澆頭，待清醒後，再繼續挑燈夜讀。熱忱與執著終有回報，1983 年父親應屆考入本校中國古代文學專業的碩士研究生，師從著名《易》學專家宋祚胤教授，1986 年畢業後即留校任教。

工作後，父親的經濟狀況有所改善，卻不足以將他從窮困的泥淖中掙脫出來。由於母親文化水平不高，只能操持家務，父親必須獨自承擔贍養雙方父母，維持家庭日常開銷與一雙子女的教育經費。繁重的經濟壓力迫使他常年奔走於省內各地的自考點，終日授課以賺取微薄的課酬。作為兩家鮮有的研究生，父親又自覺扛起了族中眾人的生存、學業、發展重任。

這些生活的苦父親甚少向人提起，但自我懂事時起，父親總是喜歡晚飯後與我攜手漫步湘江之畔，將他的每日見聞、思考和感悟訴說於我。他時常欣喜於自己的學術新見，煩惱於複雜的人事關係，激憤於人情之冷暖，哀歎於處世之艱難。他將自己最隱秘和脆弱的一面展示給我，而我知道，他最需要的並非我的回應和開解，而是一個傾吐和發洩的出口，讓他足夠消化各種情緒，直面人生的慘淡。聽著父親的高談闊論或絮絮叨叨，我深切地感受到他的孤獨、苦悶，和發自心底的歎息。他艱難地拖著家人們前行，自己卻只能煢煢孑立，踽踽獨行。

最讓我敬佩的是，父親雖對自身處境有所抱怨，卻從未被生活擊垮，更未放棄工作熱情和生活樂趣。父親是我大學時先秦兩漢魏晉南北朝文學和儒道思想研究課程的老師，我也去旁聽過他給研究生講《詩經》。猶記得第一堂先秦文學課上，父親給我們在黑板上寫下《論語》中的句子：「知之者不如好之者，好之者不如樂之者。」以親身體悟告知學生興趣的重要性。他的課堂嚴謹、充實，富於理趣，他對經典文本爛熟於心，總能旁徵博引、出口成章，從不廢話連篇，或是插科打諢、言之無物。父親要求嚴格，對於學生論文總是不厭其煩，一遍遍修改，大到選題、觀點、章節、綱目，小到遣詞造句、標點、注釋，無不反覆斟酌，細心批註。他又與學生相處融洽，常邀他們來家中座談、小聚，被學生戲稱為「龍哥」、「龍爺」。

教學之餘，父親每天清晨六點便會起床，除三餐、午休和難得的放鬆時光外，看書、寫作直至深夜。如此周而復始，每年只在大年初一休息一天。家中沙發、茶几、案頭、床頭，目之所及，書籍遍布。常以書佐睡，鼾聲大起後仍手不釋卷。父親讀書從不限於古典文學範疇，而是廣涉文學、歷史、哲學、藝術、科技等領域，興之所至，必尋而閱之。家中有書籍幾千冊，仍感不足，常四處搜尋

電子資源。父親的學術研究也不拘於一點一面，而是偏好從大處入手，重視選題的宏觀性、系統性和縱深度。他的三本代表作分別探尋了隱士群體、道家思想、儒家文化與中國古代文學的關聯性，顯示出闊大的學術視野。父親為學亦常與興趣相關，他曾花費三年時光寫下長達 120 萬字的長篇歷史文化小說《道家演義》，不計旁人眼光和利益得失，只為滿足創作願望。父親信奉馬斯諾的需要層次理論，認為人最重要的是實現自我價值，而他的價值就在於教書育人、鑽研學術。所以，教學和科研已經內化為他自然而然的需求，成為了他生活中的必需品和讓他自信自如的所在。沉浸其中，他可以心無旁鶩，津津有味。

從工作之初到評上副教授後幾年，父親住了十幾年的筒子樓，鄰居們迫於條件艱苦，陸續搬走，他卻始終甘之若飴，把原本苦澀的生活過得有聲有色。他愛好廣泛，喜歡畫畫、看電影、下象棋、拉二胡、唱京劇。父親最初的理想是當個畫家，年少時甚至一度以畫肖像為生，只是由於家境貧寒，無以為繼，只得棄藝從文。工作後偶亦為之，晚年尤甚，喜畫山水、人物，畫後用手機拍照留存，朋輩聚會，輒翻出以供玩賞。父親愛看電影，十幾年前，每逢周末晚上學校體育場放映露天電影，便搬個小板凳，興沖沖前往，連看兩場再興盡而歸。他還不時到學院工會下棋，一下便沉迷其中不可自拔，以至廢寢忘餐。家人尋之仍不願離開，定要生拉硬拽幾回方肯罷休。傍晚時分，若是閑暇，他會拉起一把半舊的京胡，中氣十足地唱幾齣京劇，雖算不得十分動聽，卻也極盡陶醉，怡然自得。我明白，這些都是父親為自己尋覓的苦中作樂之法，也只有在這些時候，他才能放下一慣老成持重的面孔，顯露出天真爛漫、豪逸灑脫的底色。如今這把京胡仍掛在家中，拉琴唱戲的人卻已如雲煙飄走。

《老子》說：「天道無親，常與善人。」父親的遭遇卻讓我痛感天地的不公與不仁，為什麼這樣一位有擔當、有熱愛、有作為，深沉、仁厚、可愛的父親卻屢屢遭受人世的摧折？父親 1999 年評為教授，2006 年遴選為博士生導師，陸續擔任中文系主任、文學院副院長和湖南省政府參事。眼見事業小成，家庭困境隨之紓解，病痛卻頻繁來襲。十年間，父親身經白內障、腦瘤、胃癌三次手術，身體每況愈下，直至形銷骨立、一病不起。2017 年中旬，我聽聞父親罹患胃癌晚期，不啻晴天霹靂。手術後，父親氣息奄奄，起身困難，只能靠輸液維持生命。但他仍然抱著頑強的求生意志，每天用手機查閱菜譜，希冀有朝一日度過難關。為了減輕照顧者的負擔，父親後期儘管疼痛難忍，難以入眠，也從不無故呻吟，叫苦連天。家人想盡辦法挽救父親，無奈他已沉

屙難愈，回天無力。父親臨終前幾日對我說：「人死如燈滅，現在我就如燭光熒火，隨時可能熄滅。」我強忍悲痛，笑著回答：「你不要太悲觀，一定會好起來的！」父親苦澀的扭過頭去，許久說道：「我捨不得你們呀！」我趕緊回應：「我們也捨不得你！」隨即藉故離開病房，痛哭流涕。現在想來，父親當時已預感自己大限將至，在向我做最後的告別。

編排論文集的這些日子裏，我翻閱、整理父親的照片，看他慢慢從一個風華正茂、滿懷憧憬的年輕人，變成年富力強、堅毅成熟的中年人，最終定格於白髮叢生、身形佝僂的老人。往事種種，亦隨之浮現眼前。我自責於自己的自私和對父親的疏於關切；痛惜父親辛苦一生，卻於臨近退休之時飽受折磨，溘然長逝；更質疑學術、仁善的意義。但我又發現父親將其生平論著整齊排布於書架一側，電腦裏分門別類留存著論著的電子版，它們是父親一生心血所繫，是他賦予自己的意義和價值。將其流波，便如薪盡火傳般，延續了父親的精神生命。

論文集中收錄了父親生前所撰論文 48 篇，主要涉及儒道思想與中國古代文學的相關研究，由於內容較為駁雜，不便分類，故僅統而收之。集前有父親生前照片十餘張，父親同學、好友北京大學廖可斌教授所作序言，集後附錄父親去世後親友的回憶文章與各方的唁電、輓聯，以資紀念。

論文集順利出版首先有賴於段祖青兄的倡議與督促，集中文字也均由其攜弟子景鵬翼、塗煜凡、張怡欣等人反覆核校。廖可斌教授雖事務繁劇，然慨然應允，為此集作序。紀念文章的作者中，曹石珠、石衡潭、曹清富為我父生前好友，楊賽、張素聞、鄒軍誠、張四連、張記忠、管艷匠、劉碧波、周偉平、谷雨芹等為其學生，聽聞我父仙逝，均不約而同作文追懷。唁電、輓聯作者亦多為父親生前同事、師友。諸君之深情厚誼，感念於心，言實難盡，在此一併致謝！

父親一生徘徊於儒、道之間，以儒者之姿擔負現實責任與事業理想，又用道家之態化解生活苦境與人世磋磨，有著獨到的處世原則和輕重取捨。此集為父親學術研究成果之一隅，編排未知能否如其所願，惟望對讀者有所裨益，以不負父親畢生勤研學術之功。因編者學力有限，錯誤在所難免，亦望各位方家指正、海涵。

李華於嶽麓山下

2022 年 3 月 4 日